PLAZA & JANES

P & J

EXITOS

Alberto Vázquez-Figueroa

CIENFUEGOS IV

MONTENEGRO

PLAZA & JANES EDITORES, S. A.

Primera edición: **Abril, 1990**

Editado por PLAZA & JANES EDITORES, S.A.
Virgen de Guadalupe, 21-33
Esplugues de Llobregat (Barcelona)

Printed in Spain – Impreso en España
ISBN: 84-01-32323-1 – Depósito Legal: B. 13.566-1990
Impreso en Printer Industria Gráfica, S.A. Sant Vicenç dels Horts – Barcelona

El primer día del año 1500 sorprendió a *Doña Mariana Montenegro* empeñada en la labor de conseguir que Sixto Vizcaíno, un excelente carpintero de ribera de Guetaria que había alzado su astillero a orillas del río Ozama, en Santo Domingo, aceptara el encargo de construir una nave que se adaptara a las peculiares características que exigía el hecho de que no estuviera concebida para combatir, traficar, explorar o piratear, sino diseñada, desde el momento mismo en que se le plantara la quilla, con el exclusivo objeto de buscar a un único hombre.

—Tiene que ser veloz, pero segura; maniobrable sin requerir excesiva tripulación; cómoda, aunque no lujosa; capaz de enfrentarse a una mar gruesa, pero capaz, igualmente, de deslizarse sin peligro por una quieta ensenada poco profunda; bien armada, aunque no agresiva...

—Temo, señora, que no estáis pidiéndome una nave, sino un milagro, y pese a la excelencia de las maderas de estos bosques, hace falta más que roble o caoba para conseguir lo que buscáis.

—Lo imagino —admitió la alemana, al tiempo que depositaba sobre la mesa una pesada bolsa que abrió dejando entrever el reluciente polvo que contenía—. Pero lo que hace falta para ese tipo de milagros es oro... ¿O no?

—Ayuda más que un San Cristóbal —admitió el vasco

guiñando un ojo con picardía—. Me pondré a ello y creo poder tener unos primeros bocetos en febrero.

—¿Y la nave totalmente aparejada?

—Dependiendo de la cantidad de estas bolsas que podáis conseguir, para septiembre.

—Septiembre es época de huracanes —le hizo notar *Doña Mariana*—. La quiero para junio como máximo. —Colocó la mano sobre el oro—. Bocetos dentro de diez días, planos definitivos en febrero, botarla en mayo y navegando en junio. Cumplid esos plazos y contad con veinte como éste.

—A fe que parecéis un mercader de alfombras —sentenció el otro—. Y entiendo que hayáis sabido convertiros en una de las personas más ricas de la isla. —Cruzó los dedos de ambas manos en un ademán que parecía pretender significar una firme promesa o un juramento—. Contad con ello —añadió—. Me gusta trabajar con gente que sabe lo que quiere.

Una vez convencido el constructor, los esfuerzos de la ex vizcondesa de Teguise se centraron en ir eligiendo a los hombres que habrían de tripular su embarcación, y pese a que en la «Taberna de los Cuatro Vientos» y por las calles y los tinglados del puerto pululaban marinos, espadachines y aventureros dispuestos a embarcarse a ojos cerrados en cualquier tipo de empresa que reportara beneficios o sirviera al menos para matar el hambre, no se dejó seducir por famas o apariencias, sino que se esforzó por seleccionar a su gente conforme al criterio que le dictaban su sexto sentido femenino y el hecho de haber asistido al nacimiento de las dos primeras ciudades del Nuevo Mundo.

Ingrid Grass, que había desembarcado en las costas de Haití con la segunda expedición del Almirante, en noviembre de 1493, había alzado con sus propias manos una de las mejores granjas de la ya abandonada ciudad de Isabela, y diseñado años después la más hermosa mansión privada de su nueva capital, Santo Domingo, y gracias a ello y a su ininterrumpida estancia en la colonia, había tenido ocasión de tratar a personajes tan nobles y generosos como Alonso de Ojeda, Juan de la Cosa y los Pinzón; o tan nefastos como Bartolomé Colón, Francisco Roldán y toda una infinita lista de intrigantes, ladrones y asesinos.

Sabía, por tanto, cómo tratar a quienes llamaban cada día a su puerta en busca de una plaza en el navío del que ya comenzaba a hablarse en voz baja en todos los corrillos y mentideros de la ciudad, y en el recoleto jardín posterior de su inmenso caserón de piedra negra recibió, bajo un frondoso flamboyán, a algunos de aquellos desnutridos «caballeros de capa raída y hambre entera» que años más tarde inscribirían su nombre en los anales de la exploración y conquista de un vasto continente.

A veces como amables contertulios, y otras como ansiosos candidatos a servir a sus órdenes, mantuvo largas e interesantes charlas con hombres de la talla de Rodrigo de Bastida, Diego de Lepe, Vicente Yáñez Pinzón, Cristóbal Guerra o Pero Alonso Niño, que constituirían poco tiempo después la primera oleada de intrépidos navegantes que habrían de explorar el Nuevo Mundo, abriendo las rutas del mar a los Balboa, Cortés, Orellana o Pizarro, que acabarían conquistándolo.

Pero echaba de menos a Alonso de Ojeda.

El ex intérprete real, Luis de Torres, continuaba siendo su siempre enamorado consejero, mientras el cojo Bonifacio Cabrera había ascendido de fiel criado a la categoría de auténtico amigo y confidente, pero su relación casi fraternal con el pequeño y valiente *Caballero de la Virgen* —como ya muchos le conocían en La Española— tenía «ese algo más» que hace que ciertas personas se vuelvan con frecuencia imprescindibles.

Durante la larga noche en que permanecieron charlando en la abierta y hermosa playa de Barahona, noche en la que Ojeda le puso al corriente de que, a su entender, *Cienfuegos* continuaba con vida en algún lugar de «Tierra Firme», la rubia alemana trató de convencerle de que abandonara sus ansias de conquista a las órdenes del banquero Juanotto Berardi y aceptase comandar la nave con la que pensaba lanzarse a la búsqueda del gomero, pero para Don Alonso, que vivía con la ilusión de librar grandes batallas, ganar imperios o descubrir nuevas tierras, cuanto pudieran ofrecerle que no estuviese directamente ligado a la posibilidad de alcanzar la gloria carecía de alicientes.

—Todo el oro o las perlas de este mundo no valen lo que la sensación que produce saber que al amanecer vas a entrar en combate, y que ese combate lo estás librando a mayor gloria de Dios y de la Virgen.

—Pero lo que hacéis ahora, reunir oro, perlas y «palobrasil» para un banquero italiano, no se me antoja que tenga nada que ver con librar batallas «A mayor gloria de Dios y de la Virgen» —le hizo notar, sin ánimo de ofenderle.

—No, desde luego —admitió él—. Pero éste no es más que un primer viaje que ha de servirme para demostrar a los reyes que nos encontramos a las puertas de un continente inexplorado que está aguardando desde la noche de los tiempos la auténtica fe de Cristo.

—Con frecuencia me pregunto cómo es posible que seáis al propio tiempo tan terrenal y tan místico —replicó sonriente *Doña Mariana*—. No he conocido a nadie capaz de pasarse como vos la noche en un burdel, el amanecer rajando rivales en duelos estúpidos y el resto de la mañana asistiendo a tres misas con auténtica devoción. ¿Cómo lo conseguís?

—Con entusiasmo, señora. Con entusiasmo —fue la humorística respuesta—. En el fondo yo no soy más que una «pequeña muestra» del carácter de mis compatriotas que, como extranjera, aún no habéis aprendido a captar en todas sus facetas. La correosa carne, que en mi caso es bien poca, acostumbra plantar dura batalla a mi débil espíritu, por grande que éste pretenda ser.

El fascinante Ojeda se había visto obligado a regresar poco después a Sevilla, a intentar que reyes y banqueros le brindasen una nueva oportunidad de lanzarse a la exploración y conquista de ignotos imperios, por lo que *Doña Mariana Montenegro* acabó por elegir como capitán de su futuro navío a un tal Moisés Salado al que la mayoría de sus conocidos apelaban afectuosamente *El Deslenguado,* y no precisamente por ser un hombre de verbo agresivo o palabra inoportuna, sino más bien por todo lo contrario, ya que pese a ser un renombrado cartógrafo y un experimentado navegante, jamás solía pronunciar más que cortantes monosílabos.

La primera charla que mantuvo a la sombra del flamboyán con la que habría de ser más tarde su patrona, fue un claro ejemplo de su normal comportamiento y su forma de actuar.

—Me han asegurado que sois un magnífico oficial que empezó de grumete y un hombre íntegro, digno de toda confianza... —le espetó de entrada, amablemente, *Doña Mariana,* en un intento de aproximación a un personaje que parecía encontrarse siempre muy lejos del lugar que ocupaba, aunque éste fuera un asiento a metro y medio de distancia.

—Serían amigos.

—... Y que no os importaría obedecer las órdenes de una mujer.

—Eso depende.

—¿De qué?

—De las órdenes.

—Se trata de buscar a un hombre.

—Bien.

—¿No deseáis saber quién es ese hombre?

—No.

—¿Ni dónde hay que buscarlo?

—Tampoco.

—¿Por qué?

—Aún es pronto.

—Entiendo... ¿Os molestaría mi presencia a bordo?

—Sí.

—¿Y la de un niño?

—También.

—¿Y aun así aceptaríais?

—Sí.

—¿Por qué? —insistió ella un tanto enervada por la impenetrable coraza con que parecía protegerse su escurridizo interlocutor.

—Por hambre.

—¿Hambre? Me consta que acabáis de rechazar el mando de una carraca con destino a Guinea.

—Y es cierto...

—¿Por qué lo hicisteis?

—No soy negrero.

—Muy noble por vuestra parte... —La alemana lanzó un hondo suspiro—. ¿Os han dicho alguna vez, capitán, que intentar hablar con vos desespera a cualquiera?

—Sí.

—¿Estáis casado?

—No.

—¿Dónde nacisteis?

—En el mar.

—¿En un barco?

—Sí.

—¿Y vuestros padres de dónde eran?

—Lo ignoro. Unos pescadores me recogieron a bordo de una nave a la deriva.

—¡Santo cielo! Ahora comprendo la razón de vuestro curioso nombre: Moisés Salado. ¿Realmente os gusta?

—Como cualquier otro.

—¡Menos mal! —suspiró ella, nuevamente—. Resumiendo: creo que no seréis un envidiable contertulio durante las noches al pairo, por lo que me cuidaré de aprovisionarme de buenos libros, pero creo, también, que sois el hombre que ando buscando. ¿Cuáles son vuestras pretensiones económicas?

—Ninguna.

—¿Estáis seguro?

—Mandar un buen barco me basta.

—El mío será el mejor.

—Lo sé.

—¿Conocéis a Sixto Vizcaíno?

—Sí.

—Él os recomendó.

—Lo sé.

Y así podía continuar hasta el infinito, pero Ingrid Grass, ahora ya *Doña Mariana Montenegro*, jamás tuvo que arrepentirse de la elección que hiciera aquella calurosa mañana de abril, ya que *El Deslenguado* Capitán Moisés Salado demostró ser un hombre íntegro, fiel, eficaz y casi tan decidido y valiente como aquel diminuto Ojeda, cuya afilada lengua tenía fama de ser aún más peligrosa que su invencible espada.

La forma en que consiguió entenderse con el habilidoso carpintero de Guetaria constituyó un misterio para todos, pero lo cierto es que al día siguiente de su contratación se instaló en un rincón del astillero, colaborando en la gestación y puesta a punto de «su barco» a tal extremo que podría asegurarse que conocía una por una cada cuaderna y cada tabla, y que no existía una sola juntura del casco, la sentina o la cubierta que no hubiese inspeccionado con obsesiva meticulosidad.

Idéntico empeño puso a la hora de elegir a su tripulación, para lo cual solía pasear muy despacio por los tinglados del puerto, observando con ojos aparentemente distraídos a cuantos faenaban en las naves, estudiando su forma de moverse por cubierta o trepar a los palos, para, tomando asiento a la caída de la noche en las tabernas, continuar analizando el comportamiento de aquellos en quienes había reparado anteriormente.

Como lo que ofrecía más tarde era trabajo seguro, buena paga, un excelente cocinero y el barco más moderno, cómodo y limpio de la orilla oeste del océano, no le resultaba demasiado difícil convencer a sus elegidos, con los que cumplía luego el requisito de visitar a *Doña Mariana* por si ésta les encontraba algún defecto.

Tan sólo se dio un caso de rechazo por parte de la alemana, y fue el de un rubio y atlético gaviero mallorquín, por el que solían pelearse las pupilas de los prostíbulos de todos los puertos, pero que estaba considerado, pese a ello, un magnífico profesional, disciplinado y serio.

—No lo quiero a bordo —sentenció la alemana en cuanto le vio abandonar el umbrío jardín que se había convertido en su «cuartel general» de inexperta armadora de buques—. Pagadle lo convenido y que se vaya.

—Es bueno.

—Lo supongo, ya que vos mismo le habéis seleccionado —fue la respuesta—. Pero las mujeres le han hecho considerarse irresistible, y al cabo de un mes de navegación nos causaría problemas. Todo hombre atractivo que tropieza con una mujer aparentemente sola, acaba pronto o tarde por considerarse en la «obligación» de consolarla. Y no es mi caso.

—No se hable más.

Semejante frase, en tales labios, sonaba en cierto modo pintoresca, pero Ingrid Grass se había acostumbrado ya a las peculiaridades lingüísticas del Capitán Moisés Salado, y prefería mil veces su forma de ser y de actuar que la de los innumerables parlanchines pretenciosos que arribaban cada día a la colonia.

Poco a poco iba tomándole justo aprecio al circunspecto *Deslenguado*; pero a quien desde un principio deslumbró por completo el silencioso marino fue al pequeño e introvertido Haitiké. Para el soñador descendiente del gomero *Cienfuegos* y la haitiana Sinalinga, que desde siempre se había sentido profundamente atraído por el mar y los barcos, descubrir a un hombre cuyos orígenes se hundían, por así decirlo, en el océano —visto que aparentemente sus padres se habían ahogado al poco de él nacer— se le antojó el paradigma de todas sus fantasías infantiles.

Lo primero que hacía, por tanto, en cuanto su preceptor daba por concluido el tiempo de estudio, era correr al astillero y trepar al armazón de la nave para tomar asiento sobre una gruesa viga, a observar los austeros gestos de su ídolo, escuchar sus tajantes y acertadas órdenes y asombrarse con su infinita capacidad de descubrir el más mínimo fallo en la estructura del navío.

—Lo sabe todo; lo ve todo; lo oye todo... —le contaba luego a su madre adoptiva a la hora de la cena—. Si alguien en el mundo puede encontrar a mi padre, no cabe duda de que es él.

—Visto como están las cosas, necesitaremos mucha ayuda —solía responder *Doña Mariana*—. Por las noticias que traen los navegantes, ante nosotros se abre un inaccesible continente y será mejor que no nos hagamos excesivas ilusiones sobre el éxito de nuestra empresa.

Fue, sin embargo, del cojo Bonifacio Cabrera —que se había convertido ya en parte integrante de la pequeña familia *Montenegro*— de quien partió la idea de solicitar la ayuda de una común y muy querida amiga, la princesa Anacaona quien, pese a llevar ya varios años recluida en su originaria región de Xaraguá, junto a su hermano, el cacique Behechio, seguía manteniéndose en contacto con ellos por medio de largas cartas que le ayudaba a escribir su «yerno», Hernando de Guevara.

Este joven y apuesto hidalgo castellano, que se había ganado justa fama de pendenciero, jugador y mujeriego allá por donde iba, y que una noche tuvo la osadía de llamar al Don Bartolomé Colón *Cara de ajo* porque, según él, no tenía más que dientes, había sido deportado por el Almirante a la remota Xaraguá, donde casi al instante inició un apasionado idilio con la princesa Higueymota, única descendiente del difunto cacique Canoabó y su hermosísima esposa Anacaona, lo cual le convirtió en el blanco de los celos y las iras del repelente Francisco Roldán, que bebía los vientos por la prodigiosa muchachita.

Anacaona, que sentía una especial predilección por aquel alocado espadachín que tanto le recordaba a su gran amor, Alonso de Ojeda, no dudó, sin embargo, a la hora de enfrentarse abiertamente al siniestro Roldán, quien años más tarde acabaría vengándose de ella por el sucio sistema de maquinar una de las intrigas más tortuosas e inicuas de la historia del descubrimiento y conquista del Nuevo Mundo.

No obstante, por aquel tiempo, Anacaona continuaba siendo una de las personalidades nativas más respetadas de la isla, y a ello contribuía en gran manera el hecho de tener a su servicio al «vidente» Bonao, un niño tan miope que apenas conseguía distinguir sus propias manos, pero al que la Naturaleza había dotado del extraño poder de ver en la distancia.

—Tu padre vive —fue lo primero que dijo tras rozar apenas el antebrazo de Haitiké—. Muy lejos, al otro lado del mar y altas montañas, pero vive.

—¿Lo encontraré algún día?

—Eso depende del empeño que pongas en buscarle.

—Pero el mundo es muy grande. ¿Puedes decirme al menos hacia dónde debemos dirigirnos?

Bonao permaneció muy quieto, como si tratara de concentrarse en algún complejo mensaje que alguien le enviaba desde algún distante lugar, y por último se volvió apenas y alzó decididamente el brazo.

—Hacia allá —señaló convencido.

Bonifacio Cabrera marcó una raya en el suelo, la señaló con piedras, y quince días más tarde regresó con el Capitán Moisés Salado, quien trazó el rumbo con su meticulosidad acostumbrada.

—Sur, tres puntos al sudoeste —dijo.

—¿Y eso qué significa?

—Que se mueve.

El renco Bonifacio Cabrera, al que por lo general sacaba de quicio la parquedad lingüística del marino, se armó de paciencia, tomó aire como si estuviera a punto de lanzarse de cabeza al agua, y suplicó:

—¿Os importaría hacer un sobrehumano esfuerzo y tratar de explicarme, en por lo menos veinte palabras, qué os induce a asegurar tal cosa?

—El hecho de que según las indicaciones de Ojeda, que le situaban en las inmediaciones del lago Maracaibo, ese tal *Cienfuegos* ha debido desplazarse unas doscientas leguas hacia el Oeste.

—¡Gracias! Un millón de gracias.

—De nada.

—¿Y creéis en verdad que lo que ese muchacho asegura puede ser cierto?

—No.

—¿Entonces?

—Hay que buscar.

—¿Y cualquier lugar se os antoja bueno para empezar...?

—Exactamente.

Regresaron a la capital, Santo Domingo, donde Ingrid Grass que, como alemana dotada de una notable cultura, se mostraba bastante reticente en todo lo referente a adivinadores y fenómenos paranormales, pareció no obstante hasta cierto punto impresionada por el hecho de que de entre la infinidad de puntos cardinales que el miope tenía a su disposición, hubiese tenido que elegir uno que coincidía de forma tan precisa con las referencias de que hasta ese momento disponían.

—Ojeda aseguró, efectivamente, que *Cienfuegos* había sido visto en el interior del lago Maracaibo, y que al parecer se encaminaba hacia las montañas del Sur en compañía de una muchacha negra —comentó—. Resulta curioso que el chico lo sitúe tan cerca. Muy curioso.

Pasó la noche en vela, obsesionada por la idea de que tal vez pudiera darse el caso de que el hombre del que absurdas circunstancias le habían separado tantos años atrás pudiese encontrarse vivo y perdido «más allá del mar y las montañas», y con la primera claridad del alba se personó en el astillero y le espetó sin más preámbulos al sudoroso Sixto Vizcaíno:

—Quiero el barco en el agua el mes que viene.

—Será en el fondo —fue la tranquila respuesta del de Guetaria—. Aún no está lista la tablazón de popa y tengo que calafatearlo, embrearlo y pintarlo. Lo tendrá en junio.

—En mayo.

—En junio —se impacientó el otro—. Escuche, señora... Usted quería un buen barco y tendrá un buen barco, pero no pida milagros.

—Yo no pido milagros —replicó la *Montenegro*, puntualizando mucho las palabras—. Pero estoy dispuesta a añadir cinco bolsas de oro, si navega el mes que viene.

El otro la observó desde lo alto del castillete de proa, se pasó una sucia mano por el rostro, pareció hacer sus cálculos y, por fin, asintió, convencido:

—¡Navegará! —sentenció—. Navegará aunque tenga que secuestrar a todo el que sea capaz de cortar, cepillar o clavar un tablón en esta jodida isla. —Lanzó un sonoro escupitajo—. Por cierto... —añadió—, ¿qué nombre piensa ponerle?

La alemana meditó unos segundos y por fin replicó, sonriendo con picardía:

—*Milagro*.

Los pacabueyes constituían un pueblo limpio, pacífico, amable y notablemente próspero, puesto que poseían extensas tierras, fértiles, a orillas del ancho río que acabaría llamándose Magdalena, en la actual Colombia, así como ingentes cantidades de oro que trabajaban con ayuda de martillos de negra piedra e ingeniosas fraguas de fuelles de caña.

Para el canario *Cienfuegos*, que venía de sufrir todas las penalidades del infierno en el corazón de la terrible serranía de los sucios y primitivos motilones, toparse de improviso con un tranquilo y luminoso valle, en cuyo centro se alzaba un poblado que en nada desmerecía de muchos europeos, constituyó una especie de asombroso portento, puesto que había perdido tiempo atrás toda esperanza de retornar a una forma de vida que pudiera considerarse mínimamente «civilizada».

Gentes sencillas, la mayoría de las cuales vestían largas túnicas de algodón e incluso calzaban sandalias de cuero, le recibieron sin recelos ni grandes aspavientos, aunque al isleño le desconcertó el hecho de que individuos aparentemente tan inofensivos hablasen, pese a ello, una lengua emparentada con la de los feroces caribes y no con la de los amistosos arawacs.

No obstante, al sufrido cabrero, que tantas y tan complejas vicisitudes había tenido que soportar a lo largo de años de vagabundeo por selvas, islas y montañas de un desconocido Nuevo Mundo que parecía ser el primer europeo en explorar, tanto le daba expresarse en cualquiera de los dos idiomas, visto que, además, se sentía capaz de captar de inmediato el sentido de todas aquellas palabras cuya raíz provenía del peculiar lenguaje de los cuprigueri que poblaban el lago Maracaibo y sus proximidades.

Y una de las primeras cosas que se apresuraron a comunicarle los hospitalarios y en cierto modo abrumadoramente parlanchines pacabueyes fue que habían tenido noticias de que habían arribado a las lejanas costas del Norte tres gigantescas naves «mayores que la mayor de las cabañas del poblado» tripuladas por altísimos hombres de peluda cara que debían estar sin duda directamente emparentados con los simios.

—¿Eres tú uno de ellos?

—Sí y no —fue la sorprendente respuesta del gomero—. Sí, en cuanto que llegué hace mucho tiempo en una de esas naves; no, en cuanto que ya nada tengo que ver con ellos, dado que los que en verdad eran mis amigos murieron todos.

—Pero sin duda son de tu misma raza... ¿Acaso no deseas volver a reunirte con ellos?

—No lo sé.

Y era cierto.

Aunque *Cienfuegos* no pudiera saberlo ya que había perdido el sentido del tiempo, acababa de nacer el nuevo siglo, lo cual significaba que hacía casi siete años que había dejado de convivir normalmente con españoles, aunque para él, criado en las montañas de la isla de La Gomera sin más compañía que algunas cabras, tal convivencia no había sido nunca en realidad demasiado importante.

Era un ser acostumbrado a la soledad y a las dificultades y, exceptuando el brevísimo período de dicha que le había proporcionado su agitada relación sentimental con la alemana Ingrid Grass, del resto de su existencia poco tenía que dar gracias a Dios, y muchísimo menos a los hombres.

No esperaba ya nada de «caballeros vestidos» ni «salvajes desnudos», y desde la desaparición de la negra *Azabache,* que fue el último ser humano con el que en cierto modo se sintió compenetrado, se había transformado en una especie de misógino vagabundo que incluso sus más hermosos recuerdos rechazaba.

Había asistido a tantos prodigios desde el día en que pusiera el pie en aquella orilla del océano que ya nada le impresionaba y, pese a no haber cumplido aún veintitrés años, el peso de su pasado frenaba cualquier clase de ilusión sobre el futuro.

Reencontrarse, por tanto, con unos navegantes españoles —si es que no se trataba otra vez de portugueses— a los que recordaba como gente sucia y bronca, enzarzada siempre en luchas fratricidas y aquejada por una desmedida ansia de riquezas, no le llamaba la atención en absoluto, y fue por ello por lo que cuando los serviciales pacabueyes se ofrecieron a mostrarle la forma de alcanzar una costa a la que tal vez regresarían pronto los navíos, se limitó a rechazar cortésmente la invitación, dándoles a entender que preferiría quedarse a hacerles compañía como huésped.

—Aquélla, la más fresca, será tu casa —respondieron entonces con su amabilidad característica—. Nuestra comida será tu comida, nuestra agua tu agua, y nuestras esposas, tus esposas.

Comida y agua nunca faltaron, a Dios gracias, pero en lo referente a las esposas, pronto el sufrido *Cienfuegos* a punto estuvo de solicitar un cambio en las costumbres, puesto que al tercer día había una docena de mujeres aguardando turno a la sombra del porche, charlando y riendo como si se encontraran en la antesala de un salón de belleza, pese a que a la mayoría de ellas en uno de tales salones les hubieran negado la entrada por cuestión de principios.

No obstante, los despreocupados pacabueyes parecían divertirse sobremanera con las agobiantes aventuras amorosas del canario, formaban corros nocturnos en los que el tema exclusivo de conversación solían ser sus hazañas del día, e incluso más de uno le ofreció un hermoso brazalete o un pesado collar de oro macizo a cambio de que «hiciera gemir» un rato a su querida esposa.

«En verdad que no era ésta la paz de cuerpo y espíritu que venía buscando tras haber padecido tantas calamidades —se dijo a sí mismo el gomero un amanecer en que tuvo la amarga sensación de haber llegado al límite de sus fuerzas—. O encuentro pronto una forma de dormir solo sin ofender a estas buenas gentes, o a fe que del llamado *Cienfuegos* pronto no van a quedar ni los rescoldos.»

Por fortuna, al poco acudió en su ayuda una anciana inmensamente gorda y de blanquísimos cabellos que respondía al sonoro nombre de Mauá, que no dudó a la hora de encararse a las ansiosas mujeres que esperaban turno en el porche, recriminándolas por el hecho de que pareciesen hambrientas sanguijuelas dispuestas a dejar exhausta a su inocente víctima.

—¡Id a que os arreglen el cuerpo vuestros estúpidos maridos! —les espetó indignada—. Y si no se les pone tiesa, meterles una caña en el culo y soplar.

Hubo alguna que otra tímida protesta, pero bien fuera porque la impresionante masa de carne se hacía respetar, o porque en verdad ya la mayoría de las aspirantes a gozar de los favores del isleño habían llegado igualmente a la conclusión de que su pobre víctima se encontraba en los límites de sus fuerzas, lo cierto fue que al poco el corrillo se disolvió, y el agotado *Cienfuegos* pudo tumbarse en una ancha hamaca de rojo algodón trenzado, a disfrutar tranquilamente de una hermosa puesta de sol sobre el ancho y caudaloso Magdalena.

Por si ello no bastara, al oscurecer, la majestuosa Mauá acudió con un apetitoso caldo de iguana en el que flotaban una veintena de minúsculos huevecillos, al que siguió un jugoso pez de doradas escamas envuelto en hojas de plátano y asado a fuego lento.

—¿Por qué haces esto? —quiso saber el cabrero—. ¿Acaso piensas ocupar el lugar de todas ellas?

—¿Yo? —rió la otra divertida—. En absoluto. Estoy demasiado vieja para pensar en esas cosas. Lo único que pretendo es que te recuperes, porque tal vez estés llamado a más grandes empresas.

—¿Qué tipo de empresas?

—Lo sabrás a su tiempo, si es que llega ese tiempo —fue la imprecisa respuesta—. Ahora limítate a disfrutar de la vida, que buena falta te hace. Tienes aspecto de haber sufrido mucho últimamente.

Se diría que a partir de aquel momento la única razón de ser de la desmesurada gorda fue cuidar hasta la saciedad al inquietante extranjero que tan diferente resultaba, con su alta estatura, su cabello rojizo y su poblada barba, de los diminutos, morenos y barbilampiños pacabueyes, sin que volviera a pronunciar apenas palabra hasta que una fría mañana, en que negros nubarrones ocultaban las altas montañas del Este y el viento gemía con voz húmeda anunciando la llegada de las lluvias, le espetó de improviso:

—¿Has matado alguna vez a un enemigo?

—A uno que yo sepa —admitió el gomero.

—¿Quién era?

—Un maldito caribe devorador de hombres que había asesinado a dos de mis amigos.

—¿Sabes lo que es esto? —inquirió entonces ella, mostrándole una reluciente piedra verde del tamaño de un huevo de gallina.

El gomero no pudo por menos que extasiarse ante la portentosa belleza, el tacto y los reflejos de la magnífica esmeralda.

—Nunca vi nada parecido anteriormente —admitió—. El Almirante lucía un pequeño rubí en la empuñadura de su daga, pero nada tenía que ver, ni en color ni en tamaño.

—Esto no es una piedra —señaló Mauá, con un tono

de voz que sonaba distinto, como si casi le atemorizara hablar de ello—. Es una gota de la sangre de Muzo, uno de los dioses que habitan en el centro de la tierra. Cuando Muzo, que es quien da su verdor a la hierba, las plantas y los árboles, lucha con Akar, el dios del mal, que seca los ríos y quema los bosques, sus rugidos se escuchan en la cima de aquella gran montaña, el mundo se abre y se estremece y la sangre, roja y ardiente de Akar mana a borbotones, arrasándolo todo para acabar convirtiéndose en negra ceniza. Sin embargo, la sangre de Muzo penetra en la tierra, se solidifica, y reaparece en esta hermosa forma, que llamamos «yaita». Por eso, tener una «yaita» es tener algo de Muzo, y tan sólo a muy contadas personas les está permitido poseerlas.

—¿Y tú eres una de ellas?

—No. Por desgracia no lo soy, pero me han pedido que te la mostrara.

—¿Quién te lo ha pedido?

—Lo sabrás a su tiempo, si es que llega ese tiempo —fue una vez más la enigmática respuesta, a la par que se ponía pesadamente en pie y tomando un paño limpio envolvía la gruesa esmeralda sin tocarla—. Ahora parte de tu espíritu ha quedado en la «yaita» —añadió—. Y quien haya aprendido a leer en ella, sabrá más de ti que tú mismo.

—¡Bobadas!

Lo dijo convencido, pero el gomero, que pese a lo breve de su existencia había asistido ya a un buen número de inexplicables prodigios, no pudo por menos que sentirse en cierto modo impresionado, tanto por la indescriptible belleza de la piedra, como por el tono de misterio con que Mauá había sabido rodear cuanto se relacionaba con ella.

—¿Qué sabéis de las «yaitas»? —inquirió, por tanto, cuando tres de los jóvenes guerreros que a menudo acudían a escuchar sus relatos de mundos distantes tomaron asiento junto a su hamaca al día siguiente.

—Sólo la mujer que haya tenido hijos varones, o el hombre que haya matado en noble lucha a un enemigo, puede tocarlas —replicó uno de ellos en voz muy baja—. Es lo primero que nos enseñan, y si encontramos alguna en las montañas, tenemos la obligación de correr a avisar a quien esté autorizado a recogerla. De lo contrario nos volveríamos impotentes de por vida. Todos aquellos que se convierten en afeminados lo son porque no cumplieron la norma, y cuentan que muy lejos, a orillas del mar, existe toda una tribu, los itotos, que fueron condenados a vivir como mujeres por haber desobedecido la ley de Muzo.

—Tan sólo existe una excepción a esa regla —puntualizó otro de los muchachos—: Quimari-Ayapel.

—No pronuncies su nombre —le reprendió el primero—. Aún no te está permitido.

—Pronto mataré a una «sombra verde» y podré hacerlo —replicó altivamente el otro—. Y también podré recoger las «yaitas» que me salgan al paso.

—No estamos en guerra con los chiriguanas, y si se te ocurre matar a uno te arrojarán al pozo de las víboras —fue la clara advertencia—. Si no aprendes a respetar las leyes, acabaremos siendo tan salvajes como ellos. Tan sólo el pueblo que ama la paz es amado por los dioses.

—¿Quién es Quimari-Ayapel? —quiso saber más tarde *Cienfuegos*.

—Nosotros aún no lo sabemos —musitó apenas el tercero de los jóvenes guerreros—. Pero por lo que escuché una vez, tiene el poder de conseguir que una «yaita» se convierta de nuevo en la sangre de Muzo.

—¿Licuar una esmeralda? —se sorprendió el gomero—. A fe que no entiendo mucho de piedras preciosas, pero imagino que quien cometa tamaño desatino bien merece que le corten en rodajas. En la nave en que llegué a estas tierras casi se matan cuando se jugaron a los naipes un brillante del tamaño de una lenteja. No quiero ni imaginar lo que hubieran sido capaces de hacer por una joya del tamaño y la belleza de la que me mostró Mauá.

—¿Qué son naipes?

—Algo con lo que se juega y se hace trampas.

—¿Cómo se juega?

La compleja explicación vino seguida por una serie de dibujos, a éstos sucedieron dos primeras muestras burdamente talladas en una débil corteza de árbol, y todo ello culminó en un bellísimo juego de baraja labrado en finas láminas de oro a manos de los más hábiles artesanos del poblado, ya que el oro parecía ser el único material, junto a la madera, la caña y el algodón, que aquellas buenas gentes habían aprendido a trabajar regularmente.

El resultado fue que al cabo de poco más de una semana la gran cabaña social que ocupaba un lugar de honor a la orilla del río, se convertía, a partir de la caída de la tarde en una especie de primitivo casino en el que alegres pacabueyes de ambos sexos disfrutaban de lo lindo dedicados con notorio entusiasmo a la divertida tarea de jugar a las cartas.

Debido a ello, la existencia de *Cienfuegos* entró a partir de aquel momento en uno de los períodos más lúdicos de que tuviera memoria, puesto que pasaba la mayor parte del día tumbado en una hamaca o dando tranquilos paseos por la orilla del río, y las noches jugando a los naipes, eternamente mimado por la solícita Mauá, y teniendo a su entera disposición un ingente número de complacientes jovencitas dispuestas a compartir su lecho de buen grado.

También le satisfacían sobremanera las animadas tertulias que solían tener lugar en el porche de su cabaña, y cada día eran más y más los respetuosos muchachos que acudían a escucharle, ansiosos todos ellos por empaparse del relato de prodigiosas aventuras, o por hacerse una leve idea de cómo era el mundo que se alzaba, más allá del gran mar que nacía al final del gran río.

El isleño llegó, con el tiempo, a la conclusión de que ningún otro lugar más idóneo que el pacífico poblado de los pacabueyes encontraría para poner fin a su eterno peregrinaje sin destino, y le vino a la memoria la imagen del anciano de blanca barba y oscura túnica cuyo congelado cuerpo descubriera en el interior de una cueva en una altísima montaña.

Probablemente, y tal como a él mismo le había ocurrido, aquél pudo ser un hombre originario de muy remotos lugares al que extraordinarios avatares de la vida arrojaron a un poblado semejante en el que decidiría quedarse para acabar convertido en una especie de guía y maestro cuyos restos se veneraban como si se tratara de un santón o un patriarca.

«Debería hacer algo más por estas gentes que enviciarlos con los naipes o llenarles la cabeza de fantásticas historias —se dijo—. Debería enseñarles a leer y escribir, aunque poco claro tengo si recuerdo cómo se hace y de qué les serviría, ya que no conocen ni el papel, ni la tinta, ni, muchos menos, libro alguno...»

Aquella continua duda entre si resultaba contraproducente o no para los indígenas tener conocimiento de usos y costumbres de cuya utilidad práctica no se sentía del todo convencido, obsesionaba al gomero desde los lejanos días en que en compañía del viejo *Virutas* convirtiera a una primitivísima comunidad de mujeres caníbales en un enloquecido mercadillo de ansiosas consumistas, pero, por fortuna, Mauá no le concedió demasiado tiempo para reflexionar sobre el tema, ya que en el momento en que colocaba ante él una sabrosa pata de pécari asada a las finas hierbas comentó seriamente:

—Quimari-Ayapel ha interpretado lo que tus manos dejaron impreso en la «yaita» y quiere verte.

—¿Quién es Quimari-Ayapel? —quiso saber el isleño—. ¿Y por qué tengo que ir a verle? Si quiere algo, que venga aquí.

La gorda negó suavemente mientras tomaba asiento con la sudorosa espalda recostada en el muro de la cabaña, mirándole fijamente con sus diminutos ojillos siempre húmedos y brillantes.

—Si Quimari-Ayapel dice que vayas, tienes que ir, o no podrás continuar viviendo entre los pacabueyes.

—¿Por qué?

—Su autoridad resulta indiscutible.

El isleño reflexionó unos instantes y acabó por hacer un leve gesto de resignada aceptación:

—A la fuerza ahorcan. Iré. Tal vez, con suerte, asista al prodigio de ver cómo licua una esmeralda.

—Quimari-Ayapel no necesita hacer prodigios.

—¿De dónde nace entonces su poder?

—De que se trata de un auténtico prodigio.

Cienfuegos no pudo por menos que observarla con renovada curiosidad.

—¿Qué clase de prodigio? —quiso saber.

—El más grande que Muzo haya creado.

—Eso no me aclara mucho.

—No necesitas más. Lo verás por ti mismo.

—¿Cuándo?

—Mañana. Al amanecer nos pondremos en camino.

Apenas despuntaba el alba cuando ya Mauá le precedía por un diminuto sendero que se perdía con frecuencia entre la espesura de la frondosa selva como si pretendiera disimular su existencia, y en media docena de ocasiones la gorda hizo un alto obligándole a dar un extraño rodeo tras indicarle que ante ellos se ocultaba una peligrosa trampa en la que hubiese caído para morir atravesado por afiladas estacas todo aquel que desconociese su existencia.

Fue, no obstante, un tranquilo paseo que les llevó a poder almorzar a orillas de una amplia laguna que más bien parecía un ensanchamiento del río que hubiese anegado el fértil valle dejando a la vista infinidad de pequeños islotes, la mayor parte de los cuales apenas alcanzaban tres palmos de altura.

—Cuéntame algo más sobre Quimari-Ayapel —pidió el gomero, mientras con la uña se limpiaba los dientes entre los que se le habían introducido fibras de mango—. Quiero tener al menos una idea de con quién voy a encontrarme. ¿Se trata de una especie de brujo o curandero?

—Lo averiguarás tú mismo —fue la machacona respuesta.

—Te advierto que si esperas impresionarme, vas de culo —señaló amoscado—. Ya he visto todo lo que se puede ver en este mundo, desde el Almirante Colón a caníbales que se comían a mis amigos; un chorro de fuego que nacía del centro de la tierra, gente muerta que se conserva en hielo, una montaña que se convertía en fango una vieja bruja que se alimentaba del aire... ¡Todo!

—Todo, excepto a Quimari-Ayapel.

—¡Pues como no tenga cuernos...!

Poco después Mauá le pidió que apartara unas ramas, y lo que en principio parecía ser el simple tronco de un árbol, se convirtió al momento en dos largas piraguas ensambladas de tal forma que resultaba casi imposible distinguir el punto en que se unían.

Apenas necesitó esforzarse para desencajarlas del hueco en que habían sido clavadas, y le asombró que pesaran menos que un simple tronco de tres palmos de largo.

—¿Qué es esto? —quiso saber—. Jamás imaginé que pudiera existir una madera tan liviana. ¿De dónde sale?

—La traen de allá, del otro lado del río. Cuentan que cuando Muzo concluyó de crear los bosques lanzó un suspiro de satisfacción que se hundió en un hueco de la tierra y de ahí nació el árbol que no pesa. ¡Tíralo al agua! —ordenó por último.

El isleño obedeció y se maravilló de nuevo ante la increíble flotabilidad de aquella embarcación de madera casi blanca, a la que la suave brisa amenazaba con arrastrar de inmediato aguas adentro.

El canalete, sin embargo, era de oscura y fuerte «chonta» y, tras aventurarse poco más de una legua por entre el dédalo de islotes y copudos árboles que nacían del fondo mismo del lago, surgió ante ellos una hermosa isla, y tan cubierta de flores y palmeras que semejaba un auténtico vergel en mitad de la selva.

Al rodearla por indicación de Mauá, alcanzaron una playa de dorada arena desde la que una ancha pradera ascendía hacia una cabaña de amplios ventanales, y cuando *Cienfuegos* saltó a tierra extendiendo la mano con intención de ayudar a descender a la anciana, ésta negó con un gesto al tiempo que tomaba el remo que el gomero acababa de dejar en el fondo de la embarcación.

—Debes ir solo —dijo—. Yo regreso.

Sin esperar respuesta, maniobró con una habilidad impropia de una mujer de su tamaño, y antes de que el cabrero pudiera tan siquiera reaccionar, se alejó por donde había venido, perdiéndose de vista tras los árboles.

—Esto no me gusta —masculló al verla desaparecer—. No me gusta nada.

Se volvió hacia la casa y de inmediato advirtió que alguien le observaba desde el ventanal, por lo que avanzó unos pasos y no tardó en llegar a la conclusión de que se trataba de una mujer relativamente joven, de mediana estatura, piel muy clara y rostro achatado en el que tan sólo destacaban dos grandes ojos oscuros y expresivos.

—¡Hola! —saludó, esforzándose por mostrarse natural, aunque en el fondo se sentía profundamente decepcionado, ya que en verdad esperaba algo más que una indígena escasamente atractiva—. ¿Eres Quimari-Ayapel?

—Soy Quimari —replicó la muchacha con voz extrañamente suave—. «Ella» es Ayapel.

Fue sólo entonces cuando el canario descubrió que a izquierda y casi oculta por el borde de la ventana, se encontraba otra persona, que cuando se inclinó levemente para dejarse ver y verle al propio tiempo, resultó ser también una mujer bastante parecida a la primera.

—¡Vaya! —exclamó, un tanto desconcertado—. Esto sí que no me lo esperaba. ¿Puedo pasar?

—Supongo —comentó la llamada Ayapel en un tono autoritario, bronco y decidido—. Espero que no hayas venido desde tan lejos para quedarte fuera. Pronto lloverá.

—¿Tú crees? —inquirió tontamente el isleño, que no podía evitar sentirse ridículo, ya que había llegado hasta allí en busca de un prodigio inexistente—. El día amaneció precioso.

Penetró en la cabaña, aguardó un instante tratando de adaptarse a la penumbra, y lo primero que le llamó la atención fue la ingente cantidad de hermosas esmeraldas que llenaban una especie de ancha mesa de poca altura que se extendía a lo largo de tres de las cuatro paredes de la amplia estancia.

—¡Diantre! —exclamó fascinado—. Si estos pedruscos valen lo que imagino que pueden valer allá en Europa, debéis ser las mujeres más ricas del planeta.

—No son nuestras —replicó Ayapel—. Tan sólo las cuidamos. Pertenecen a la tribu.

—¿Y es cierto eso de que tenéis el poder de convertirlas en agua?

—A veces. Pero no es éste el momento.

—Entiendo. Espero que haya tiempo para todo.

Advirtió entonces que no se habían movido del lugar en que estaban, Quimari casi frente a la ventana y Ayapel a su lado; reparó en que vestían de idéntica manera —una larga túnica blanca con rayas verdes que les cubría del cuello a los tobillos— e intentó buscar una frase ingeniosa que sirviera para romper el hielo de la incómoda situación, mas de improviso ambas mujeres se movieron al unísono, avanzando apenas dos pasos hacia él, y lo que vio a punto estuvo de hacerle caer al suelo.

—¡Dios Bendito! —exclamó—. ¡No es posible!

Tardó unos instantes en recuperar el dominio sobre sí mismo y sus ideas, puesto que le había asaltado la sensación de estar soñando, o de que sus ojos le engañaban, ya que lo que tenía ante él no era —tal como había creído en un principio— dos mujeres, sino más bien una sola dotada de dos cabezas y dos únicos brazos, aunque al caminar resultaba evidente que disponía de cuatro piernas.

—¿Qué es esto? —casi sollozó horrorizado—. ¿Me he vuelto loco?

Se dejó deslizar por la gruesa pilastra que sostenían el alto techo hasta quedar sentado sobre una fina esterilla de paja, tan desmadejado, sin voluntad ni fuerzas, que podría creerse que en verdad le habían cortado los tendones.

Por su parte, Quimari-Ayapel —lo que quiera que fuese— permaneció inmóvil a menos de cinco pasos de distancia, permitiendo que la —o las— contemplara a gusto, quizás un tanto divertidas por la terrorífica impresión que le habían causado.

—No te asustes... —musitó al fin la primera, con su voz cálida y tímida—. No somos un monstruo del Averno, sino tan sólo dos personas que nacieron unidas.

—¿Unidas? —tartamudeó apenas el canario con un supremo esfuerzo de voluntad—. ¿Cómo es posible?

—Nadie lo sabe —fue la sencilla respuesta—. Muzo quiso que así fuera, y así fue.

El pobre cabrero necesitó unos minutos para llegar al convencimiento de que no estaba siendo objeto de una pesada broma, sino que en verdad se enfrentaba a dos seres humanos perfectamente diferenciados, pese a que permanecieran unidos por el pecho de alguna forma que la larga túnica impedía descubrir.

Se movían al unísono, con una sincronía que cabría calificar de prodigiosa, y cuando fueron a tomar asiento en un ancho banco tapizado de rojo, lo hicieron con la misma naturalidad con que lo hubiera hecho una sola persona.

—Lo siento... —pudo murmurar por último—. Lo siento de veras.

—¿Qué es lo que sientes? —quiso saber Ayapel—. ¿Que seamos así? A nosotras no nos importa.

—¿Que no os importa? —se sorprendió el gomero.

—¿Te importa a ti ser un monstruo grande, peludo, pelirrojo y maloliente?

La pregunta tuvo la virtud de desconcertar al isleño, que de un modo casi inconsciente alzó el brazo oliéndose el sobaco.

—Me bañé en el río esta mañana —replicó amoscado.

—Pues no se nota —sentenció Ayapel, que demostraba ser una persona francamente agresiva y de mal carácter—. Apestas a jaguar en celo.

—No creo que hayas olido nunca a un jaguar en celo —mascullò francamente malhumorado—. Pero no es cuestión de discutir bobadas. No pretendía ofenderos, aunque sigo considerando que debe resultar muy incómodo vivir de esa manera.

—¿Por qué? —quiso saber ahora Quimari, a la que se diría que costaba un gran esfuerzo expresarse—. Nacimos así y jamás nos hemos sentido incómodas.

Cienfuegos no supo qué responder, pero le vino a la mente la conversación que había mantenido, años atrás, con un ciego de su pueblo, quien sostenía, de igual modo, que no lamentaba su defecto, puesto que jamás supo lo que eran la luz ni el color.

—Creí que ya lo había visto todo y he aquí que me enfrento al mayor prodigio imaginable —señaló, por último, al tiempo que se ponía en pie, aproximándose al ventanal para recrearse en el maravilloso atardecer que comenzaba a adueñarse del río y la laguna—. Los lagartos que se convierten en feroces caimanes y los cadáveres helados se me antojan ahora cosa de risa. ¿Hay muchos seres como vosotros por aquí?

—Ninguno —puntualizó Ayapel—. Nadie recuerda un caso semejante, y quizá por ello nos convirtieron en las guardianas de la sangre de Muzo.

—¿Como si fuerais diosas? —inquirió con manifiesta intención.

—Nadie nos considera diosas —fue la sincera respuesta—. Aunque desde el día en que vinimos al mundo, Muzo jamás a vuelto a luchar con Akar, la tierra no se estremece, las cosechas son buenas y nuestros eternos enemigos, los chiriguanas, ni siquiera se atreven a poner el pie más allá de sus fronteras. ¿No bastan tales razones para sentirnos orgullosas de ser como somos?

—Supongo que sí —admitió el canario—. Sobre todo teniendo en cuenta que parecéis felices.

—¿Por qué no habríamos de serlo? —intervino con su suavidad de siempre Quimari—. Estamos juntas y cuando os contemplamos a vosotros, condenados a vivir siempre solos, nos preguntamos cómo podéis soportar semejante castigo. La soledad no es nunca más que eso...: «soledad».

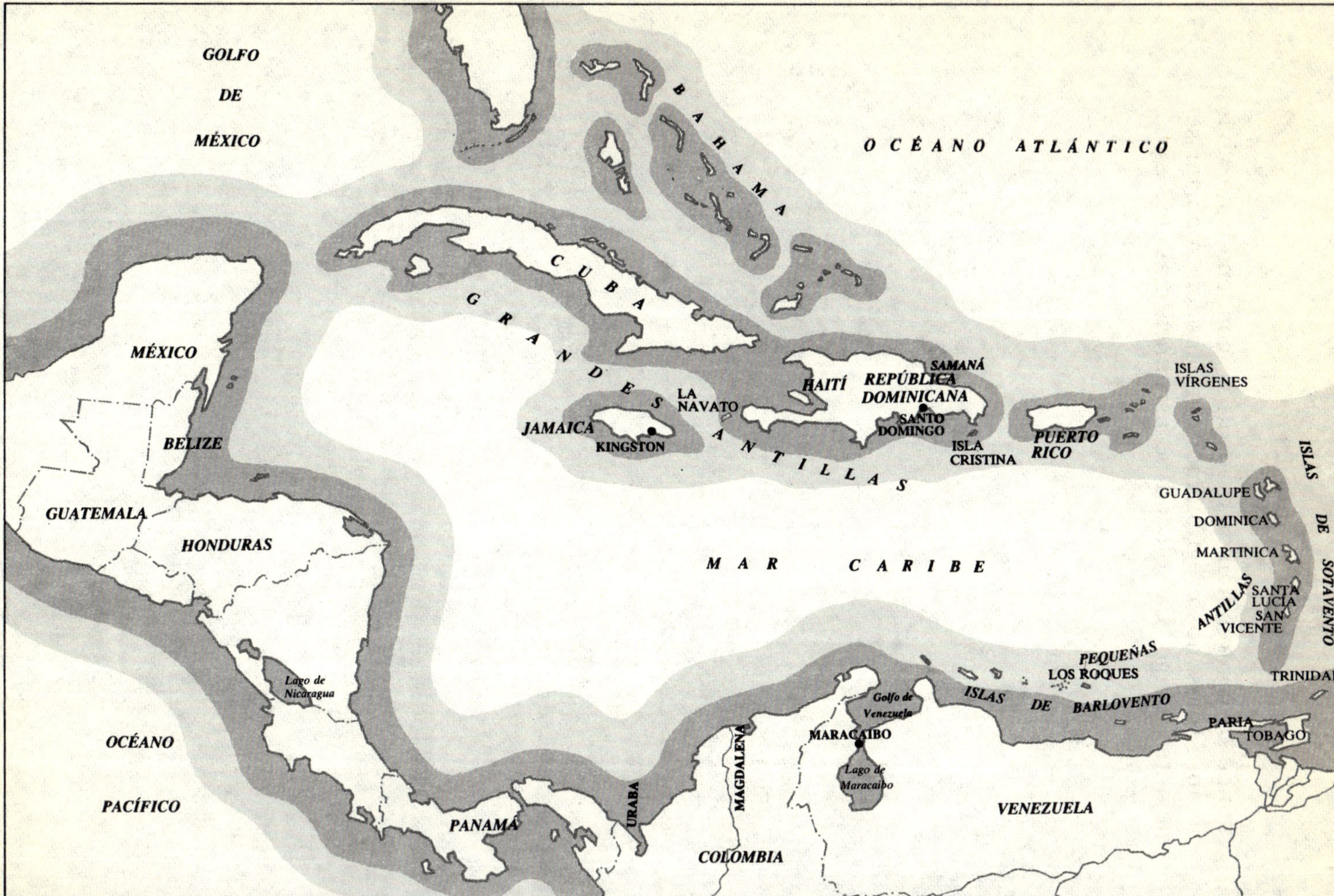
GOLFO DE MÉXICO
OCÉANO ATLÁNTICO
BAHAMA
CUBA
GRANDES ANTILLAS
MÉXICO
BELIZE
GUATEMALA
HONDURAS
JAMAICA
KINGSTON
LA NAVATO
HAITÍ
REPÚBLICA DOMINICANA
SAMANÁ
SANTO DOMINGO
ISLA CRISTINA
PUERTO RICO
ISLAS VÍRGENES
ISLAS DE SOTAVENTO
GUADALUPE
DOMINICA
MARTINICA
SANTA LUCÍA
SAN VICENTE
PEQUEÑAS ANTILLAS
MAR CARIBE
LOS ROQUES
ISLAS DE BARLOVENTO
TRINIDAD
PARIA
TOBAGO
Golfo de Venezuela
MARACAIBO
Lago de Maracaibo
VENEZUELA
MAGDALENA
COLOMBIA
URABA
PANAMA
Lago de Nicaragua
OCÉANO PACÍFICO

Milagro

La nave hacía honor a su nombre, no por el hecho de que hubiera sido construida en tiempo récord, sino sobre todo porque constituía un auténtico prodigio de belleza, esbeltez y elegancia, con avanzadas líneas que hacían olvidar el arcaico diseño de las viejas carabelas y carracas que frecuentaban el puerto del río Ozama, aproximándose más a la estructura que habrían de tener, siglos más tarde, los navíos piratas que con su endiablada rapidez y maniobrabilidad se convertían en la pesadilla del Caribe.

—No soportaría los embates de una galerna del Cantábrico —sentenció convencido Sixto Vizcaíno—. Y allá en mi tierra jamás se me hubiera ocurrido echar al agua un barco semejante, pero no creo que ningún otro consiga deslizarse mejor entre estas islas, ni cumpla de modo más cabal la misión para la que ha sido concebido.

—Es una obra de arte —admitió la alemana.

—Es el fruto de vuestro entusiasmo, mi trabajo y la quisquillosidad del Capitán Salado —replicó con humor el carpintero—. En verdad, que con frecuencia lamento haberle recomendado, pero cierto es que sin sus ideas este *Milagro* no estaría aún a flote. ¿Cuándo pensáis partir?

—En cuanto el Virrey me lo permita.

Pero una cosa parecía ser armar un buque, con todo

lo que significaba de esfuerzo y dinero, y otra muy distinta conseguir que Don Cristóbal Colón se dignase firmar un sencillo documento autorizando a *Doña Mariana Montenegro* a recorrer las costas de «Tierra Firme» en busca de un supuesto superviviente de la masacre del «Fuerte de la Natividad», dado que el Almirante se negaba a aceptar que existiera tal «Tierra Firme», y mucho menos tal superviviente.

Aún continuaba cerrilmente aferrado a la idea de que se encontraba a las puertas de Catay y pronto encontraría un paso entre las islas que le permitiría fondear frente a los palacios de oro del Gran Kan, y no estaba dispuesto a permitir por tanto que una «aventurera» de dudoso pasado se le adelantase utilizando para ello la prodigiosa nave que se balanceaba mansamente a no más de media legua de la negra fortaleza que había mandado levantar a orillas del Ozama.

—¿Quién es en realidad esa *Mariana Montenegro*? —inquirió molesto—. ¿Y cómo es que ha conseguido atesorar tanta riqueza en tan escaso tiempo?

—Se le concedió un pequeño porcentaje de los beneficios por su mediación en el asunto de las minas —le recordó su hermano Bartolomé—. Y Miguel Díaz también le entrega una parte.

—Y por lo visto utiliza «nuestro» oro en tratar de arrebatarme la gloria de llegar a Catay... —se indignó el Virrey—. Deberíamos ahorcarla.

—Tan sólo busca a un hombre.

—¡Ridículo! —sentenció el Almirante—. Ninguna mujer gastaría su tiempo y su dinero en buscar a un hombre teniendo tantos cerca.

—Ella es especial.

Mala recomendación era aquélla para quien se consideraba la única persona «especial» sobre el planeta, y pese a que desechara la idea de tomar represalias contra sus supuestas felonías, lo cierto es que Don Cristóbal Colón, Virrey de las Indias, se limitó a dar la callada por respuesta a cuantas solicitudes se le hicieron, dejando que el hermoso navío permaneciera fondeado frente al astillero, ante la desesperada impotencia de su dueña.

—La única salida que os queda es ir a pedir personalmente permiso a la reina —señaló Don Luis de Torres—. Ella, como mujer, tal vez entienda vuestras razones.

—¿En verdad imagináis que la reina más católica del orbe entendería a una mujer que persigue a su joven amante, tras haber abandonado a su esposo, que para mayor abundamiento es primo lejano del Rey Fernando? —Se asombró—. ¡A buen seguro deliráis!

—A buen seguro... —admitió el converso, levemente amoscado—. Pero a mi modo de ver no existe otra salida.

—Existe —sentenció el Capitán Moisés Salado, con su proverbial laconismo.

—¿Y es?

—Zarpar.

—¿Zarpar?

—Zarpar.

—¿Y eso qué diantres significa, si es que puede saberse?

—Levar anclas.

—¡Ya sé que zarpar significa levar anclas y hacerse a la mar...! —se impacientó el De Torres—. ¿Lo que quiero saber es si estáis proponiendo, simple y llanamente, abandonar el puerto sin el permiso del Virrey?

—Exacto.

—Eso nos acarrearía la horca.

—Si nos cogen.

—¿Os habéis vuelto loco?

—Tal vez.

—Doña Mariana... —sentenció el ex intérprete real, señalando acusadoramente al impasible marino—. Considero una temeridad poneros en manos de semejante irresponsable, aun en el improbable caso de que consiguierais ese maldito permiso. Empiezo a dudar de que ese dichoso barco soporte tan siquiera el embate de una ola en mar abierto.

—El *Milagro* es tres veces más rápido que cualquier navío del Almirante —replicó *El Deslenguado*, empleando en la larga frase todo su aliento—. Y más seguro.

—¡Palabras!

—Si las emplea, debe ser porque cree en ellas —ironizó la alemana—. Nunca le gustaron.

—Hacéis mal en tomaros a broma cuanto se refiera al Almirante —le hizo notar el converso—. Tiene ya tantos muertos en su haber, que si se cogieran de las manos, a buen seguro que conformarían una cadena que uniría ambas orillas del océano. —Luego añadió con voz grave—: Le acompañé en su primer viaje, le conozco bien, y me consta que ni siquiera pestañearía a la hora de ordenar que os colgaran de una verga del *Milagro*.

—¿Y qué pretendéis que haga? ¿Sentarme a contemplar cómo las gaviotas se cagan en cubierta?

—Esperar.

—¿Esperar, qué, Don Luis? ¿A que cualquier día mi marido decida regresar para cortarme el cuello? Aquí mi vida no está segura y lo sabéis. ¿Qué más da la horca que el cuchillo? Empezaba a desesperar y estaba decidida a regresar a mi país, pero ver cómo ese barco se alzaba desde su quilla me otorgó nuevos bríos. Si ahora se queda ahí, quien se hunde soy yo.

—¡Pero el Virrey...!

—¡Al diablo el Virrey...! —estalló la alemana fuera de sí—. Él es quien debería colgar de una verga. —Se volvió a Moisés Salado—: capitán... ¡Zarpamos!

La noche del quinto día, y aprovechando uno de aquellos largos períodos de tiempo en que ningún navío frecuentaba el puerto, el *Milagro* rompió amarras por alguna desconocida «razón», permitió que la corriente del Ozama le arrastrara mar adentro, y desapareció de la vista de los esbirros del Virrey, que, con la primera claridad del alba, se negaban a aceptar la evidencia de tan manifiesto desacato a la suprema autoridad establecida.

—¡Haced venir a *Doña Mariana*! —rugió fuera de sí el Adelantado Don Bartolomé Colón.

—Se fue —replicó secamente el Alcaide Miguel Díaz, que continuaba siendo buen amigo y protector de la mujer que le había conseguido el perdón real—. Pero no puede estar a bordo, puesto que había dado estrictas órdenes de que únicamente el Capitán Salado y tres de sus hombres pudieran subir a la nave.

—Y así ha sido, Excelencia —replicó el alférez Pedraza, un oficial de inmensos mostachos que tenía fama de severo y eficaz—. Nadie más se ha aproximado al *Milagro*, pero lo cierto es que en su casa tan sólo quedan los criados.

—Buscad entonces a Don Luis de Torres.

—Ya lo hice, Excelencia. Tampoco está.

—¿Y dónde puede haber ido?

—Lo ignoro, Excelencia. Lo único que he podido averiguar es que varias carretas salieron al atardecer en dirección a San Pedro.

—¿Hacia el Este? —se sorprendió Don Bartolomé Colón, buen conocedor de las costas de la isla—. Me extraña. Si tienen que armar y aparejar una nave a la que falta casi todo, lo lógico sería hacerlo en una tranquila bahía del Oeste, hacia Punta Salinas o Barahona.

—¿Creéis que están tratando de confundirnos? —quiso saber el incrédulo alférez Pedraza.

—Apuesto a que se trata de una añagaza —insistió el Adelantado—. Esa mujer es muy astuta, pero no va a salirse con la suya. —Le apuntó firmemente con el dedo—. Coged a vuestros mejores hombres, galopad hacia el Oeste y detenedla.

—Como Su Excelencia ordene...

El bigotudo militar dio media vuelta dispuesto a emprender una rápida carrera escaleras abajo, pero apenas había descendido media docena de peldaños cuando Don Bartolomé le detuvo con un gesto.

—¡Esperad...! Esperad un momento, por favor. Por si

acaso, enviad algunos hombres hacia el Este, no vaya a resultar que *Doña Mariana* sea más lista de lo que imagino.

Pero *Doña Mariana Montenegro* era aún más lista de lo que imaginaba, o quizá lo conocía lo suficiente como para comprender que si bien por una vez cabía sorprenderle llevándose el barco ante sus propias narices, bastante más difícil resultaría que le permitiera aparejarlo sin problemas.

—Al Norte —fue, por tanto, su orden cuando el Capitán Salado quiso saber qué rumbo debería tomar si conseguía sacar la nave a mar abierto—. Atravesad el Canal de la Mona y esperadnos en la Bahía de Samaná.

—¡Bien!

—¿Podréis navegar con tan sólo tres hombres y un barco casi desarbolado?

—Se intentará.

—Recordad que si no llegáis a tiempo, nos ahorcarán a todos.

—Recordad vos que si no llego es porque me habrán devorado los tiburones.

Con apenas dos foques y la mesana, viento de través y un perfecto conocimiento del mar y de su nave, el Capitán Moisés Salado consiguió demostrar que el *Milagro* constituía en realidad un auténtico prodigio de ingeniería, ya que en menos de treinta y seis horas de navegación dejó caer las anclas en la límpida arena de una quieta ensenada de la inmensa Bahía de Samaná.

Mucho más problemático resultaba el viaje para el resto de la tripulación, abriéndose paso a machetazos a través de la densa maleza de la ancha península, aunque por suerte era aquélla una región de escasos accidentes geográficos que los aborígenes habían abandonado buscando más seguro refugio en las escarpadas regiones montañosas o en las profundas selvas del oeste de la isla, y los únicos enemigos a tener en cuenta eran el agobiante calor, arañas, serpientes y nubes de feroces mosquitos que se arrojaban sobre los expedicionarios como lobos hambrientos.

Curiosamente, el pequeño Haitiké, era el único miembro del grupo que no parecía sufrir el asalto de las miríadas de alados enemigos que al atardecer ocultaban el sol en densas nubes, y cuando por la noche la mayoría de los miembros de la expedición se encontraban postrados sufriendo a causa de la hinchazón producida por el veneno, los atendía sin que en todo su cuerpo se advirtiese una sola señal de picadura.

La excitación del muchacho al saber que iba a hacerse a la mar a bordo de una nave, que había visto construir tabla por tabla, le impedía conciliar el sueño, aunque a ello contribuyera el hecho de saber que estaba viviendo una peligrosa aventura de la que dependía no sólo su propio destino, sino sobre todo el de su madre adoptiva y su aún desconocido padre.

Para Haitiké, la figura de *Cienfuegos* siempre había constituido una especie de insondable misterio, ya que todo cuanto sabía sobre él resultaba confuso, sin que nadie se sintiese capaz de aclararle si se trataba en realidad de un ser vivo que andaba vagabundeando por mundos desconocidos, o tan sólo un recuerdo que el desmedido amor de *Doña Mariana* había convertido en leyenda.

La relación del chiquillo y la alemana continuaba siendo hasta cierto punto igualmente inconcreta, ya que si bien ella se esforzaba por quererle como al hijo que hubiese deseado tener con su joven amante, los rasgos del mestizo, y sobre todo su retraído carácter, le recordaban de continuo que pertenecía a otra raza, y que una semisalvaje había sido su madre.

Su máximo interés seguía centrándose en hacer de él un joven educado según las costumbres de la nobleza «europea» de su tiempo, con vistas a lo cual le había proporcionado el mejor preceptor de la isla, pero en el fondo de su alma se veía obligada a admitir que se enfrentaba a una criatura muy especial, y existían demasiados detalles en la personalidad de Haitiké que nada tenían que ver ni con el carácter de los españoles, ni con el de los indígenas haitianos.

De alguna forma Ingrid Grass presentía que estaba asistiendo al nacimiento de una nueva raza cuyas señas genéticas más acusadas aparecían claramente diferenciadas en aquel huidizo y reservado rapazuelo al que incluso los mosquitos evitaban, y a menudo se preguntaba cómo sería la convivencia en un mundo poblado mayoritariamente por individuos de semejantes características.

—El tiempo y las sucesivas mezclas de sangre suavizarán los contrastes —le hizo notar Don Luis de Torres una noche en que surgió el tema de lo difícil que le resultaba entender al muchacho—. El transcurso de las generaciones dará como fruto una nueva raza más equilibrada y quizá muy hermosa, pero no debéis olvidar que éste ha sido el primer choque entre dos formas de vida contrapuestas y eso siempre acaba resultando traumático.

—¿Realmente creéis que nativos y europeos conseguirán entenderse? —quiso saber la alemana, a quien el tema preocupaba tiempo atrás—. Los noto tan distintos...

—«Son distintos» —puntualizó el converso—. Y a fuer de sincero, debo admitir que dudo que se entiendan mientras continúen siendo, como decís, «nativos» y «europeos» en su estado más puro. Tal vez las cosas cambien cuando se encuentren lo suficientemente «amalgamados».

—¿«Amalgamados»? —se sorprendió ella por la precisión del término—. ¿Por qué amalgamados...?

—Porque temo que, pese a lo mucho que se mezclen, siempre resultará posible diferenciar qué parte de cada individuo proviene de uno u otro origen. Sus naturalezas son muy distintas; diría que más diferenciadas aún que la de un sueco y un negro.

—¡Curioso...!

—Pero no debéis preocuparos, ya que dudo que Haitiké llegue a crearos problemas. Los problemas los tendrá consigo mismo, mucho más adelante. Ahora, lo único que en verdad le importa es llegar a Samaná antes de que nos alcancen los soldados.

—¿Creéis que nos persiguen?

—Estoy seguro.

No se equivocaba en esta ocasión el converso, ya que tras efectuar una larga batida por el Este hasta San Pedro, y otra por el Oeste hasta Barahona, el alférez Pedraza se cuadró sudoroso ante Don Bartolomé Colón para comunicarle que sus exploradores habían descubierto que las huellas de los carromatos de *Doña Mariana Montenegro* se encaminaban decididamente al Norte, es decir, a los embarcaderos de la Bahía de Samaná.

—¿Podréis alcanzarlos?

—Con buenas monturas y hombres de refresco, desde luego, Excelencia —fue la segura respuesta—. Esos carros avanzan con mucha lentitud por la maleza.

El hermano del Almirante ordenó, por tanto, al Alcaide, que requisase los mejores caballos de la ciudad y les proporcionase al alférez y sus hombres el avituallamiento necesario para una expedición de castigo que habría de dar como fruto el que la hermosa alemana acabara colgando de una soga en la Plaza Mayor para ejemplo de quienes osaban discutir la autoridad del Virrey.

Al bueno de Miguel Díaz, cuyo afecto por *Doña Mariana* continuaba intacto, el encargo le sumió en un profundo pesar, por lo que se apresuró a pedir consejo a su esposa, la india Isabel, antigua cacica de los territorios en los que se asentaba ahora la capital, Santo Domingo, y que era quien le había revelado tiempo atrás la existencia de sus ricas minas de oro.

—Niégate a obedecer —fue el primer y lógico comentario de la indígena.

—En ese caso seríamos varios a balancearnos en la horca —señaló el pobre hombre, convencido—. Los Colón verían con muy buenos ojos la oportunidad de quedarse con mi parte de las minas. —Agitó la cabeza, pesimista—. No —añadió apesadumbrado—. No puedo negarme, pero tampoco quiero que la ahorquen. ¡Fue siempre tan amable con todos...!

La bondadosa indígena, una mujerona enorme y vitalista que paría hijos como quien escupe por el colmillo, meditó largo rato, hizo unas cuantas preguntas y, por último, aconsejó a su atribulado esposo que no se inquietara por la alemana, permitiendo que los soldados emprendieran la marcha cuanto antes.

—La maldad suele encontrar inesperados obstáculos en su camino —fue su misterioso comentario—. Y tal vez los dioses decidan ayudarla.

—Pero, ¿cómo? —quiso saber el atribulado Alcaide—. Esas carretas necesitarán, por lo menos, tres días para alcanzar su destino, y con los caballos que lleva, Pedraza puede hacer el mismo recorrido en menos de una jornada.

—¡Ten fe...! ¡Ten fe!

Pero lo cierto es que hacía falta muchísima fe para aceptar que quizás ocurriría un milagro, puesto que cuando la armada tropa partió a lomos de las briosas bestias, y el cariacontecido Miguel Díaz reparó en los cetrinos rostros de semejante pandilla de malencarados veteranos de cien combates contra los «salvajes desnudos», llegó a la conclusión de qué suerte tendrá la bondadosa *Mariana Montenegro* si conseguía llegar viva a la Plaza Mayor de la capital para ser ahorcada.

—Los creo capaces de violarla entre todos y echar luego su cadáver a los perros —se lamentó casi gimoteando—. Son una auténtica pandilla de canallas.

Canallas o no, lo que sí constituían, desde luego, era un selecto grupo de jinetes especialmente aguerrido y resistente, puesto que cabalgaron apiñados y sin tomarse un minuto de descanso hasta pasado el mediodía, hora en que el alférez Padraza ordenó hacer un alto para dar un respiro a las monturas y devorar a la sombra de un hermoso castaño una buena parte de las excelentes viandas y el fuerte vino peleón que la india Isabel les había preparado.

—A este ritmo, caeremos sobre ellos a media tarde —señaló satisfecho—. Y si conseguimos apoderarnos del barco, tened por seguro que nos habremos hecho merecedores de un ascenso y una justa recompensa.

—De ascensos paso... —señaló un andaluz de Úbeda llamado Molina, que tenía bien ganada fama de enamoradizo y pendenciero—. Y como recompensa, ninguna otra me apetecería tanto como pasar un par de horas con *Doña Mariana* a la sombra de un árbol como éste.

—¡En marcha entonces! —fue la respuesta de su superior—. Quizás esta misma noche recibas tu premio.

Montaron de nuevo, ahora un tanto abotargados por la suculencia y abundancia del ágape, y avanzaron a prisa siguiendo el ancho rastro que habían dejado las carretas, hasta que, al cabo de tres o cuatro leguas, el propio Molina señaló nerviosamente:

—¡Un momento, alférez! Tengo que detenerme.

—De detenciones, nada —replicó su superior en tono autoritario—. Y nadie puede separarse del grupo.

—¡Pero es que tengo que hacerlo!

—Inténtalo y te fusilo.

—¿Fusilarme? ¿Por qué?

—Por desertar.

—No se trata de desertar —replicó el otro en tono de guasa—. Sino de defecar. Me estoy cagando vivo.

—¡Pues te aguantas! ¡Andando!

De un sonoro fustazo obligó al caballo de Molina a seguir su camino, y así marcharon agrupados hasta que un enorme vasco cuyo rostro aparecía marcado por una rojiza cicatriz masculló con voz de trueno:

—¡Y pues que yo también me estoy cagando!

—¡Silencio y adelante!

Siguieron de igual modo dos leguas más, pero fue entonces el propio Pedraza el que alzó el brazo cuando alcanzaban un bosquecillo de acacias, y al tiempo que saltaba precipitadamente de su montura, exclamaba furioso:

—¡Alto! ¡A cagar!

—¡A buenas horas...! —se lamentó el andaluz—. Yo ya me lo hice encima.

Los demás ni siquiera le escucharon, pues todos sin excepción se apresuraron a lanzarse al suelo buscando acomodo entre los árboles al tiempo que se iban desabrochando los calzones, y al poco las bestias comenzaron a relinchar y agitarse inquietas, pues a los lamentos y los inequívocos rumores que llegaban de la espesura, se unió pronto una insoportable pestilencia que obligaba a pensar que el mundo se había descompuesto.

—¡Malditas judías...! —masculló alguien, sin dejar por ello de apretar y lamentarse—. Algo les han puesto que nos han envenenado.

—¡Yo creo que fue el vino!

—¡El vino extriñe, imbécil, y yo me voy patas abajo!

—¡Mataré al culpable!

—¡Me cago en su padre, y nunca mejor dicho...!

Permanecieron allí un largo cuarto de hora, y cuando a duras penas treparon de nuevo a sus monturas, no eran ya la feroz y animosa tropa de antaño, sino más bien un puñado de sudorosos, pálidos y desencajados guiñapos humanos que ni fuerzas tenían para espolear a sus asqueadas bestias.

El sube y baja de las cabalgaduras y su continuo bamboleo no constituía a buen seguro el mejor remedio para tan maltrechos vientres, y no fue por ello extraño que uno por uno se fueran deteniendo en sucesivas etapas, lo que frenó por completo la marcha.

—¡Sabotaje! —renegaba una y otra vez el indignado Pedraza—. Se trata, sin duda, de un sucio sabotaje.

—¡Y que lo diga, alférez...! —replicaba zumbón el de Úbeda, que no parecía perder su humor por ello—. El más sucio y maloliente sabotaje de que se tenga memoria. La mierda me llega al pecho.

—¡Calla o te fusilo!

Comenzaba a caer la tarde cuando coronaron a duras penas una alta colina al otro lado de la cual se extendía el mar, y lo hicieron a tiempo de descubrir la altiva silueta del *Milagro*, así como las distantes figuras del grupo de tripulantes que se aprestaba a embarcar en dos lanchones el pesado contenido de las carretas.

—¡Al ataque! —ordenó el alférez, con apenas un hilo de voz—. Aún podemos detenerles.

—¡Un momento...! —protestó el vasco al tiempo que se acuclillaba una vez más—. Lo primero es lo primero.

Los demás le imitaron, y el desalentado Pedraza permaneció con la espada en alto, sin saber a ciencia cierta qué partido tomar, aunque insistiendo:

—¡Al ataque, he dicho! —repitió de mala gana—. ¿Qué dirán de nosotros si se llega a saber que los tuvimos al alcance de la mano y no les detuvimos...?

—Que somos unos cagones... —replicó Molina, jocosamente—. Y tendrán razón.

Por su parte, abajo, en la costa, el pequeño Haitiké fue el primero en descubrir las lejanas figuras de la colina, lo que hizo cundir el pánico hasta que se llegó a la conclusión —no sin sorpresa— de que permanecían absolutamente inmóviles.

—¿Pero son o no son soldados? —quiso saber *Doña Mariana*—. Desde aquí no los distingo.

—Lo son —afirmó un vigía con fama de vista de lince—. Aunque muy bajitos.

—¿Bajitos? —se sorprendió la alemana.

—Enanos de largos brazos... —replicó el otro muy serio—. A no ser que estén agachados.

—¿Y qué pueden hacer agachados?

—Ni idea.

—Tal vez estén rezando antes de lanzarse al combate.

—No me parece que hagan eso exactamente —replicó el otro, aguzando aún más la vista—. Pero por si acaso lo mejor será apresurarnos.

Se encontraban ya a salvo, a bordo del navío, cuando el grupo de jinetes alcanzó por fin la orilla, donde, contra toda lógica, no hicieron ademán alguno de intentar agredirles, sino que todos a una se introdujeron rápidamente en el agua, desnudándose y comenzando a frotarse la ropa con extraña fruición.

—Esto sí que no me lo esperaba —admitió Don Luis de Torres, perplejo—. En lugar de soldados, nos mandan lavanderas. ¿Alguien entiende algo?

—Ni falta que nos hace —replicó la alemana—. ¡Capitán...: zarpamos!

—¡Zarpamos!

Levaron anclas y el hermoso navío tomó el viento de través, viró muy despacio y comenzó a alejarse mar adentro, ante la indiferente mirada de una malencarada soldadesca que tan sólo parecía interesada en arrancar de sus cuerpos y sus ropas una densa e insoportable pestilencia.

Cienfuegos se acostumbró bien pronto a la extraña apariencia de Quimari-Ayapel, dado que en realidad las dos muchachas no ofrecían más diferenciación digna de ser tenida en cuenta que la producida por el hecho de que se habían adelantado a su tiempo, visto que el primer caso de hermanos siameses oficialmente reconocidos no saldría a la luz hasta tres siglos más tarde y al otro lado del planeta.

La convivencia con ellas le resultaba sumamente agradable, puesto que sus propias limitaciones físicas traían aparejado el hecho de que intelectualmente se las pudiese considerar muy avanzadas, en especial Ayapel que daba continuas muestras de una agudeza y un ingenio auténticamente ilimitados.

Una y otra vez repitieron bajo las narices del gomero el sorprendente truco de «licuar» una esmeralda para volver a «solidificarla» minutos más tarde, sin que ni una sola vez consiguiera éste averiguar de dónde diablos sacaban el verde líquido de olor a menta, ni cómo diantres se las ingeniaban para hacer que la primitiva piedra hiciese de nuevo su aparición como por arte de magia.

Pero si bien supieron guardar celosamente tan curioso secreto, no se comportaron de igual modo en lo referente a sus conocimientos del mundo en que vivían, ya que de alguna forma los pacíficos pacabueyes se habían esforzado por convertir a las dos hermanas en depositarias de la mayor parte de la sabiduría «científica» de su tribu.

Lo sabían prácticamente todo sobre cada árbol, cada planta y cada especie animal de su entorno, y demostraban una inusual habilidad a la hora de preparar pociones curativas o disecar un ave convirtiéndola en un objeto de adorno del que en cualquier momento se esperaba que comenzara a cantar o a poner huevos.

Pero lo que en verdad dejó perplejo al isleño fue el hecho de advertir cómo, una mañana, se presentaron ante él provistas de una especie de segunda piel, muy blanca y muy fina, que les cubría las manos hasta casi la altura del codo.

—¿Qué es eso? —quiso saber, desconcertado, sin atreverse ni siquiera a rozarlas.

—«Kuitchú» —fue la divertida respuesta de Quimari, que agitó la mano ante sus ojos burlonamente—. Lo utilizamos como protección cuando tenemos que tocar ortigas o plantas venenosas.

—¿De dónde lo habéis sacado?

Por toda respuesta le condujeron al pie de un alto árbol que crecía en un extremo de la pequeña isla y cuya corteza aparecía marcada por infinitos cortes del que iba manando una espesa y blanca savia que concluía por depositarse en una gran calabaza encajada entre sus raíces.

—Éste es el árbol del «kuitchú» —señalaron—. Su sangre se espesa y constituye una magnífica protección que luego se quita fácilmente. ¡Ven! Prueba.

Intentó resistirse, pero Quimari le demostró de modo harto evidente cómo en un instante se desprendía sin problemas la gomosa resina, por lo que no pudo resistir la tentación de permitir que le embadurnaran de igual modo para agitar luego las manos al viento hasta conseguir que la goma se solidificara.

—Resulta divertido —admitió—. Como guantes hechos a medida.

Ayapel, por su parte, había formado una pequeña bola de la misma materia, y tras ahumarla unos instantes sobre el fuego le mostró cómo saltaba y rebotaba enloquecida, con lo que estuvieron jugando como niños hasta el momento en que el excesivo calor impulsó al canario a despojarse de los «guantes».

Se presentó entonces un problema con el que las indígenas no habían contado, y era que los vellos del peludo brazo de *Cienfuegos* habían hecho cuerpo con el caucho, por lo que los alaridos de éste al arrancárselo resonaron sobre la quieta laguna espantando a las aves y obligando a reír a carcajadas a ambas hermanas.

Al final, el pobre pelirrojo se encontró con que le habían depilado de raíz hasta los codos, por lo que se pasó el resto del día y gran parte de la noche maldiciendo las ocurrencias de un par de locas que no parecían tener otra cosa que hacer que complicarle tontamente la vida.

Otro día advirtió que Ayapel rumiaba y rumiaba como una vaca aburrida, y aunque en un principio lo atribuyó a que tal vez masticaba un pedazo de carne seca, más tarde se alarmó al descubrir que lo que tenía en la boca era una pasta gomosa que, de tanto en tanto, se entretenía en estirar entre los dedos.

—¿Pero qué porquerías estás haciendo? —inquirió, indignado.

La otra le observó sin entender.

—¿A qué te refieres?

—A eso que tienes en la boca. ¿Qué es?

—«Zticli».

—¿Y para qué sirve?

—Para masticar.

—¿Sin tragártelo...?

—Claro.

—¿Por qué?

—Me entretiene... Y me ayuda a no fumar. Antes fumaba mucho y eso me hacía toser. Ahora masco «zticli» y me olvido del tabaco.

—¿Y de dónde lo sacas?

—De los arbustos que están junto al agua. Es su savia, como la del «kuitchú», pero sin mal sabor. Si la mezclas con menta o jugo de frutas está muy buena... ¿Quieres un poco?

—¡Dios me libre! Rumiar como una vaca por capricho debe ser cosa de idiotas.

—Fumar es peor... ¡Prueba!

—¡He dicho que no!

Pero como resulta lógico suponer, también en esta ocasión la curiosidad fue más fuerte, por lo que el canario *Cienfuegos* se convirtió en el primer europeo en practicar una costumbre que bien pronto sería relegada al olvido para resucitar con increíble vigor tres siglos más tarde.

Sin que se conozcan con seguridad las razones que tuviera para hacerlo, lo cierto es que a mediados del 1500, la Iglesia Católica ordenó quemar inmensas extensiones de árboles del «zapote» —una planta pinácea de la que los indígenas de Centro y Sudamérica obtenían el látex básico para fabricar goma de mascar— por lo que tan sólo fue a principios del siglo XIX cuando un grupo de aventureros norteamericanos descubrió que una pequeña comunidad mexicana continuaba practicando tan curioso hábito, lo que dio origen a uno de los imperios industriales más atípicos de la Historia.

Nada se encontraba más lejos, sin embargo, de la mente del canario que el destino final que tuviera en su día la blanca pasta gomosa que Ayapel rumiaba sin cesar, dado que en aquellos tiempos su única preocupación estribaba en disfrutar en paz del paradisíaco islote al que le había arrojado su buena estrella, charlar con las hermanas siamesas, o jugar con unos rústicos dados que había fabricado con sendos pedazos de madera.

Tan sólo un pequeño incidente vino a empañar ligeramente la hermosa e inocente relación que les unía, y ocurrió una calurosísima mañana de verano en que *Cienfuegos* dormía completamente desnudo y ajeno a todo en su ancha hamaca.

Las muchachas quisieron darle una sorpresa colocándole sobre el pecho un diminuto titi que habían encontrado entre los árboles, pero resultaron ellas en verdad las sorprendidas al descubrir que debía estar soñando con algo erótico, dado que una parte muy determinada de su anatomía presentaba un aspecto desproporcionado y sorprendente.

Permanecieron muy quietas, turbadas por algo que les provocaba rechazo y atracción al propio tiempo, y quizá por primera vez sus cuerpos reaccionaron de modo muy distinto, puesto que mientras Ayapel hacía un instintivo gesto de marcharse, Quimari quedaba como clavada en el sitio, observando hipnotizada el extraño fenómeno.

Un leve chillido del monito —tal vez igualmente asombrado— hizo que, instantáneamente, *Cienfuegos* abriera los ojos para hacerse cargo de inmediato de cuál era su incómoda y comprometida situación.

—Lo siento —musitó apenas.

—¿Siempre está así cuando duermes? —inquirió Quimari, con lo que demostraba una vez más no ser la más lista del pueblo.

—No. No siempre.

—¿Entonces?

—Soñaba.

—¿Con una mujer?

—¡Naturalmente!

—¿Quién era?

—La única a la que realmente he amado... —Agitó la cabeza con gesto de incredulidad—. Hacía años que no soñaba con ella —añadió.

La muchacha no pudo vencer su curiosidad, y muy despacio extendió la mano para pasar suavemente el dedo por el desmesurado objeto que tanto la turbaba.

—Es suave —murmuró—. Suave, firme y caliente.

—¡Por favor!

—¿Te molesta que lo toque?

—No. No me molesta... Pero soy un hombre y me excita.

—A mí también me excita —admitió Quimari, como si acabara de hacer un curioso descubrimiento al tiempo que se volvía a su hermana—. ¿Y a ti...? —quiso saber.

Ayapel alargó a su vez la mano y palpó decididamente el erecto pene que pareció cobrar nueva vida ante el tibio contacto.

—Quizá —replicó con naturalidad, tras meditarlo unos instantes—. Siento un extraño calor aquí dentro. ¿Qué puede significar? —quiso saber en un tono de voz totalmente inocente.

—Significa que lo mejor que podéis hacer es dejar de manosearlo —fue la amoscada respuesta del cabrero—. No es un juguete.

—Creí que no te molestaba.

—No es que «me moleste» exactamente. Más bien me agrada... ¡Demasiado!

—¿Demasiado? —inquirió Quimari, sin cesar por ello de acariciar con suma delicadeza la parte alta mientras su hermana mantenía firmemente sujeta la base—. ¿Qué quieres decir con eso?

—¡Oh, por Dios...! —sollozó, apenas el isleño, lanzando un hondo suspiro—. ¿Queréis dejarme en paz? ¡Va a ocurrir algo horrible!

—¿Algo horrible?

—¡Sí! ¡Algo muy horrible!

—¿Como qué?

—¡Como eso!

Los ojos de las siamesas trazaron una especie de arco en el aire y por último se observaron de cerca las manos palpando la consistencia de la desconocida sustancia.

—Parece «kuitchú» —aseguró una de ellas.

—¡Vete al infierno!

—¿Te has enfadado!

—¡Dejadme tranquilo de una maldita vez! Habéis conseguido que me avergüence... ¡Fuera!

—Sabe raro... —admitió Quimari en el momento en que abandonaba la estancia—. Y huele fuerte.

El gomero necesitó darse un reconfortante baño y permanecer largo rato tumbado bajo una palmera, antes de reunir el valor suficiente como para enfrentarse a las dos hermanas, que no parecían, sin embargo, afectadas por lo ocurrido.

—Lo lamento —fue lo primero que dijo—. Lo lamento profundamente, pero debisteis hacerme caso y no seguir jugando con algo tan... —buscó las palabras—. Delicado.

—Olvídalo... —fue la amable respuesta—. Nosotras ya lo hemos olvidado y jamás volverá a repetirse.

—¿Seguro?

—Recuerda que somos elegidas de Muzo —señaló en tono tranquilo Ayapel—. Las guardianas de sus secretos y las depositarias de su sangre. Los cielos, la tierra y los hombres están en paz porque nosotras estamos en paz, y todo debe continuar así... —Le alargó el minúsculo titi que semejaba una bola de oscuro algodón dotada de vida—. Toma —añadió—. Es para ti.

Nadie volvió a hacer mención del incidente, hasta el punto de que podría llegar a pensarse que nunca tuvo lugar, aunque el canario se sintió en ciertos aspectos agradecido al hecho de que hubiera ocurrido, ya que de ese modo tomaba clara conciencia de cuál era su situación en una isla a la que en el fondo nunca supo muy bien para qué había sido llevado.

Si en algún momento imaginó que le habían elegido por su reconocida capacidad de satisfacer a las mujeres, ahora tenía perfectamente claro que ni Quimari ni Ayapel se interesaron jamás por sus aireadas dotes amatorias, por lo que su estancia en la preciosa isla respondía a una forma de curiosidad femenina de muy distinto signo.

Quizá tan sólo deseaban tratar de cerca a un gigante extranjero peludo y pelirrojo, o quizá deseaban aprender cosas nuevas de mundos muy distantes, pero fuera por uno u otro motivo, lo cierto es que la relación acabó convirtiéndose en una sincera amistad a través de la cual *Cienfuegos* incluso llegó a olvidar las anormalidades físicas de aquellas dos criaturas auténticamente excepcionales.

—Háblanos de esa mujer con la que soñabas —rogó, una noche, Quimari, cuando sentados ante los rescoldos del hogar bebían una fuerte «chicha» que nublaba la mente, al tiempo que fumaban enormes tabacos que dejaban flotando en el ambiente un humo espeso y danzante—. ¿Cómo es?

—¿Por qué quieres saberlo?

—Porque nunca hemos sabido nada sobre el amor —señaló Ayapel—. Mauá no quería hablar de ello.

—¿Por qué?

—Tal vez creyó que nos perjudicaría.

—¿Y si es así?

—Nada que no tenga que ver con una de las dos puede perjudicarnos... —fue la serena respuesta—. Nacimos y crecimos en el convencimiento de que lo único que importa es nuestra capacidad de hacernos daño mutuamente. De niñas nos heríamos, pero llegó un momento en que comprendimos que podíamos hacer de nuestra vida un infierno, o un paraíso, y elegimos lo último.

El gomero no era un hombre especialmente culto puesto que a duras penas había aprendido a leer y escribir, y su relación con personajes de auténtica entidad, como el converso Luis de Torres o «Maese» Juan de la Cosa había sido breve y anecdótica, pero estaba dotado de la suficiente inteligencia natural como para ser capaz de valorar hasta qué punto Ayapel era una mujer de mente privilegiada cuya sensibilidad estaba muy por encima de la mayoría de los seres humanos —nativos o europeos— que hubiese conocido.

—¿Pero os consideráis realmente dos, o sólo una? —quiso saber.

—Una y dos. O dos en una. O una dividida en dos. ¿Qué importa eso? —sonrió levemente, cosa extraña en ella—. Más allá de ese número, nada cuenta.

—El amor entre un hombre y una mujer es algo semejante —admitió *Cienfuegos*—. Son dos que se vuelven uno, pero, por desgracia, la verdadera unión dura muy poco.

—Bebió despacio de la gran calabaza de «chicha» y agitó la cabeza como sorprendido de sus propios pensamientos—. Cuanto más os conozco, más me inclino a creer que tenéis mucha suerte. Amar a alguien y estar siempre unido a él, debe ser maravilloso.

—Háblanos de ella —insistió Quimari.

—¿De Ingrid...? —inquirió—. ¿Qué puedo deciros? A su lado la vida cobró sentido: se hizo plena, inquietante, dulce y amarga; intensa y repleta de olores nuevos y nuevas sensaciones. Poseerla no sólo me hacía estremecer, sino que me permitía descubrir que existía una parte de mí que ni siquiera había sospechado que existiese. Tenía la sensación de que mi semen se introducía en su sangre, se distribuía por todo su cuerpo, hacía que parte de mí pasara a formar parte de ella misma.

—Eso es hermoso.

—Y triste, porque lo que realmente deseaba en esos momentos era convertirme en ella para siempre; que su sangre fuera mi sangre, y mi cuerpo su cuerpo. Como vosotras.

—A veces —señaló Ayapel— Quimari me acaricia y yo la acaricio, pero me importa más el placer que le pueda hacer sentir, que el que ella me hace sentir a mí. ¿Ocurre igual entre un hombre y una mujer?

—Cuando se aman realmente, sí.

—¿No siempre se aman realmente? —se sorprendió Quimari.

—Por desgracia, no.

—¿Por qué lo hacen entonces?

El gomero meditó buscando una respuesta, hasta que su vista recayó en las hileras de esmeraldas que ocupaban gran parte de la amplia estancia, y las señaló con un gesto.

—De todas esas piedras, muy pocas son perfectas —dijo—. Sin embargo, se recogen con la esperanza de que tal vez puedan llegar a serlo. Con el amor ocurre algo semejante; cuando por primera vez vi a Ingrid a orillas de una laguna, jamás pude imaginar que allí estaba la perfección, pero estaba.

—¿Qué fue de ella?

—No lo sé.

—¿No deseas volver a verla?

—Creo que no.

—¿Por qué?

—Ha pasado mucho tiempo. Ni yo soy el mismo, ni probablemente ella lo sea. Las estrellas fugaces son más bellas que las que brillan eternamente porque cuando desaparecen dejan un vacío que nada puede llenar, pero ninguna estrella fugaz vuelve a cruzar jamás por el mismo espacio del cielo.

—¿Cómo lo sabes?

—Porque era pastor y dormía al aire libre.

—¿Qué es un pastor?

—Alguien que cuida animales. Allá, de donde yo vengo, existen cierto tipo de animales que domesticamos para que nos den leche, queso, lana o carne.

—¿Como los pécaris o los cuís que algunas mujeres crían para comer?

—Mucho más grandes. Yo los llevaba al monte y los tenía allí, alimentándolos y cuidándolos.

—Entiendo... —admitió Ayapel—. He oído decir que, muy lejos, al otro lado de las montañas, hacia el Oeste, existe una nación muy poderosa que vive en chozas de piedra y posee manadas de animales casi tan grandes como una persona que utilizan como bestias de carga.

—¿Cómo se llama esa gente?

—No lo sé.

—¿Es amarilla?

—¿Amarilla? —se sorprendió ella—. No. Nunca oí decir que fuera amarilla.

—¿Vive cerca del mar?

—Viven en altas montañas. Muy, muy altas... Mayores incluso que la montaña en que habita Muzo.

—En ese caso... —señaló el canario convencido—. No puede ser ni Cipango, ni Catay. El Almirante juraba que los chinos son amarillos.

Rumbo Este durante toda la noche, a media mañana Este-Sudeste, y cuando dejaron atrás la masa oscura del Cabo Engaño, el Capitán Moisés Salado ordenó virar al Sur con intención de cruzar el ancho brazo de agua plagado de tiburones que separaba la isla de La Española de *Borinquen* —la actual Puerto Rico— y buscar decididamente las costas de la aún lejana «Tierra Firme».

La nave se deslizaba como un pelícano sobre la quieta superficie de un mar verde y caliente, y acomodada en el castillo de popa *Doña Mariana Montenegro* observaba orgullosa su alegre andadura, consciente de que si la proa cortaba la superficie con tanto brío e iba dejando atrás una estela tan nítida se debía a que el intenso amor que sentía había sido capaz de vencer cuantos obstáculos se interpusieron en su camino.

—Ésta es mi obra, y le dedicaré otro año de mi vida —se prometió a sí misma—. Buscaré a *Cienfuegos* un año más, y si no consigo encontrarle me iré a Munich a tratar de convertir a Haitiké en un niño «normal».

Lo observó, inmóvil junto a la barra del timón, con la vista atenta al rumbo, las velas, el trajín de los gavieros y los gestos de su ídolo, *El Deslenguado* capitán, y se preguntó cómo diablos conseguiría arrancar a aquella criatura de la fascinación del mar, y qué ocurriría si lo desterraba tierra adentro en un país extraño del que todo lo ignoraba.

—Será una crueldad —repetía una y otra vez Don Luis de Torres—. Ese mocoso nació para ser marino y si lo alejáis de una costa se morirá de pena.

Sabía que era así, pero ¿a qué otro lugar podían dirigirse?

Había desafiado la autoridad del Almirante, lo que en aquella parte del mundo significaba tanto como enfrentarse abiertamente a sus protectores, los monarcas más poderosos del planeta, y la alemana estaba convencida de que a partir de aquel día su cabeza había sido puesta a precio, dado que, sin duda, el intransigente Don Bartolomé Colón habría considerado su acto de desacato un claro delito de traición.

Para los Colón cualquier barco que navegase al oeste de las Canarias sin su permiso era un barco pirata, al igual que todo ser humano que no acataba ciegamente sus caprichos se convertía en reo de muerte.

Habían impuesto un auténtico imperio de terror en la isla en los últimos tiempos, y raro era el amanecer en que las horcas de la fortaleza no recibían remesas de carne fresca, o simplemente se arrojaba de las más altas torres a quien osara enfrentarse al «Virrey Faraón».

Era este último un apelativo que el Almirante aborrecía especialmente, dado que hacía referencia a su reciente pasado judío, mote inventado tiempo atrás por los monjes franciscanos, que en su lenguaje secreto tachaban de ese modo a quienes no podían demostrar con suficiente contundencia su estirpe de «cristianos viejos».

En los muros de la capital, Santo Domingo, comenzaban a ser ya demasiado frecuentes las pintadas en las que se pedía el destierro para los «Cerdos Faraones Genoveses», y el clima de latente rebelión comenzaba a palparse, hasta tal punto que incluso los caballeros de más probada fidelidad a la Corona mostraban a menudo el creciente desasosiego que inquietaba sus ánimos.

Por si todo ello fuera poco, ni siquiera en la soldadesca cabía confiar, puesto que pese a que los Colón atesorasen en los sótanos de su palacio una fortuna calculada en más de seiscientos mil maravedíes, más las tres cuartas partes del oro que había conseguido extraerse de las mal llamadas «Minas del Rey Salomón», ni tropa ni oficiales habían recibido paga alguna en meses, y resultaba inútil demandar el salario a quienes no parecían soñar con otra cosa que acumular riquezas.

Para aplacar a los banqueros que le atosigaban desde la metrópoli sin desprenderse de un oro que ya consideraba de su exclusiva propiedad, el Almirante no había tenido otra ocurrencia que provocar injustas guerras contra tribus pacíficas, tomando más de seiscientos prisioneros que envió a Sevilla como pago de sus deudas, burlando con tan execrable añagaza la tajante orden de la Reina Isabel de que ningún nativo que no fuera prisionero de guerra pudiera ser considerado esclavo.

Los tiranos no suelen encontrar otra fórmula para acallar a los descontentos que nuevas y más flagrantes injusticias, y fue por ello por lo que la espiral de odio y violencia creció y creció con el paso del tiempo, sin que nadie se decidiese a poner punto final a tan peligroso estado de cosas.

Doña Mariana se alegraba, por tanto, de haber abandonado la isla aun a sabiendas de que con ello se convertía en carne de horca, ya que tenía desde meses atrás plena conciencia de que su fuerte carácter y su talante liberal habrían de acabar por enfrentarla pronto o tarde a los Colón con imprevisibles resultados.

—Aquí estamos mejor —se dijo, viendo cómo el *Milagro* corría libremente sobre las aguas—. Y si mi destino es terminar colgando de una soga, primero han de alcanzarme.

Alzó una vez más la vista para fijarla en el sereno rostro del Capitán Salado, reparó en la innegable satisfacción que le embargaba al comprobar la rápida marcha y la excelente maniobrabilidad de la nave a su mando, y se sintió más segura que nunca al comprender que mientras se encontrara sobre aquella cubierta de reluciente madera que aún olía a resina, nada tenía que temer ni aun del mejor Almirante que el mundo hubiera conocido.

—Ésta es ahora mi casa —musitó—. Mi nave, mi fortaleza y mi refugio, y el océano es tan grande y tan numerosas las islas que lo pueblan, que buscarnos será como buscar una aguja en un pajar manchego.

¿Pero cómo encontrar en semejante lugar a un hombre del que ni siquiera tenía la absoluta certeza de que estuviese vivo?

—Preguntando.

—¿Preguntando a quién? —había sido la lógica respuesta del converso Ruiz de Torres—. No se puede vagar por regiones desconocidas plagadas de salvajes preguntando aquí y allá si por casualidad han visto a un gigante pelirrojo.

—¿Por qué no? —señaló ella, sonriente—. Incluso las preguntas tienen un precio, y nuestras bodegas rebosan de telas, collares, cuentas, cascabeles, espejos, cacerolas y cuchillos que acabarán por conducirnos hasta *Cienfuegos*, donde quiera que esté.

—Quisiera tener tanta fe en encontrar un día a Dios, como tenéis vos en encontrar a ese hombre.

—¿Pretendéis que admita que *Cienfuegos* es mi dios particular...? ¡Muy bien! Tal vez lo sea.

El ex intérprete real no pudo entonces por menos que recordar cuántas veces había visto a aquel alegre muchacho, fuerte, animoso y vitalista, trepar por las jarcias de la *Santa María*, fregar furiosamente su cubierta o lanzarse desnudo al agua sin recatarse en ocultar que era quizás el hombre mejor dotado sexualmente que existía, y aun contra su voluntad se vio obligado a reconocer que hasta cierto punto resultaba lógico que una mujer —cualquier mujer— estuviese dispuesta a derrochar su fortuna y arriesgar su vida por conseguir tenerlo de nuevo entre sus brazos.

—¿Sabéis si por casualidad tenía una hermana?

La cantarina risa de *Doña Mariana* corrió sobre la nave como el toque de campana que llamaba al almuerzo, y hasta el último marinero se alegró por el hecho de que un «ama», que tan espléndidamente les pagaba y tan bien les trataba, pareciese feliz.

Y es que nada tenía que ver el *Milagro* con las sucias y tétricas carabelas o las lentas y malolientes carracas en que solían enrolarse, ni admitía comparación la comida a bordo con el indigesto rancho de la flota real, ni era el mismo el respetuoso trato que recibían de un silencioso capitán al que admiraban, de la brutalidad de unos odiados oficiales que no conocían otra forma de imponerse que el látigo y la horca.

—No —replicó, al fin, divertida—. Por desgracia para vos, no tenía hermanas.

Por unos instantes contemplaron el mar y la lejana costa del islote de La Mona que se alzaba, solitario, a barlovento, y el tono de voz de la alemana cambió, al inquirir extrañamente seria:

—Decidme, Don Luis...: ¿Qué ocurrirá si por casualidad llego a encontrarle?

—¿A qué os referís?

—¿Cómo reaccionaría? Me supone en La Gomera y ha pasado mucho tiempo. —Sonrió con amargura—. He envejecido, y quizá ni siquiera me reconozca.

—¡Tonterías! Yo os conozco hace siete años, y si habéis cambiado es para bien. Seguís siendo la mujer más hermosa del Nuevo Mundo.

—En aquel tiempo era rubia...

—Dejad de teñíos. Ya no tenéis que seguir ocultando tontamente vuestra identidad.

—¡Tengo tanto miedo a veces! —se lamentó, colocando la mano sobre la de su amigo—. ¿Y si llego a leer la decepción en su mirada? Al perseguir con tanto brío un dulce sueño se corre el riesgo de despertar a una amarga realidad muy diferente.

—¡Ojalá fuera así! —fue la honrada respuesta del converso—. Porque yo estaré allí esperando.

—¿Por mí?

—¿Por quién, si no?

—¿Nunca os dais por vencido?

—Nunca —admitió el otro—. Y tened presente que lo que más deseo en este mundo es que encontréis a *Cienfuegos,* puesto que tengo el convencimiento de que si no os enfrentáis a él personalmente, su fantasma os continuará persiguiendo hasta la muerte.

—¿Y eso os sorprende? —inquirió ella, con naturalidad—. Los hombres jamás comprenden que una mujer se pueda entregar en cuerpo y alma, pero así es. Cuando nos unimos a la pareja para la que fuimos creadas, dejamos de existir para el resto del mundo. —Lanzó un hondo suspiro—. Y es que el auténtico amor es únicamente asunto de mujeres.

—Yo os amo.

—No lo dudo —admitió *Doña Mariana*—. ¿Pero continuarías amándome tras ocho años sin verme?

—Supongo que sí.

—No. No lo haríais. Pero mi caso no tiene mérito, puesto que es algo que está incluso por encima de mi propia voluntad...

Se interrumpió al ver llegar a Bonifacio Cabrera, que había pasado el día comprobando la estiba y asegurándose de que todo estaba en orden.

—Hay víveres para cinco meses —dijo, al tiempo que trepaba dificultosamente por una empinada escala poco apta para su pierna renca—. Pero no pudimos embarcar suficientes barricas y deberíamos hacer aguada.

—¿Dónde?

—En La Española no, naturalmente... —fue la lógica respuesta—. Los hombres del Virrey podrían hacer su aparición inesperadamente. Lo mejor sería buscar una isla desierta hacia el Sur.

—Al Sur no hay islas, que yo sepa —fue la respuesta del Capitán Salado cuando tuvo conocimiento del tema.

—¿Qué aconsejáis entonces?

El lacónico marino señaló con un seco ademán de cabeza hacia el Este.

—*Borinquen.* Si acaso hubiera cristianos, son fugitivos.

Había cristianos, en efecto, y eran en efecto fugitivos del feroz régimen impuesto por los Colón, por lo que en cuanto vislumbraron en el horizonte las velas de un navío castellano, se apresuraron a internarse en la selva, prefiriendo enfrentarse a indios salvajes que a unos compatriotas que no parecían conocer más ley que la horca.

De hecho, no sólo en la actual Puerto Rico, sino también en Jamaica, y sobre todo en Cuba, comenzaban a proliferar por aquel tiempo pequeños núcleos de enemigos del virrey, que no se sentían dispuestos a regresar a la metrópoli, considerando, y con razón, que el Nuevo Mundo ofrecía infinitas oportunidades para cuantos pretendiesen rehacer su vida sin tener que soportar el yugo de un tirano.

Abundaban también, naturalmente, los simples facinerosos renuentes a someterse a cualquier tipo de ley, justa o injusta, que habían llegado hasta allí decididos a imponerse a los indígenas sin respetar las recomendaciones de la Corona, pero en aquellos primeros días del siglo resultaba difícil determinar si eran más los auténticos malhechores que los sencillos colonos descontentos.

Unos y otros habían iniciado una diáspora poco espectacular que apenas sería tenida en cuenta posteriormente por unos historiadores más pendientes de las grandes hazañas, pero constituían de hecho la avanzadilla de unos conquistadores que llegarían mucho más tarde con toda su parafernalia de arcabuces, tambores y trompetas.

La mayoría acabarían siendo derrotados por los indígenas o extinguiéndose calladamente con el paso del tiempo, pero unos pocos conseguirían afianzarse, bien por el poder indiscutible del fuego y el acero, bien por el sencillo sistema de confraternizar con los nativos entrando a formar parte de su existencia.

Pero por desgracia, en su avance no sólo llevaban consigo la buena o la mala intención, la paz o la guerra, el amor o el odio, sino que llevaban también enfermedades; males propios y exclusivos de una raza que habitaba allende los mares, y contra los cuales los aborígenes no poseían defensa alguna.

Llevaban consigo la muerte, y era una muerte invisible.

¿De quién era la culpa?

¿Quién cargaría con el peso de los infinitos cadáveres que el progresivo avance de individuos no siempre sanos iba desparramando por el rosario de islas e islotes del Mar de los Caribes?

La ignorancia, sin duda.

A nadie más que a la ignorancia de que existían gérmenes invisibles al ojo humano capaces de contagiar al hombre más robusto y consumirlo en pocos días, cabía culpar por los millones de víctimas que provocaría en el transcurso de menos de medio siglo la imparable invasión del Nuevo Mundo, puesto que nadie en aquel tiempo tenía siquiera noticias de que algo tan inimaginable pudiera acontecer.

Cabría replantearse grandes pasajes de la Historia a la luz de los nuevos descubrimientos científicos, especialmente en lo referente a epidemias, pero resulta evidente que, por aquellas fechas, ningún evadido de La Española imaginaba siquiera que el sarampión, la peste porcina, la gripe o un simple catarro a los que tan acostumbrados estaban pudiera aniquilar a tribus enteras de «salvajes desnudos».

Bastante tenían con intentar salvar el cuello de las iras del Virrey, y no resultaba extraño, por tanto, que al ver aproximarse al *Milagro* emprendieran la huida, o se limitaran a espiar desde lejos al grupo de marineros que se abastecían de agua potable en un minúsculo riachuelo.

—Había traza de cristianos —comentó, al regresar a bordo, el contramaestre que había comandado la expedición—. Pero no hubo forma de establecer contacto, ni con ellos ni con los nativos.

—Mal se presentan las cosas si todos cuantos encontramos en nuestro camino actúan de igual modo —señaló Bonifacio Cabrera—. ¿A quién preguntaremos?

—Habrá que ingeniárselas —replicó *Doña Mariana*—. Pero resulta harto descorazonador el hecho de que pocos que somos, estemos ya tan mal avenidos, desconfiando así los unos de los otros.

—Quizás en «Tierra Firme», donde aún no debe haber llegado la influencia de los Colón, las cosas se presenten de modo diferente.

—¿Creéis que habrá cristianos?

—Lo dudo.

No los había pese a que encontraron vestigios del paso de las naves de Alonso de Ojeda, aunque lo que más consiguió admirarles fue descubrir una mañana, casi al mes de haber iniciado la travesía, que en la quieta bahía de lo que parecía ser una inmensa isla desértica, descansaba el esqueleto de un viejo navío portugués.

Poco quedaba ya del maltrecho *Sao Bento* que recogiera tanto tiempo atrás al canario *Cienfuegos* en mitad del océano, y el seboso capitán Euclides Boteiro, muerto en su sillón en lo alto de una duna, había pasado a convertirse en un reseco montón de huesos al que ni tan siquiera los buitres prestaban atención.

Pero la playa aparecía aún regada de enseres del buque y los tripulantes del *Milagro* pasaron todo un día tratando de averiguar qué pudo haber ocurrido en aquel perdido rincón del planeta, y por qué razón había ido a naufragar tan lejos de su tierra una nao portuguesa.

El diario de a bordo no se encontraba en la camareta del capitán, ni descubrieron documento alguno que pudiera aclararles las razones de tan misterioso viaje, pues resultaba evidente que no era aquél en modo alguno un barco pirata, visto que su armamento era escaso y su aparejo poco apto para alcanzar una andadura digna siquiera de ser tenida en cuenta.

—¿Cuánto tiempo puede llevar aquí? —quiso saber *Doña Mariana.*

—Un año —replicó seguro de sí mismo el Capitán Salado—. Dos, como máximo...

—¿Qué habrá sido del resto de la tripulación?

—¡Cualquiera sabe!

Enviaron a una docena de hombres fuertemente armados a dar una batida por el interior de la supuesta isla, pero regresaron a la caída de la tarde convencidos de que ni salvajes ni cristianos podrían sobrevivir en muchas leguas a la redonda.

—Es una tierra maldita de los dioses —aseguraron—. Arena y cactus hasta donde alcanza la vista, que no es muy lejos, puesto que una sucia calima parece querer ocultar el horizonte.

Pasaron la noche fondeados a poco más de una milla de la costa, tal vez confiando, sin razón lógica alguna, en que la luz del nuevo día les permitiría averiguar algo más sobre el origen o el destino final de los hombres que atravesaron el «Océano Tenebroso» a bordo de tan cochambrosa embarcación, pero amaneció un día gris y ventoso que confirió un aire aún más fantasmal al cadáver del *Sao Bento,* por lo que al poco levaron anclas alejándose rumbo al Oeste para perder de vista lo que pronto no sería ya más que un montón de maderos cubiertos por la arena.

A media tarde embocaron la entrada del golfo que Alonso de Ojeda había bautizado como «Pequeña Venecia» o «Venezuela».

Hacía calor; un calor tan seco y asfixiante como ninguno de ellos había sentido hasta el presente ni aun en los peores días de bochorno de la abandonada ciudad de «Isabela», y cuando atravesaban el sucio y hediondo canal que separa el golfo del lago Maracaibo, el viento cayó de repente por lo que tuvieron la sensación de haber penetrado en un horno del que acabaran de haber sido retiradas las brasas.

El agua, quieta, brillante y como pulimentada, lanzaba reflejos de acero herido por el sol, y hacía daño a los ojos tratar de buscar en el horizonte aquellos poblados de casas alzadas sobre pilares a las que Ojeda y «Maese» Juan de la Cosa habían hecho referencia con tanto entusiasmo.

—Únicamente las salamandras vivirían aqui... —sentenció Don Luis de Torres, abriendo mucho la boca para aspirar un aire que se negaba a descender a sus pulmones—. Y dudo que nuestro buen amigo *Cienfuegos* sea tan loco como para haber decidido quedarse por estos pagos.

Se fue el sol, que se iba allí lanzando rayos ardientes hasta el último segundo, como si odiara —o amara— aquel lago más que ningún otro punto del planeta, y tuvieron que pasar dos horas antes de que los más entusiastas se sintieran con ánimos suficientes como para moverse.

Luego, casi a media noche ya, el vigía de la cofa alertó sobre una luz que se movía en el horizonte y al poco dos indígenas semidesnudos se aproximaron a bordo de una piragua para gritar amistosamente:

—¡Viva Isabel! ¡Viva Fernando!

Aquéllas eran, sin embargo, y por desgracia, las únicas palabras de castellano que sabían, aprendidas sin duda de algún patriótico tripulante de las naves de Ojeda, y en cuanto se les invitó a subir a cubierta fue para solicitar con inequívocos gestos que se les diera algo de beber que no fuera precisamente agua.

El capitán ordenó que les sirvieran un cuartillo de ron, que se echaron al coleto sin respirar siquiera, para caer como apuntillados, hacerse un ovillo y comenzar a roncar sonoramente.

—¡Pues vaya una embajada...! —exclamó el desconcertado Bonifacio Cabrera—. Mudos y borrachos.

Borrachos puede que fueran, pero mudos no, desde luego, ya que con la primera claridad del alba abrieron los ojos al unísono y comenzaron a parlotear como loras histéricas en una jerga de la que ni Don Luis de Torres ni ninguno de los restantes miembros de la tripulación comprendía una palabra.

Y es que los cuprigueri que poblaban el interior del lago conservaban un idioma propio, tan sólo ligeramente contaminado por escasos vocablos caribes o arawacs, por lo que únicamente alguien como el gomero *Cienfuegos*, que dominaba ambos idiomas y poseía una gran facilidad para aprender, tenía posibilidades de entenderse con ellos.

Fue necesaria, por tanto, mucha paciencia, agobiados por un infernal calor que volvió a hacer su aparición en cuanto el sol se alzó sobre la línea del horizonte, para conseguir, a base de regalos, que los nativos se esforzaran lo suficiente como para admitir que los únicos hombres barbudos que habían visto en su vida eran los de la expedición de Ojeda, aunque en un momento dado tuvieron noticias de que algún otro habitó cierto tiempo en el interior del lago.

—Coincide con lo que aseguraba Don Alonso —admitió la alemana—. ¿Pero hacia dónde habrá ido?

—¿Quién puede saberlo?

—Bonao —intervino Haitiké, que solía escuchar en silencio a los adultos—. Estoy seguro de que decía la verdad.

A la violenta luz del sol de Maracaibo resultaba, sin embargo, difícil admitir que un niño casi ciego que habitaba en una oscura cabaña de las selvas del interior de una lejana isla pudiera adivinar el punto al que se había encaminado el canario, por lo que *Doña Mariana* concluyó por aceptar el ofrecimiento del cojo Bonifacio de elegir cuatro hombres y acompañar a los cuprigueri al lejano poblado en el que al parecer había estado viviendo *Cienfuegos*.

Partieron en una chalupa a vela, una vez que el capitán hubo llevado su nave hasta un punto más allá del cual consideró arriesgado aventurarse, y resultó evidente que el animoso renco se sentía especialmente orgulloso de comandar por primera vez en su vida una auténtica expedición.

El *Milagro* tuvo que aguardar, por tanto, tres largos días abrasado en mitad de aquel infierno, fondeado en un agua densa y plomiza sobre la que súbitamente hacían su aparición negras manchas de aceite o grasa.

—¿Qué es eso? —quiso saber la alemana.

Pero nadie a bordo supo ofrecerle una explicación lógica al curioso fenómeno, pues aunque algunos lo atribuyeron a que tal vez en lo más profundo de la bodega existiera una filtración que dejaba escapar aceite de un barril, pronto resultó evidente que las manchas llegaban de la orilla, pese a que no se distinguiese forma de vida alguna en la distancia.

Por lo general los tripulantes solían pasar la noche despiertos para buscar de día una sombra bajo la que dormitar empapados en sudor y, desde el capitán al último grumete, todos coincidieron que aquélla era quizá la más dura prueba de resistencia que se le pudiese exigir a un ser humano.

Ni siquiera lanzarse por la borda constituía un remedio duradero, pues era como tirarse de cabeza a un gran plato de sopa, por lo que, cuando al fin hizo su aparición en el horizonte la vela de la chalupa, todos lanzaron un hondo suspiro de alivio.

Bonifacio Cabrera traía consigo a un extraño personaje de noble aspecto, alta estatura y ojos estrábicos, que respondía al sonoro nombre de Yakaré, y que aseguraba haber conocido personalmente al pelirrojo *Cienfuegos* y a la negra *Azabache*.

El indígena, que resultó ser un valiente guerrero que había viajado hasta «El Gran Río del que Nacen los Mares» y se expresaba con facilidad en cuatro o cinco dialectos, no tuvo la más mínima dificultad para hacerse entender por *Doña Mariana*, que poseía amplios conocimientos de la lengua haitiana de origen arawac, por lo que pudo hacerle un extenso relato de cuál había sido su relación con el gomero y la africana, y por qué razón habían partido un amanecer en busca del «Gran Blanco».

—¿Qué es el «Gran Blanco»?

El cuprigueri se mostró ahora renuente a responder y fue necesario ofrecerle un hermoso cuchillo para que se decidiera a hacerlo:

—Una altísima montaña, blanca y sagrada.

—¿Dónde está?

—Al Sur. Muy lejos.

—¿A qué fueron allí?

—*Azabache* quería que mi hijo naciese blanco.

—¿Tu hijo? —La voz de *Doña Mariana* tembló ligeramente—. No el hijo de *Cienfuegos*, sino «tu» hijo.

—«Mi» hijo —insistió el estrábico, con un cierto tono de orgullo o altivez—. *Azabache* era «mi» mujer.

—Entiendo. ¿Nunca volvieron?

—Nunca.

—¿Sabes por qué?

—Tal vez los motilones les mataron.

—¿Quiénes son los motilones?

—Gentes salvajes de la montaña. «Hombres de ceniza».

—¿Caribes?

—No.

—¿Caníbales?

El cuprigueri negó con un gesto:

—Sólo salvajes. Cobardes y salvajes.

La alemana pareció necesitar unos minutos para meditar, y al fin, mostrándole un brillante brazalete de latón que el otro se apresuró a tomar, inquirió de nuevo:

—¿Hacia dónde podrían haberse dirigido en caso de que no los hubieran matado?

Yakaré la observó como si aquélla fuera la pregunta más estúpida que le hubieran hecho nunca, y concluyó por encogerse de hombros.

—Un guerrero puede caminar más de un año en cualquier dirección.

—¿Estás seguro?

—Yo tardé ese tiempo sólo en llegar al «Gran Río del que Nacen los Mares».

Don Luis de Torres penetró en la camareta y regresó con un pedazo de carbón con el que dibujó un tosco mapa en la pulida cubierta del navío.

—Aquí está el mar —dijo—. Aquí el lago; aquí el poblado de los cuprigueri donde vive Yakaré...: ¿Dónde estaría el «Gran Blanco» y dónde «El Gran Río del que Nacen los Mares»?

Quedó patente que era la primera vez que el indígena se enfrentaba a un dibujo de semejantes características, por lo que se hizo necesario repetirle insistentemente la explicación antes de que consiguiera entenderla, pero en cuanto lo hubo hecho demostró una notable agilidad mental, ya que tomando el pedazo de carbón trazó una cruz como una cuarta por debajo del poblado cuprigueri.

—Aquí está el «Gran Blanco» —dijo.

Luego se puso en pie y anduvo casi dos metros para dibujar una ancha raya que atravesaba la cubierta de parte a parte.

—Y aquí «El Gran Río del que Nacen los Mares».

—¡Caray! ¿Tan lejos?

—Tan lejos.

—¿Y más al Sur?

—Selva. Mucha selva.

—¿Al Este?

—Selva y el mar.

—¿Al Oeste?

—Selva y montañas... Muy altas montañas, dicen. Más altas aún que el «Gran Blanco»... ¡Dicen!

Doña Mariana, Haitiké, Don Luis de Torres, el Capitán Salado, el cojo Bonifacio Cabrera y la casi totalidad de los tripulantes del *Milagro* estudiaron detenidamente lo que sin duda podía considerarse el primer y rústico mapa de un Nuevo Mundo.

—Si fuera cierto, tendrían razón los que afirman que nos encontramos a las puertas de un inmenso continente —señaló la alemana.

—Probablemente exagera.

—Tal vez. —Se volvió a Yakaré—. ¿Cómo es de grande el río del que nacen los mares?

—Desde una orilla no se divisa la otra.

—¿Estás seguro?

—Yo lo he visto.

—¡No es posible! —sentenció el converso—. No existe en el mundo un río de semejantes características. Ni siquiera en Asia.

El cuprigueri le observó de hito en hito, y se diría que por sus extraños ojos cruzaba un relámpago de ira.

—¡Yo lo he visto! —repitió—. Tardé un año en llegar, y su anchura es mayor que de aquí a mi casa.

—Juraría que dice la verdad —intervino el silencioso capitán.

—En ese caso, cambirá el concepto del mundo que ahora tenemos —sentenció Ingrid Grass, al tiempo que se volvía de nuevo al indígena—. Imagínate... —pidió— que eres *Cienfuegos* y los motilones no te han matado. ¿Hacia dónde irías?

Sin dudar un instante el otro puso el dedo en el punto que marcaba su poblado.

—¡Sí, claro...! —Se armó de paciencia la alemana—. Regresarías a casa. Pero supón que no puedes volver a ella. ¿Qué rumbo tomarías?

La mejor prueba que pudo dar Yakaré de su inteligencia y seriedad estribó en el hecho de que en esta ocasión no se apresuró a emitir una respuesta, sino que permaneció largos minutos acuclillado ante el tosco dibujo, y cualquier observador imparcial podía constatar que realizaba un gran esfuerzo sopesando los pros y los contras de la difícil cuestión.

Por último, marcó una raya que partía del «Gran Blanco» hacia el Oeste.

—¿Al Oeste?

—Sí.

—¿Por qué al Oeste?

—Es lo que yo haría.

—¿Por qué?

—Al Este hay montañas y tribus hostiles. Al Sur montañas y espesas selvas. Al Oeste el camino es más fácil.

—Eso lo sabes tú, pero *Cienfuegos* no.

—Me preguntas qué haría yo, no *Cienfuegos.*

La respuesta poseía una lógica aplastante, por lo que la alemana pidió a Bonifacio Cabrera que diese de comer al indígena proporcionándole alojamiento, pues deseaba tomarse algún tiempo para meditar sobre cuanto acababa de averiguar.

Esa noche pocos durmieron a bordo, puesto que hasta el cocinero parecía impresionado por el ingente cúmulo de noticias que habían recibido de la portentosa «Tierra Firme» en que se encontraban, y en el castillo de popa la «Plana Mayor» se congregó en torno a una amplia mesa sobre la que el Capitán Salado había extendido un tosco mapa que reproducía, en pequeño, el que aún parecía dibujado sobre cubierta.

Fue una larga discusión en la que cada cual tuvo oportunidad de exponer libremente sus puntos de vista, dado que *Doña Mariana,* que era quien en realidad mandaba en todo cuanto no se refiriese a la navegación, parecía tener un especial interés en sopesar opiniones, consciente de que de su decisión final dependería en gran parte el que dispusiese o no de una mínima oportunidad de encontrar al hombre que amaba y por el que estaba asumiendo tantos riesgos.

Fue en esta ocasión Bonifacio Cabrera quien volvió a traer a colación al vidente Bonao.

—Al fin y al cabo, lo que dijo coincide con las apreciaciones de Yakaré —señaló decidido—. *Cienfuegos* se encuentra vivo, más allá del mar y de altas montañas, al oeste del lago. El propio capitán lo verificó.

—Puede tratarse de una casualidad.

—¿Acaso tenemos algo mejor?

—Seguir a pie hacia ese «Gran Blanco».

—¿Atravesando el territorio de los motilones? —quiso saber Don Luis de Torres—. Se me antoja una locura, ya que disponemos de una excelente tripulación, pero no de soldados adiestrados en luchar con salvajes.

—¿Capitán?

—Estoy de acuerdo.

—En el mar contamos con todas las ventajas —insistió el converso—. En tierra con ninguna.

—Pero *Cienfuegos* está en tierra.

—Pues habrá que conseguir que regrese a la costa.

—¿Cómo?

—Pensando.

Era en verdad una respuesta un tanto atípica, pero era también la única válida en tales circunstancias, puesto que resultaba evidente que no disponían de hombres para internarse con la más mínima esperanza de éxito en un inmenso continente hostil desconocido.

El navío constituía en cierto modo una prolongación de Europa a orillas de un mundo inexplorado, y mientras se mantuviesen a bordo continuarían sintiéndose seguros, pero una vez en tierra, lejos de la protección de unos pequeños cañones que era más el ruido que el daño que causaban, se convertían en un frágil puñado de intrusos invasores.

Al día siguiente la decisión estaba tomada, y en cuanto Yakaré —que había pasado la noche durmiendo plácidamente— abrió los ojos, *Doña Mariana* le invitó a descender a la bodega, mostrándole la infinidad de baratijas que allí se amontonaban.

—Podrás llevarte lo que quieras, si nos acompañas, a buscar a *Cienfuegos*.

El estrábico bizqueó aún más y extendiendo la mano se apoderó de un collar de cuentas de vistosos colores.

—¿«Todo» lo que quiera? —inquirió, incrédulo.

—Todo aquello con lo que seas capaz de cargar.

Aquél constituía, sin lugar a dudas, un tesoro de valor incalculable para un sencillo cuprigueri y una irresistible tentación para alguien que había dado anteriormente amplias muestras de una notable ambición e indiscutible valentía.

—Iré —replicó.

Se estremeció la tierra.

Gruñó sordamente, como si en efecto Muzo y Akar estuviesen librando un feroz combate en sus entrañas, y desde lo más profundo de los abismos infernales ascendió un ensordecedor estruendo que al llegar a la superficie se transformó en destrucción y muerte.

Las aguas se salieron de su cauce, los árboles se derrumbaron como naipes, las casas aplastaron a sus ocupantes, y enormes grietas se tragaron a los que huían, cerrando luego sus fauces como perros hambrientos.

En menos de veinte segundos, el laborioso, ordenado y placentero mundo de los pacabueyes se convirtió en un caos, y un pueblo que llevaba veinte años confiando en la protección que les brindaba el hecho de poseer a la criatura más excepcional del planeta, se sumió de improviso en la incredulidad ante la magnitud de su desgracia.

¿Por qué?

¿Qué había sucedido para que los sonrientes dioses de antaño se convirtieran súbitamente en terroríficos demonios?

¿Qué imperdonable pecado habían cometido los pacabueyes para perder así el favor de Muzo, el de la verde sangre cristalina?

¿Dónde estaba el poder de Quimari-Ayapel?

¿Dónde su capacidad de mantener a raya al sanguinario Akar?

Quizá fueron las dos hermanas quienes en primer lugar se formularon semejante pregunta.

Tomaron asiento sobre una caída palmera, para contemplar cuanto quedaba en pie de su hermosa cabaña, y en sus miradas podía leerse el más indescriptible desconcierto, puesto que habían sido criadas en la convicción de que su aparente monstruosidad estaba justificada por el hecho de poseer un indiscutible poder sobre los dioses, pero he aquí que ahora los dioses lo negaban.

Y su negativa no hubiera podido ser nunca más tajante, ya que el invisible brazo de un cíclope furioso había barrido el país de extremo a extremo.

Quimari lloraba. Ayapel permanecía como ausente.

Cienfuegos, herido en una mano a causa de una astilla que se la había atravesado, como un dardo disparado por un arco gigante, se lavaba la sangre en el río observando de reojo a aquellas sorprendentes criaturas que de improviso parecían haberse convertido en sombras de sí mismas.

Sintió una profunda pena, no sólo al tener constancia de que habían perdido todo cuanto poseían, sino al tener de igual modo pleno convencimiento de que a causa del terremoto habían dejado de ser lo que siempre fueron.

Abandonadas por los dioses, pasarían de ser seres excepcionales y casi míticos, a simples monstruos de dos cabezas y cuatro piernas, y de protectoras de la tribu, a parias denostadas por los mismos que hasta aquel momento apenas osaban pronunciar en voz alta su nombre.

Aunque quizá no era su culpa.

Cienfuegos estaba tan acostumbrado a que la desgracia le persiguiera, persiguiendo de igual modo a quienes le amaban, que no podía, aunque quisiera, evitar que le asaltara una vez más la sensación de que era aquella maldición, que arrastraba eternamente, la que había arrojado tan aplastante losa de destrucción sobre los pacabueyes.

—¿Hasta cuándo? —musitó, al tiempo que se vendaba fuertemente la herida con un pedazo de tela que encontró entre los escombros—. ¿Hasta cuándo estoy condenado a llevar el mal a mis espaldas?

Apartó de un puntapié una de las gruesas esmeraldas que regaban el suelo, y trató de calibrar las posibilidades de rehacer la hermosa cabaña.

No existía ninguna.

La robusta pilastra central, de madera negra y casi un metro de diámetro, se había tronchado como una triste caña, y con ella se había venido abajo la techumbre destrozando los muros laterales, mientras una altísima palmera caía más tarde sobre lo poco que había quedado en pie convirtiéndolo en polvo.

El auténtico milagro era seguir con vida.

El río, estremecido al igual que la tierra, había enviado sus olas por encima de la mayoría de las islas, y su cauce, por lo general limpio y tranquilo, aparecía ahora infestado de maleza, árboles e incluso hinchados cadáveres de bestias que se alejaban lentamente corriente abajo.

—¡Muzo nos odia!

Se volvió a observar a Quimari, que era quien lo había dicho sin dejar de sollozar por ello.

—¡Tonterías! —replicó, aproximándose—. Esto no es cosa de los dioses. Es un simple terremoto.

—La tierra sólo se mueve si los dioses se irritan.

—Aunque así fuese —admitió, sin ánimos de enzarzarse en una discusión que carecía de sentido—. Nada tiene que ver con vosotras.

—Todo tiene que ver con nosotras —sentenció Ayapel, sin mover un músculo—. Pero ¿qué fue lo que hicimos mal?

—Tocarle.

El canario temía esa respuesta, y no le sorprendió, por tanto, que Quimari se mostrase tan segura de sí misma.

—No tuvo importancia —señaló—. Y no sabíais lo que hacíais.

—No. No lo sabíamos, y no tenía importancia. Pero más tarde sí lo sabíamos y sí tenía importancia.

—Pero no volvió a ocurrir.

—No. No volvió a ocurrir.

—¿Entonces?

—Yo deseaba que ocurriese.

—¡Oh, vamos, Quimari...! —se encrespó el gomero—. ¿Crees que porque tuviste un mal pensamiento tus dioses han sido capaces de organizar semejante desastre?

—Un mal pensamiento nuestro es peor que un crimen de cualquier otro —fue la respuesta—. Estamos consagradas a Muzo. Cuidamos su sangre.

—¿Sangre? ¡Majaderías! No son más que piedras verdes. Bonitas, pero piedras.

—¡Calla! —intervino Ayapel—. Se enfurecerá aún más.

—¿Aún más? —se asombró *Cienfuegos*—. ¡Como no me deje embarazado...!

—¿Es que nunca respetas nada?

—Respeto muchas cosas —replicó él de mala gana—. Sobre todo a vosotras, y me niego a que os dejéis abatir por lo que no es más que un accidente. —Paseó de un lado a otro como un oso enjaulado—. Se movió la tierra... ¡De acuerdo! Nos dio un susto de muerte y lo mandó todo a hacer puñetas...! De acuerdo también! Pero de ahí a sentirse culpables, media un abismo.

Le observaron con la expresión de quien ha llegado a la conclusión de que se enfrenta a alguien que no habla su propia lengua y jamás podrá entenderle, y tras un largo silencio Ayapel pidió serenamente:

—¡Déjanos solas! Necesitamos pensar.

—No quiero que penséis.

—Tenemos que hacerlo... —El tono de su voz no admitía réplica—. ¡Por favor...!

El isleño comprendió que nada podía hacer por ellas de momento, y se alejó refunfuñando para ir a tomar asiento al otro lado de la isla, a observar la sucia laguna y la terrible desolación que ofrecía un paisaje hasta unas horas antes sereno y apacible.

—¡Mierda! —mascullo—. Mierda para Muzo, Akar o quien quiera que sea quien se divierte jodiéndome la vida. ¡Ahora que me sentía tan a gusto...!

Tenía conciencia de que aquélla había sido la mejor época que recordaba en mucho tiempo, y aún le costaba admitir que parecía haber concluido de improviso, pero el sufrido gomero tenía ya tanta y tan amarga experiencia acumulada, que no podía engañarse haciéndose la vana ilusión de que todo podía continuar como hasta entonces.

Los pacabueyes eran, sin duda, gente pacífica y hospitalaria, pero eran también, y sobre todo, gente profundamente supersticiosa, y lo más probable era que muy pronto se planteasen la posibilidad de que el pelirrojo extranjero maloliente tuviera parte de culpa en lo ocurrido.

—Me temo que aquí tengo menos futuro que gorrino en Navidad —se dijo—. Será cuestión de cambiar de aires.

Se tumbó cara al cielo, que era lo único limpio y en orden que se ofrecía a la vista, y dos horas más tarde le sorprendió descubrir que había sido capaz de quedarse dormido pese a la gravedad de sus problemas, por lo que se puso en pie de un ágil salto animado de aquel invencible espíritu que le permitía encarar alegrementelas más adversas circunstancias.

Quimari y Ayapel apenas se habían movido del lugar en que las dejara y, enfrentándose a ellas, exclamó alegremente:

—¡Me voy!

—¿Por qué?

—Porque los pacabueyes querrán matarme.

—¡Eso es absurdo! —sentenció Ayapel—. ¿Por qué habrían de hacerlo?

—Porque intenté robar las «yaitas» y Muzo se enfureció haciendo temblar el mundo.

—¡Pero eso no es cierto!

—Yo lo sé. Y vosotras también... Pero los pacabueyes

no, y por lo tanto lo creerán. —Sonrió como si se tratase de una divertida broma—. Me buscarán y os dejarán en paz... ¡Es más! Ganaréis prestigio.

—¿Estás insinuando que debemos mentirle a nuestra propia gente?

—Tan sólo quiero encontrar una forma de resolver la situación... —Se acuclilló frente a ellas y las observó con afecto—. Yo os aprecio —añadió—. Y me consta que si no lo hacemos así vuestra posición aquí resultaría muy difícil. ¿Adónde iríais? ¿Quién cuidaría de vosotras? —Acarició la mano de Quimari—. El mejor regalo que puedo haceros es escapar.

—¿Y si te cogen?

—¿Los pacabueyes? —inquirió, burlón—. ¡Ni en un año de perseguirme!

—¿Cómo puedes estar tan seguro?

—Porque los conozco. Le tienen miedo a la selva, y podría tenerlos el tiempo que quisiera dando vueltas por ella sin encontrar ni rastro.

—Aunque así fuera... —terció Quimari, con su dulce voz de siempre—. No es justo que cargues con nuestras culpas.

—Te repito que la culpa es sólo mía —replicó el gomero con firmeza—. Incluso había elegido ya las piedras que pensaba llevarme.

—¡Mientes! —señaló Ayapel, segura de sí misma.

—¿Cómo puedes saberlo?

—Te conozco.

—Nadie conoce a los ladrones cuando los tiene en su propia casa y los aprecia.

—Leí lo que estaba escrito sobre ti en la «yaita».

—¿Y la «yaita» no te dijo que soy ambicioso? ¿Qué sabéis vosotros lo que es ambición, ni cómo se comporta la gente de mi raza? Eso no podías leerlo en ninguna «yaita». —Abrió la mano y mostró una inmensa esmeralda, la mayor y más hermosa que había encontrado entre las ruinas de la cabaña—. ¡Mira! —añadió desafiante—. ¿Te convences ahora?

Sembró la duda en ellas, o al menos ellas permitieron que la sembrara, por lo que al poco se inclinó a besarlas dulcemente e, introduciéndose en el agua, comenzó a nadar sin prisas dejando que la corriente le arrastrara.

Poco después se volvió a contemplar la isla en que se había sentido tan dichoso durante tan corto espacio de tiempo, se aferró a un tronco que flotaba e inició una vez más un largo camino sin retorno.

Cuando abandonó la amplia laguna, adentrándose en lo que era ya cauce del río propiamente dicho, se sentía apenas poco más que uno de aquellos aterrorizados monos a los que el terremoto había arrojado al agua bruscamente, y que al igual que él aparecían aferrados a un tronco, empapados y temblorosos, sin atreverse siquiera a preguntarse adónde les conduciría aquella arriesgada travesía tan poco apetecible.

Al caer la tarde decidió buscar la protección de un playón solitario rodeado por una espesa maleza impenetrable, descubriendo entonces que incluso su mísero taparrabos había desaparecido en el agua, por lo que consideró que había descendido hasta el último escalón de su condición de ser humano, ya que se encontraba desnudo, descalzo, desarmado, hambriento, perdido y tal vez perseguido por toda una tribu de furiosos indígenas en algún remoto lugar desconocido y olvidado de los dioses de un continente que carecía de nombre.

Y para colmo, echaba profundamente de menos a Quimari-Ayapel.

En semejantes circunstancias cualquier otro se hubiese desquiciado, atacado por esa invencible demencia que se apodera de quienes se pierden en los ardientes desiertos, los eternos hielos, o las espesas selvas, pero al gomero *Cienfuegos* ya nada conseguiría transtornarle, sino que, más bien por el contrario, las mil y una penalidades vividas habían curtido su ánimo a tal punto que cuanto más adversas parecían las condiciones de la lucha, más capacitado se sentía para enfrentarse a ellas.

Se transformó, por tanto, una vez más en una especie de ser irracional atento únicamente a sobrevivir a toda costa, y para conseguirlo no encontró mejor fórmula que olvidar su mundo interior e incluso sus recuerdos, para concentrar hasta el último de sus sentidos en la ardua tarea de evitar que el hambre, las bestias o los enfurecidos pacabueyes que le culparían de la destrucción de todo cuanto tenían, le borraran de una vez por todas de la faz de la tierra.

¿Qué habría hecho en aquellos momentos su buen amigo y maestro, el diminuto Papepac?

Para *El Camaleón* la mejor defensa había sido siempre volverse invisible hasta que llegara el momento de pasar a la acción, y teniendo como tenía muy presentes sus enseñanzas, el isleño, lo primero que hizo fue cavar un hoyo en la arena del playón, enterrarse en él y cubrirse el rostro con las anchas hojas de un arbusto grasiento cuyo repelente hediondez alejaba incluso a los insectos.

Vencidas las primeras arcadas que producía la nauseabunda pestilencia, su olfato concluyó por acostumbrarse a ella, por lo que pudo dormirse con la absoluta seguridad de que ningún hombre conseguiría descubrirle ni ninguna fiera de la selva localizarle por su olor.

Le despertó un rumor de voces.

Amanecía, los pacabueyes andaban ya en su busca y los espió mientras cruzaban a tiro de piedra de su escondite, reconociendo, incluso a dos muchachitos de los que antaño acudían a la puerta de su choza a escuchar extrañas historias del Viejo Mundo.

Llevaban el rostro pintado de blanco, habían dejado de cubrirse con anchas túnicas, y blandían sus armas al tiempo que lanzaban roncos gritos de guerra, lo cual sirvió para tranquilizarle, pues sabía por experiencia que quien se encamina al combate de tal guisa no representa a la larga un gran peligro.

En la selva, *Cienfuegos* temía al guerrero silencioso y solitario, capaz de camuflarse tal como él sabía hacerlo y aparecer de improviso donde menos se espera, y resultaba evidente que los pacabueyes eran por naturaleza un pueblo agrícola y poco amigo de la guerra al que años de paz habían enquilosado.

En campo abierto y frente a un enemigo de parecidas características tal vez habrían tenido alguna remota posibilidad de salir victoriosos, pero intentar atrapar a alguien tan experimentado y escurridizo como llegaba a serlo él en la espesura, constituía, sin lugar a dudas, una empresa que se encontraba fuera de su alcance.

Los dejó pasar y se internó luego unos metros en la jungla en procura de bayas y raíces de las que había aprendido a alimentarse en momentos difíciles.

Tuvo suerte al conseguir atrapar una iguana aún aturdida por la catástrofe que había arrasado su hábitat, devorándola cruda sin el menor síntoma de repugnancia, para ocultarse luego entre unos helechos de la orilla del río, consciente de que una infinita paciencia se convertía en aquel momento en su mejor aliado.

Vio pasar dos grupos más de animosos guerreros, y tres días más tarde asistió al regreso, aguas arriba, de la totalidad de unas tripulaciones que bogaban ahora con aire de suprema fatiga, sin fuerzas ya para seguir cantando, pero pese a ello aún aguardó a la llegada de la noche antes de lanzar de nuevo el tronco al río y dejarse arrastrar por la corriente.

Ésta le llevó mansamente a través de intrincadas selvas, estrechas gargantas y extensas praderas que más bien parecían un pedazo de Europa, y cuando al fin le depositó en una gigantesca ciénaga por la que se extendía en millones de brazos, comprendió que había dejado definitivamente atrás el país de los pacabueyes, y debía enfrentarse ahora a peligros totalmente diferentes.

Cienfuegos había oído contar a Ayapel que sus vecinos y eternos enemigos, los chiriguana, eran gente feroz y poco hospitalaria; «sombras verdes», traidoras y acechantes de las que en verdad le preocupaban, puesto que el repelente paisaje de altos árboles, aguas poco profundas y aislados islotes de tupida vegetación apenas comunicados entre sí por fangosos senderos, constituía ciertamente un lugar idóneo para tender seguras emboscadas y acabar sin peligro con el intruso más avispado.

«Sombra verde» venía a significar hombre habituado a mimetizarse en la foresta; cazador invisible que no sigue el rastro de su pieza, sino que prefiere aguardar paciente a que se ponga a tiro de su arma, la mayor parte de las veces una larga cerbatana de dardo emponzoñado.

El isleño comprendió de inmediato que el generoso río que con tanta eficacia le había alejado del peligro pacabuey había concluido por precipitarle en una mortífera trampa.

Se concedió a sí mismo, como siempre, tiempo sobrado para estudiar sus nuevas circunstancias, y ese tiempo y su natural astucia acabaron por ofrecerle la solución que tanto estaba necesitando.

Si «sombra verde» equivalía a «cazador solitario que aguarda a un enemigo por lo general desconfiado», resultaba evidente que no cabía la posibilidad de intentar atravesar su territorio utilizando sus propias armas, sino que, por el contrario, se hacía imprescindible actuar de un modo absolutamente diferente.

Se fabricó, por tanto, una inmensa maza de piedra que era en verdad un arma impresionante, desgajó la gruesa y dura corteza de un árbol envolviéndose en ella del cuello a la cintura, se protegió la cabeza con un gigantesco coco verde que adornó con plumas de modo que semejaba el casco de un gladiador romano, y con su metro noventa de estatura y su portentosa fortaleza, echó a andar cantando a pleno pulmón, consciente de que los chiriguanas no se había echado a la cara jamás una visión tan estrambótica.

Estaba convencido de que ningún posible enemigo osaría enfrentársele cara a cara, ya que casi les doblaba en peso y corpulencia, y confiaba en que la chapucera coraza que se había agenciado rechazara los dardos envenenados, lo cual, unido al desconcierto que sin duda producía su inesperada presencia y su ronco vozarrón, le brindaba al menos la esperanza de contar, de momento, con el inestimable factor de la sorpresa.

Trinidad; a proa se abre el mar,
y el mar se cierra a popa.

Con temporal de frente
o buen viento a la espalda,
todo es lo mismo,
aunque todo es diferente,
y donde quiera que esté
tu voz me llama eternamente.

... Trinidad: no importa el rumbo
ni tampoco el destino.
No importa el puerto,
ni tampoco el peligro.
Importa el mar
e importa el horizonte,
importa el sabor a sal,
y me importa tu nombre...

... Trinidad; a proa se abre el mar,
y el mar se cierra en popa...

Una vez más, la vieja canción marinera que aprendiera a bordo de la *Marigalante* se convirtió en su himno de guerra, y en verdad que más de una «sombra verde» debió quedarse helada —más sombra y más verde que nunca—, temblorosa y rogando interiormente a todos sus dioses que el extraño monstruo apocalíptico que avanzaba a enormes zancadas, bamboleándose como un ogro de cuento infantil, al tiempo que lanzaba desafinados alaridos, no tuviese la mala ocurrencia de descubrir el mísero escondite desde el que modestamente intentaba sorprender a un triste mono o una pacífica danta, pues resultaba evidente que aquella mala bestia aulladora sería muy capaz de partirle en dos con su terrorífica maza de piedra.

Si alguno tuvo intención de lanzarle un dardo envenenado, o le tembló el pulso o le faltó el resuello a tal punto que el proyectil debió acabar cayéndole a los pies, y sabido es que durante varias generaciones los nativos de la región dibujaron en cuevas y rocas figuras de gigantes cubiertos de casco y peto que los investigadores de siglos posteriores quisieron atribuir a la presencia de seres extraterrestres de una remota invasión precolombina.

Y es que a decir verdad, el gomero *Cienfuegos* y su extraña indumentaria debieron antojársele a los pobres aborígenes un ser de otro planeta que desembarcaba en la tierra hambriento de carne humana.

No resultó extraño, por tanto, que cuando al fin descubrió una especie de villorrio o campamento, éste ofreciese todo el aspecto de haber sido abandonado precipitadamente, por lo que, consecuente con su papel de gigante sanguinario, y convencido de que el terror era su mejor aliado en aquellos momentos, se esforzó por vencer la repugnancia que sentía, para apoderarse de un pobre mono atado a un poste, arrancarle violentamente la cabeza y devorarlo haciendo que la sangre le corriera por el pecho, seguro como estaba de que desde la cercana espesura cien ojos le acechaban.

Pero no cometió el error de detenerse, pues sabía que una cosa era pasar de largo, espantando a la gente, y otra muy distinta invadir sus hogares, y en cuanto le llegó claramente el corto llanto de un niño horrorizado, se alejó lanzando eructos, chapoteando en los charcos y blandiendo su arma con el aire de quien ha decidido perdonarle la vida a una miserable pandilla de inofensivos desgraciados.

En cierta manera, al canario le divertía su nuevo papel de monstruo, aunque sabía a ciencia cierta que no podía durar, puesto que por muy desconcertados que se encontraran los chiriguana, pronto acabarían por reaccionar teniendo en cuenta que al fin y al cabo se enfrentaban a un único enemigo.

Él, por su parte, se enfrentaba a otros muchos en aquellos pantanos plagados de caimanes, anacondas, arañas y mosquitos, pero quien le hacía sufrir todas las penas del infierno era una incontable pléyade de voraces sanguijuelas que se le aferraban a los tobillos en cuanto se veía obligado a vadear un brazo de agua.

Arrancarlas significaba arrancarse también un pedazo de carne, por lo que no le quedó otra opción que encender fuego, hacerse con una brasa y llevarla siempre al rojo a base de soplarla, para aplicársela a la cabeza a los asquerosos parásitos apenas le apresaban.

Pasó la noche acurrucado en la copa de un frondoso «paraguatán» que se alzaba solitario en mitad de una laguna poco profunda, teniendo como vecinos a una familia de «garzones-soldado» de blanco plumaje, largo pico y aspecto de alguaciles malhumorados que no se mostraron en absoluto satisfechos por su presencia, y dejó que transcurriera parte de la mañana en su escondite, aguardando paciente a que fueran los indígenas los primeros en dar señales de vida.

Tal como imaginaba, una larga noche de reflexión había hecho que los chiriguana decidieran dejar de comportarse como solitarias «sombras verdes» frente a un gigante acorazado contra el que ningún poder tenían sus dardos envenenados, en vista de lo cual avanzaban ahora en un compacto grupo, armados de largas y afiladas lanzas de negra madera, dispuestos al parecer a precipitarse en masa sobre la bestia apocalíptica en cuanto consiguieran localizarla.

¿Cómo podía caber en sus primitivos cerebros que el ogro vociferante del día anterior fuera capaz de transformarse de pronto a su vez en «sombra verde»?

El objetivo que *Cienfuegos* se había propuesto en un

principio había sido alcanzado; los papeles se habían invertido y ahora eran ruidosas partidas de guerreros las que vagaban tontamente por la ciénaga, mientras él se disponía a poner en práctica las enseñanzas de su inimitable maestro Papepac.

Aguardó, con la paciencia de un perezoso, a que los monos dejaran de agitarse en los árboles, las ardillas recuperaran la calma, y las loras cesasen de chillar; se cercioró plenamente de que sus enemigos se habían alejado, y tan sólo entonces abandonó su refugio y reanudó la marcha esforzándose por no dejar atrás ni una sola huella de su paso.

Cada quinientos metros se detenía, sin embargo, ocultándose de nuevo y escuchando.

Tres veces los supo cerca, aunque ninguna de ellas significaron un serio peligro, y cuando el sol se inclinó lo suficiente como para convertir el pantano en un gris universo sin relieves, abrigó el convencimiento de que había conseguido salir con bien de aquella prueba.

Al mediodía siguiente, la ciénaga y sus amenazantes «sombras verdes» eran sólo un recuerdo.

Retumbó el cañón

El *Milagro,* al pairo a poco más de una milla de una costa árida y polvorienta por la que corría libremente un viento cálido y seco, aguardó paciente todo el día respuesta a su llamada, pero los atemorizados guajiros cuyas miserables chozas de caña se desperdigaban sin orden ni concierto por la abrasada península que llevaría más tarde su nombre, no sólo no se atrevieron a hacer acto de presencia, sino que, por el contrario, optaron por adentrarse aún más en su áspero territorio, desapareciendo entre los altos cactus, como si en verdad se los hubiera tragado la tierra.

—No debe ser éste, a buen seguro, el «Paraíso Terrenal» que el Almirante afirma haber descubierto durante su último viaje —señaló Don Luis de Torres, observando con aire aburrido la agreste costa—. Más bien se me antoja la antesala del infierno de Dante.

—¿Qué infierno...? —quiso saber el desconcertado Bonifacio Cabrera.

—«El Infierno de Dante»; Dante Alighieri, un italiano.

—¿Tan malo fue que necesitaba un infierno para él solo?

—¡No seas bestia, rapaz! —le recriminó el converso—. Dante fue un gran escritor y su *Divina Comedia,* uno de los mejores libros que jamás se han escrito.

—¿Lo ha leído?

—¡Naturalmente!

—¿Ha leído muchos libros?

—Muchos. Aunque no todos los que quisiera.

—La señora se pasa la vida leyendo... —comentó el renco tras rumiar largamente la respuesta—. Pero lo cierto es que no acabo de entender qué placer o beneficio se obtiene de ello. ¿Os importaría explicármelo?

—Nos esperan largos meses de travesía —replicó el otro con manifiesta ironía—. Pero dudo que basten para hacer comprender a una cabeza de atún como la tuya para qué sirven los libros. —Lanzó un hondo suspiro—. *Cienfuegos* era otra cosa; aprendió a leer y escribir en quince días.

—Pues en La Gomera tenía fama de bruto, y tener fama de bruto en La Gomera ya es la rehostia.

—En aquel tiempo no era bruto, sino inculto, que es distinto. Se había criado sin más compañía que las cabras y eso imprime carácter.

—Ya lo creo que imprime. Una vez le pegó un topetazo a un cerdo y lo tumbó patas arriba.

Una divertida carcajada les obligó a alzar el rostro hacia el puente de mando en el que acababa de hacer su aparición *Doña Mariana Montenegro* a tiempo de escuchar el comentario del cojo.

—Hacía tiempo que no os oía reír con tanto entusiasmo —señaló, satisfecho, el De Torres.

—Es que hacía tiempo que nada me recordaba a *Cienfuegos* con tanta claridad —fue la respuesta—. Partía almendras con los dientes y aplastaba nueces con dos dedos. Le creo muy capaz de tumbar a un cerdo de un cabezazo... —Sonrió, y se diría que lo hacía a sus más íntimos recuerdos—. Pero al mismo tiempo sabía ser la criatura más delicada de este mundo. —Señaló hacia tierra firme—. Daría mi mano derecha por saber si aún está vivo.

—¡Lo está!

—¿Cómo lo sabéis?

—Porque alguien tan amado no puede cometer el error de morirse.

—Eso es muy hermoso, Don Luis, pero como casi todo lo exageradamente hermoso, irreal, por desgracia.

—Nunca me habéis parecido en absoluto irreal.

La alemana se inclinó abanicando el aire en una elegante reverancia:

—Precioso cumplido, y como tal lo acepto, pero por desgracia después de aquel «Lázaro, levántate y anda», ninguna otra palabra le ha devuelto la vida a un hombre. Y yo empiezo a necesitar más que palabras; empiezo a necesitar alzar los ojos hacia la costa y ver a un muchacho pelirrojo agitando los brazos.

—Ya no será un muchacho.

—No. En efecto; ya no será un muchacho...

Podría creerse que la simple constatación de un hecho tan evidente entristecía de improviso a *Doña Mariana,* quien se limitó a tomar asiento a la sombra de la toldilla, a contemplar en silencio el continente que mantenía secuestrados todos sus sueños.

En los últimos días se había visto obligada a preguntarse con demasiada frecuencia qué diablos hacía embarcada en tan absurda aventura, puesto que cuanto más de cerca estudiaba el extenso universo que se abría ante la proa del navío, más clara noción tenía de que intentar encontrar allí a un hombre que ni siquiera sabía que le andaban buscando, era una empresa abocada al más rotundo fracaso.

Selvas, islas, desiertos, montañas y un calor insufrible parecían conformar aquella «Tierra Firme» de la que apenas conseguía entrever sus orillas, y se hacía necesario un auténtico milagro mucho mayor que aquella nave, para que se diera la casualidad de coincidir con el solitario *Cienfuegos,* pero como suele ocurrirle a muchas mujeres, Ingrid Grass había convertido su necesidad de encontrar a su amante en una auténtica obsesión contra la cual resultaba inútil luchar.

Temía, y con razón, que su improbable triunfo fuera a la larga casi tan negativo como su prevista derrota, ya que si por casualidad lograba reunirse de nuevo con aquel niño grande al que una vez se había entregado en cuerpo y alma, éste sería ya, sin duda, un hombretón brutal y asilvestrado, puesto que los años pasados en soledad por aquellos hostiles parajes le habrían marcado de forma indeleble.

¿Pero qué justificación cabía darle a una existencia que de otro modo carecería de sentido?

Seguir o abandonar le atemorizaban por igual, puesto que en lo más íntimo de su ser la ex vizcondesa de Teguise tenía conciencia de que su momento de gloria había quedado atrás, llegando a su ocaso el mismo día en que las naves de Don Cristóbal Colón abandonaron la isla de La Gomera, llevando a bordo un polizón llamado *Cienfuegos*.

Allí debió dar por concluida la aventura limitándose a abandonar a un esposo al que no amaba para regresar a su Baviera natal, pero se empecinó en reanudar un romance imposible que cuanto más se esforzaba por resucitar más profundo enterraba.

Alzó la vista hacia el vigía de la cofa, que permanecía durante horas observando una costa vacía, tal vez preguntándose por qué razón una hermosa mujer que podía tenerlo todo, le obligaba a perder el tiempo tan miserablemente, y paseó luego la mirada de igual modo por el resto de una tripulación que vagabundeaba perezosa por cubierta leyendo en sus ojos la total falta de fe que tenían en tan fantasiosa empresa.

—¡Zarpamos! —dijo, al fin—. Aquí no hacemos nada.

El Capitán Salado, al que todo seguía importándole bien poco con tal de seguir a bordo de la más hermosa nave que jamás hubiera sido construida, se limitó a hacer un leve gesto a su segundo, que gritó roncamente:

—¡Izad la mayor! ¡Hombres a las anclas!

—¡Izando la mayor! ¡Hombres en las anclas! —replicó, al instante, el contramaestre.

Los que pescaban recogieron sus aparejos, los que dormían se alzaron de sus hamacas, los que jugaban a los naipes refunfuñaron, y a los pocos minutos la proa del *Milagro* comenzó a cortar el agua mansamente, ganando poco a poco velocidad rumbo al Oeste.

Yakaré, el estrábico cuprigueri que solía pasar las horas sentado sobre la botabara del palo de mesana permanecía atento una vez más a las idas y venidas de los marineros, fascinado por aquellos extraños seres barbudos cuya prodigiosa magia conseguía el portento de que una gigantesca choza flotase sobre las aguas y además se moviese.

El pequeño Haitiké, que se había convertido casi desde el primer momento en su inseparable compañero y en quien mejor le entendía, le iba explicando a su manera cómo funcionaba el mundo de los malolientes extranjeros, y a cambio de ello le hacía continuas preguntas sobre *Cienfuegos*.

—Todos hablan de él, pero nadie me aclara cómo es, porque le recuerdan de hace muchos años. Es mi padre, pero nunca le he visto... ¿Cómo es en realidad?

—Grande, fuerte, peludo y pelirrojo.

—Eso ya lo sé. ¿Pero cómo es como persona?

Aquélla resultaba una complicada pregunta para un guerrero cuprigueri que se había limitado a considerar al gomero un simple intruso poco grato, pero se sentía agradecido por la atención que le dedicaba el muchacho, por lo que intentó recordar al gigantón que poco más de un año antes compartiera con él algunas de las más bellas muchachas del poblado.

—Valiente y tranquilo —señaló al fin—. Jamás le vi enfurecerse ni demostrar temor ante cosa alguna de este mundo. Luego, cuando se marchó en busca del «Gran Blanco», llegué a la conclusión de que estaba loco.

—¿Por qué?

—Sólo un loco se adentra en territorio motilón. —Agitó la cabeza mostrando a las claras su incredulidad—. Y lo hizo únicamente por ayudar a *Azabache*. ¡Una mujer que ni siquiera era la suya!

—¿Realmente era tu mujer?

—Era una mujer... ¡Y negra! —Lanzó un bufido—. Cosas muy raras van a ocurrir en el mundo cuando se permite que haya mujeres negras.

—He visto algunos negros, pero nunca a una negra —admitió el chiquillo, como si se considerara inferior por ello—. Me gustaría verla. ¿Crees que los encontraremos?

—No.

Lo dijo con tanta seguridad que el otro no pudo por menos que lanzarle una larga mirada de soslayo.

—¿No? Entonces, ¿por qué has venido con nosotros?

—Porque me pagan por buscarle, no por encontrarle. —Hizo una corta pausa—. ¿Tú quieres encontrarle?

—No lo sé —admitió, con sinceridad, el muchacho—. Me da un poco de miedo. Me gusta navegar y si le encontramos, tal vez regresemos a Santo Domingo para siempre.

—¿Cómo es Santo Domingo?

El muchacho se enfrascó entonces en una de aquellas largas explicaciones que dejaban al pobre nativo boquiabierto, y así transcurrían las horas mientras el navío costeaba para que los vigías no perdieran detalle de cuanto ocurría en tierra.

Al oscurecer, el capitán solía ordenar alejarse mar adentro y permanecer al pairo, o fondear en alguna quieta ensenada manteniendo en ese caso una guardia en cubierta, pues aunque hasta el momento los aborígenes apenas habían dado señales de vida, y desde luego no se habían mostrado en absoluto hostiles, Yakaré aseguraba que en cuanto se encontrase frente al territorio de los ladinos itotos, de los mil tatuajes, las cosas cambiarían radicalmente.

—Son muy amables —dijo—. Te reciben amistosamente, te ofrecen cuanto tienen, dejan que comas y bebas «chicha» hasta reventar, y en cuanto te descuidas... ¡Zasss!

—¿Te matan? —se horrorizó el cojo.

—No. No te matan. Sólo... ¡Zasss!

Su gesto fue ahora tan explícito que todos quedaron como anonadados, casi incapaces de dar crédito a lo que estaban oyendo.

—¿Quieres decir que son «sodomitas»? —aventuró por fin Don Luis de Torres, visiblemente confuso.

—No. No son eso...; son itotos, pero... ¡Zasss!

—¿Pretendes hacernos creer que por estos pagos existe una tribu indígena cuyos hombres se dedican a violar a los forasteros?

Yakaré necesitó tomarse un tiempo para captar lo que pretendían decirle, pero acabó por negar:

—Los itotos no violan. Son siempre amables y hospitalarios, pero en cuanto te descuidas...

—¡Zass...! —concluyó la frase el renco Bonifacio Cabrera—. Cuesta creerlo.

—A un joven guerrero cuprigueri también le costaba creerlo... —puntualizó el estrábico—. Ahora es gran jefe entre los itotos. —Rió divertido al tiempo que señalaba la pierna enferma del gomero—. Y a los cojos los agarran antes.

—¡Pandilla de salvajes!

—No hace falta ser salvaje para ser «sodomita»... —señaló serenamente el converso—. Lo fueron los griegos y los romanos, y es tradición que para algunos árabes un tierno mancebo vale tanto como una hermosa doncella. Incluso se asegura que ha habido un par de Papas con tales aficiones.

—Cuidad vuestra lengua —le advirtió la alemana—. Por menos de eso más de uno ha muerto en la hoguera.

—¡Han quemado a tantos por decir la verdad!

Si era cierto o no lo que Yakaré contaba sobre la tribu de los itotos que poblaba la ancha franja que separa la serranía de Santa Marta del mar, nadie podía saberlo, pero lo cierto fue que cuando tres días más tarde el *Milagro* fondeó en una paradisíaca bahía flanqueada de altas palmeras, dos anchas piraguas cargadas de indígenas que por toda vestimenta lucían una alargada calabaza que les protegía el pene, e infinidad de bellos tatuajes negros, acudieron en son de paz, subiendo a bordo sin demostrar temor alguno, e invitando a los presentes a visitarles en tierra, donde serían magníficamente agasajados.

—Yo no bajo, ni aun llevando una coraza que me cubra hasta las corvas —aseguró el amoscado Bonifacio Cabrera.

—Si el tamaño de esas calabazas sirve para dar una idea de lo que ocultan, ¡Dios nos proteja! —añadió, horrorizado, el contramaestre.

La unánime negativa a aceptar la amable oferta de conocer sus hogares no pareció ofender a los nativos, como si tuvieran plena conciencia de su fama, limitándose a partir de aquel momento a curiosear el extraño navío y a responder a las preguntas de un Yakaré que se entendía con ellos con total fluidez.

De sus respuestas pudo deducirse que no era aquélla la primera vez que tenían conocimiento de que existiesen hombres peludos que semejaban simios, pues tiempo atrás habían divisado dos navíos, y les habían llegado confusas noticias de que entre los pacabueyes de tierra adentro habitaba un gigantesco araguato capaz de hablar.

—¿Qué es un araguato? —quiso saber de inmediato *Doña Mariana Montenegro.*

—Un mono aullador de pelaje rojizo —aclaró el cuprigueri.

—¿*Cienfuegos*?

—Tal vez.

—¿Dónde viven esos pacabueyes?

Los ladinos y serviciales itotos se apresuraron a afirmar que muy lejos, detrás de las altísimas montañas que se divisaban, en la distancia, ofreciéndose a servir de guías hasta el territorio de los burede, una «simpática» tribu colindante con el extremo sur del país de los pacabueyes.

—¿No hay otro acceso?

—A través del Gran Río que desemboca al Oeste —aseguraron—. Pero ahí se ocultan las «sombras verdes» de las ciénagas, gente hostil y poco «colaboradora».

—Eso de poco «colaboradora» debe significar que no se dejan tocar el trasero —mascullό el cojo en su más puro castellano, y luego se volvió a su «ama»—. Temo, señora, que esta cuadra de «bujarrones» está intentando llevarnos al huerto.

—Averigua algo más sobre ese río —le rogó la alemana a Yakaré—. ¿Crees que es el que tú conoces?

El otro negó convencido.

—«El Gran Río del que Nacen los Mares» corre hacia el Este —replicó, seguro de sí mismo—. Éste corre hacia el Norte. He oído hablar de él. Es mucho más pequeño, pero sus ciénagas son muy peligrosas.

—¿Más que los itotos?

—¡Diferentes! —rió el otro—. «Muy» diferentes.

El Capitán Salado, que ocupaba gran parte de su tiempo en ir trazando un mapa de la costa aderezado con apuntes de lo que podía encontrarse tierra adentro según las explicaciones que obtenía de los aborígenes, fue de la opinión de que las montañas que tenían enfrente debían formar parte de una importante cordillera que tal vez dividía en dos el continente.

—... Y si los ríos son tan caudalosos como esta gente asegura, debe ser gigantesco —sentenció Luis de Torres.

Lejos estaba el converso de suponer que todo cuanto pudiera imaginar no era apenas más que una sombra de la realidad, ya que ninguno de los miembros de su generación tendría ocasión de hacerse una idea exacta del auténtico tamaño del mundo que comenzaban a entrever.

De haberlo sabido, tal vez allí mismo hubieran renunciado a tan absurda empresa, pero como la ignorancia suele ser en ocasiones una magnífica aliada, durante la reunión que mantuvieron esa noche en torno a la mesa del Capitán, el converso votó por seguir navegando hasta dar con la desembocadura del gran río que según todos los indicios debía encontrarse frente a ellos.

—Por hostiles y traidoras que sean esas «sombras verdes» —concluyó—, confío en que al menos no nos ataquen «por la espalda».

Al amanecer levaron anclas tras despedirse afectuosamente de los desencantados itotos; entre los cuales no habían conseguido distinguir ni una sola mujer, lo que les obligó a pensar que, probablemente, la versión que Yakaré les había dado se ajustaba bastante a la realidad.

—Cuando viajé por «El Gran Río del que Nacen los Mares»... —aseguró luego éste, seriamente— me contaron que en sus orillas habita una tribu de mujeres guerreras que viven sin hombres.

—¿Y cómo se reproducen?

—Hacen «razzias» en las que capturan prisioneros con los que cohabitan hasta quedar embarazadas. Luego los convierten en esclavos o los matan.

—¡Espero que *Cienfuegos* no las haya encontrado! —exclamó, alarmada, la alemana.

—Y si las encuentra, capaz le creo de convertirlas a todas al «cristianismo» —rió Don Luis de Torres—. ¡Menudo es!

Pero por suerte para él, *Cienfuegos* no había tropezado en los últimos días ni con mujeres ni con hombres, y tras dejar atrás las ciénagas y el gran río, vagaba sin rumbo por lo que parecía ser tierra de nadie, pese a que constituía un territorio fértil de clima templado, en cierto modo parecido al de los pacabueyes.

Se preguntó la razón por la que los indígenas prefiriesen esconderse en insalubres pantanos plagados de caimanes y mosquitos, a poblar unas praderas por las que corrían libremente los venados y los sabrosos conejillos de indias, pero no encontró respuesta alguna que le satisfaciera.

Fue el suyo, por tanto, un largo paseo, aunque manteniéndose siempre a la defensiva, hasta divisar a lo lejos un pequeño villorrio semiderruido que se alzaba a orillas de un diminuto riachuelo de aguas cristalinas.

Advirtió al fin presencia humana, por lo que permaneció largo rato oculto entre la maleza, comprobando la posible presencia de hombres armados, hasta que llegó a la conclusión de que los únicos seres vivos de los alrededores parecían ser una anciana encorvada y una niña de poco más de doce años, que no mostraron temor alguno al verle aparecer, sino que, por el contrario, se aproximaron hasta la orilla a observar cómo se introducía en el agua y avanzaba hacia ellas alzando la mano en son de paz.

—¡Buenos días! —saludó, sonriente.

—¡Buenos días! —replicó la anciana, con naturalidad—. Empezaba a temer que nadie llegaría.

La estudió desde abajo, aún con el agua a media pierna, para acabar por inquirir, sorprendido:

—¿Es que estáis siempre solas?

—Hace años —fue la sencilla respuesta, carente de dramatismo—. Muchos años, aunque confiábamos en que al fin los dioses se acordaran de nosotras.

Le invitaron a penetrar en su diminuta vivienda donde de inmediato colocaron ante él un gran recipiente de barro rebosante de gachas de maíz con carne, al tiempo que la niña colocaba sobre las brasas unos pequeños peces abiertos en canal.

Estaba en verdad hambriento de algo caliente y nutritivo, y durante el tiempo que dedicó a comer tan sólo se preocupó de disfrutar de lo que se le antojaron auténticos manjares, pero cuando se encontró ya satisfecho se volvió hacia la anciana de frágil aspecto pero expresión firme y serena.

—¿Qué esperabais en realidad? —quiso saber.

—Que se cumpliera lo que los dioses me anunciaron.

—¿Y qué te anunciaron?

—Que viajaríamos hasta el mar, donde seríamos testigos de grandes prodigios. Supongo que tú debes ser el encargado de llevarnos allí.

—¿Dónde está el mar?

La anciana señaló un punto a sus espaldas.

—Hacia allá. Muy lejos.

Cienfuegos no hizo comentario alguno, agradeció la sabrosa guayaba que la chiquilla le ofrecía, y tras darle un fuerte mordisco hizo un amplio gesto como queriendo abarcar cuanto le rodeaba:

—¿Dónde están todos? —quiso saber.

—Se los llevaron.

—¿Quiénes?

—Los que viven en las altas montañas del Oeste.

—¿Por qué se los llevaron?

—Para ellos no somos más que aucas salvajes; poco más que animales. Antes venían con frecuencia, pero ahora creen que aquí ya no queda nadie. —Señaló a la muchachita—. La última vez Araya era un bebé de brazos y yo una vieja enferma.

—¿Es tu nieta?

—No. Pero ahora es más que mi hija.

—¿Cómo son esos hombres de las montañas?

—Crueles.

—¿Van vestidos? —quiso saber el canario, recordando lo que sobre ellos le habían comentado Quimari y Ayapel, y ante el mudo gesto de asentimiento añadió—: ¿Son amarillos?

—¿Amarillos? —se sorprendió la vieja—. No. No son amarillos. Pero llevan hermosas túnicas, gorros de colores y armas muy poderosas. ¡Y son muchísimos! Más que los árboles del bosque.

—Entiendo —admitió el canario—. Lo que no entiendo, es por qué despueblan una tierra tan fértil.

—No quieren vecinos. —Hizo una larga pausa y añadió con naturalidad—. ¿Cuándo nos llevarás al mar?

—¿Al mar? —repitió, desconcertado—. ¿Por qué tienes tanto interés por ir al mar?

—Son los dioses los que lo tienen. —Señaló a la niña—. Aseguran que ella será algún día una mujer importante que viajará mucho y vivirá en un palacio de piedra. «Araya» quiere decir: «Estrella Errante» y nació el año en que el gran cometa cruzó el cielo.

El gomero bajó la vista hacia la muchachita que, sentada a sus pies, le contemplaba fijamente con unos inmensos ojos oscuros que parecían estar siempre haciéndose preguntas.

—¿Crees eso? —le preguntó—. ¿Crees que algún día vivirás en un palacio de piedra?

—Lo creo —replicó, con extraña dulzura y un leve gesto de asentimiento—. Los dioses lo dicen.

—Bien —exclamó el isleño con humor—. En ese caso espero que les recuerdes a tus dioses que fui yo quien te sacó de aquí. ¿Cuándo queréis marcharos?

—Ahora.

—¿Ahora? —se asombró—. ¿Así? ¿Sin preparar nada?

—Está todo preparado —le hizo notar la vieja—. Hace mucho tiempo que lo tenemos todo preparado.

Extrajeron de un rincón de la choza dos grandes cestas repletas de víveres que se acomodaron a la espalda, sujetándosela a la frente por medio de una ancha franja de cuero, y pese a que *Cienfuegos* protestó señalando que era él quien debía cargar con las provisiones, se negaron en redondo alegando que aquélla era tarea de mujeres y que él tan sólo tenía que preocuparse de encontrar el camino que las condujera hasta el mar.

La anciana, que respondía al brevísimo nombre de *Cú*, que quería decir simplemente «vieja» en arawac, avanzaba inclinada pero con paso firme soportando casi la mitad de su propio peso, mientras la chiquilla parecía no llevar carga alguna, brincando sobre piedras y matojos como si acabara de emprender una corta excursión.

—El mar está hacia allí —repitió la primera, marcando sin dudar un punto hacia el Nordeste—. Nunca lo he visto, pero lo sé, porque los jóvenes guerreros tenían que traerle a su novia una concha de tortuga como dote—. Sonrió mostrando sus dos carcomidos dientes—. Yo tuve tres, pues me casé tres veces.

—¿Pero cómo se explica que ni siquiera los guerreros

fueran capaces de escapar a los ataques de esos enemigos de las montañas?

—Lo eran. Pero cuando vieron cómo se llevaban a sus mujeres y sus hijos prefirieron seguir su suerte a quedarse aquí solos.

—¿No los mataban?

—No. Al que no se resistía no lo mataban. Tan sólo se lo llevaban.

—¿Como esclavo?

—¿Qué es un esclavo?

—El que trabaja para otro sin derecho alguno.

Cú se detuvo y le observó con cierta sorna al tiempo que comentaba con manifiesto sentido del humor:

—Eso no es un esclavo; es una mujer. Puede que los hombres de las montañas usen a los guerreros para trabajar, pero no los usan como mujeres... —Meditó unos instantes—. Al menos que yo sepa.

A *Cienfuegos* le divertía la anciana, que demostraba un espíritu y una vitalidad impropios de sus años, y le intrigaba la niña, que parecía un duendecillo etéreo, tan frágil como el tallo de una flor pero dotada al propio tiempo de una extraña firmeza, pues daba la impresión de ser la persona que más claro tuviera en este mundo cuál era su destino.

Los dioses —¿qué dioses?— le habían pronosticado un futuro importante cuyo primer paso era llegar al mar, ese viaje acababa de iniciarse, y se diría que su mente se poblaba de fastuosas imágenes del glorioso mañana.

El paisaje continuaba siendo igualmente acogedor, descendiendo en suave pendiente hacia el Nordeste, mientras a su derecha, muy a lo lejos, se dibujaba la línea oscura de la densa selva que se extendía por las márgenes del gran río por el que el gomero había llegado.

—Háblame de ese pueblo que habita en las montañas —pidió el isleño durante uno de los muchos altos que solían hacer en el camino, ya que no tenían la menor prisa por llegar a su destino—. ¿Qué más sabes de él?

—No mucho —fue la honrada respuesta—. Viven muy lejos, pero sus ejércitos llegaban periódicamente en son de guerra y nadie fue nunca capaz de detenerlos. Algunos les llaman «queauchas», son oscuros de piel, pequeños pero muy fuertes, y hablan una lengua incomprensible. Dicen que tienen un sólo rey, hijo del sol, que domina un imperio que el más veloz de los guerreros no podría recorrer en un año de viaje... —Abrió las manos en un claro ademán de impotencia—. Es todo lo que sé —concluyó.

—¿Cómo era tu pueblo?

—Hermoso y pacífico, aunque vivíamos entre las traidoras «sombras verdes» de las ciénagas y esos malditos «queauchas». Teníamos tres caciques, hijos los tres del mismo padre, que jamás litigaron entre sí. Un cuarto hermano quiso sembrar la discordia, por lo que fue condenado a morir de hambre atado a un árbol. Aún le recuerdo suplicando comida a todo el que pasaba. —Hizo una larga pausa y, por último, bajó mucho la voz para que la chiquilla que buscaba bayas a poca distancia no pudiera oírle—. Araya es hija suya, pero no debe saberlo. Nació cuando él ya había muerto.

—¿A quién le dijeron los dioses que sería tan importante?

—A mí.

—¿Cómo?

—Una noche, cuando la vi tan débil que creí que era mejor dejarla morir, me pidieron que siguiera luchando por su vida, porque un día enviarían a un gran guerrero para que la condujera a su destino.

Lo dijo tan segura de sí misma que a *Cienfuegos* no le cupo duda de que la buena mujer había tenido una visión que por alguna extraña razón se había cumplido al menos en su primera parte, por lo que optó por no continuar insistiendo en el tema, dejándola en su feliz convencimiento de que en verdad mantenía armoniosas relaciones con sus dioses.

Éstos no eran, desde luego, ni el Muzo ni el Akar de

los pacabueyes, siempre en lucha, sino una pléyade de seres incorpóreos que, por lo visto, acostumbraban a encarnarse en plantas, cosas o animales, según su capricho o conveniencia.

Así, los venados, tan abundantes y mansos que casi permitían que se les tocara, no sólo no podían ser cazados, sino que incluso había que inclinarse respetuosamente al verlos, pues sabido era que con harta frecuencia se convertían en morada predilecta de las caprichosas divinidades.

También lo eran las nutrias de los ríos, e incluso determinados pumas y jaguares, y al pasar ante un «araguaney» de flores amarillas había que hacerlo de puntillas y en silencio, pues seguro era que entre sus ramas dormía en esos momentos algún cansado duendecillo.

—Lo malo de nuestros dioses —le aclaró *Cú*, con cierta amargura— es que nunca fueron poderosos y por más que les rogamos, jamás supieron defendernos de nuestros enemigos. Pierden demasiado tiempo en tonterías.

—¿Aun así crees firmemente en lo que te anunciaron?

—Que no sean fuertes no significa que no sean sabios —fue la segura respuesta—. En realidad hace ya muchísimos años que nos habían advertido que los «queauchas» nos obligarían a abandonar nuestras tierras... —Hizo una corta pausa—. Ahora Araya y yo somos las últimas en hacerlo.

—Tal vez algún día tu pueblo regrese —dijo el gomero en un vano intento por consolarla.

—Nadie vuelve de allende las montañas —replicó la anciana con tristeza—. Tan sólo los «queauchas» conocen los senderos que bordean los inmensos abismos, que sus ejércitos protegen. Nadie volverá nunca —añadió con tristeza—. Nunca.

Reanudaron la marcha hasta que la caída de la noche trajo cabalgando sobre sus sombras una suave lluvia persistente que les obligó a buscar cobijo junto un árbol capaz de albergar bajo su inmensa copa a cien personas, y al isleño le sorprendió descubrir con cuánta agilidad las dos indígenas trepaban por su tronco para ir a acomodarse sobre una ancha rama, tan ocultas, que ni a plena luz del día le hubiera resultado posible localizarlas.

—¿Qué os asusta? —inquirió en voz alta.

—La noche —fue la sencilla respuesta.

Los cortos crepúsculos de aquellas latitudes precedían casi siempre a largas y oscuras noches que invitaban al sueño, pero cuando la luna estaba llena y la mar en calma, el calor obligaba a buscar la agradable brisa de cubierta para permanecer largas horas charlando o contemplando, con nostalgia, la densa mancha de una costa que traía a muchas mentes el recuerdo de tierras muy amadas que habían quedado atrás probablemente para siempre.

La aventura de buscar en paisajes ignorados a un amante perdido cobraba entonces tintes románticos, y *Doña Mariana Montenegro* impartía en esos momentos la orden de distribuir ron entre los hombres, consciente de que eso ayudaba a mantenerles animosos, en compensación por las largas horas de trabajo y bochorno que padecían en otras ocasiones.

A poco de dejar atrás el país de los degenerados itotos, habían sufrido el ataque de una flotilla de salvajes aulladores que un amanecer se precipitaron sorpresivamente sobre ellos lanzando nubes de flechas, pero bastaron tres andanadas de las escandalosas «culebrinas», cuyos proyectiles alzaron columnas de agua junto a las frágiles embarcaciones, para que el espíritu combativo de los fieros guerreros se redujera de inmediato a cenizas, obligándoles a girar en redondo para perderse de vista entre los espesos manglares de la costa casi con tanta celeridad como habían empleado en aproximarse.

Más tarde Yakaré estudió con detenimiento una de las flechas que se había clavado en cubierta, raspó el negro betún que cubría la punta y movió la cabeza con gesto de desaprobación.

—Curare —dijo—. Buen curare de guerra. Mala gente.

—¿A qué tribu pertenecen?

—Lo ignoro. Los itotos son la última tribu que mi pueblo conoce hacia el Oeste.

Era un extraño mundo aquel, en el que a una tribu pacífica y amable como la de los cuprigueri, que habitaban en viviendas lacustres, sucedía otra tan esquiva como la de los guajiros del desierto, y a ésta unos sodomitas untuosos que lindaban a su vez con hostiles flecheros de los manglares.

—Alguien debería ir a explicarle a los Reyes que el destino ha querido poner en sus manos tierras tan prodigiosas que deberían olvidarse de las ridículas intrigas de las Cortes europeas y empeñarse seriamente en esta magna empresa —comentó una de esas noches tranquilas y luminosas don Luis de Torres—. Dejarla en manos de los Colón significa tanto como condenarla al fracaso.

—Aborrecéis en exceso al Almirante y temo que tal sentimiento os ciega —le hizo notar la alemana—. Cierto que, como gobernante, es un tirano, pero al fin y al cabo fue él quien descubrió estas tierras y eso es algo que nadie podrá negar por mil años que pasen y un millón de errores que cometa.

—No seré yo quien lo niegue —admitió el converso, algo molesto—. Ni quien intente rebajar sus méritos como descubridor, pero por desgracia existen grandes hombres llamados a realizar una labor concreta, fuera de la cual su comportamiento resulta nefasto. Él es de ésos.

—¿Creéis seriamente que nos ahorcará si regresamos?

—¿Por qué no habría de hacerlo si lo ha hecho con

tantos inocentes? Por lo que a mí respecta, no pienso correr riesgos. Este Nuevo Mundo, por extenso que sea, no es lo bastante grande como para contenernos a los dos. —Sonrió, divertido—. Y él tiene todas las de ganar.

—A menudo me arrepiento de haber aceptado que os embarcarais en este absurdo viaje —señaló ella, con un leve tono de tristeza en la voz—. No es vuestra guerra, y sea cual sea su resultado no creo que os produzca satisfacción alguna.

El converso tardó en responder. Encendió uno de aquellos gruesos tabacos que se había acostumbrado a fumar el día en que desembarcó en Cuba con su buen amigo *Cienfuegos*, lanzó tres espesos aros de humo, pues se trataba, sin duda, del primer europeo que había aprendido a hacerlo a lo largo de la Historia, y por último replicó calmosamente:

—Recordad, señora, que tengo más de cuarenta años, hace quince que abandoné mi país de origen, y ocho que renegué de mi fe, aceptando, de mala gana y por puro temor o conveniencia, otra por la que no soy capaz de sentir nada. —Lanzó dos nuevos aros de humo—. Carezco de familia —añadió— y aparte de la lectura y los idiomas no tengo mayores aficiones, dado que ni aun por el dinero experimento un especial apego, pese a la sangre que corre por mis venas... —Abrió las manos mostrando las palmas hacia arriba—. Vos y cuanto os rodea sois todo lo que me interesa y la única razón por la que merece la pena continuar respirando.

Doña Mariana extendió la mano y se la colocó con afecto sobre el antebrazo:

—Conseguiréis conmoverme —dijo—, ya que también yo os aprecio, pero os advierto que hacéis mal en considerarme tan importante, puesto que si por casualidad encuentro a *Cienfuegos* me perderéis por completo.

—Ni aun ese endiablado gomero conseguiría que os perdiera... —replicó él, acariciando, con suavidad, la mano que ella no había retirado—. Dado que no se trata de una cuestión de amor, sino más bien de supervivencia. Cuando se llega a una cierta edad, necesitamos aferrarnos a una ilusión para seguir adelante. Os pasa a vos con esa obsesión por encontrar a *Cienfuegos*, y a mí con esta necesidad de continuar a vuestro lado. —La miró directamente a los ojos—. ¿Qué haríamos sin eso? —quiso saber—. ¿A qué dedicaríamos el tiempo que nos resta?

—Aún somos jóvenes —protestó la alemana—. O al menos yo así me considero.

—No es cuestión de años, sino de lo aprisa que se haya vivido. He recorrido más de veinte países, sufrido siete guerras, perdido a dos hermanos en la hoguera, participado en la primera travesía del «Océano Tenebroso», y explorado tierras de las que ni siquiera se sospechaba la existencia... Cientos de seres humanos ni siquiera han hecho una sola de esas cosas y considero por tanto que tengo derecho a sentirme cansado y al final del camino.

—Cansado tal vez —admitió ella—. Al final del camino, nunca. Mi vida ha sido casi tan agitada como la vuestra, y aunque no renuncié a una fe que en realidad nunca tuve, sí renuncié a un marido y a una excelente posición social para pasar humillaciones y calamidades, pero aun así tengo esperanzas.

—¿Siempre?

—No. Siempre no, naturalmente. Pero al fin y al cabo la duda es quizás el más humano de todos los sentimientos puesto que a menudo llegamos a dudar incluso de nosotros mismos, nuestros sueños y nuestra propia identidad.

Guardaron silencio observando cómo la luna rielaba en un mar que jugaba a haberse solidificado, y cuando habló de nuevo, don Luis de Torres parecía levemente preocupado, como si temiera mostrarse inoportuno.

—¿Me permitís una pregunta quizá demasiado personal? —quiso saber.

—Hacedla.

—¿De qué hablabais con *Cienfuegos*?

—Jamás necesitamos hablar —sonrió ella divertida—.

Además, como sabéis, en aquel tiempo yo apenas entendía castellano.

—¿Y cómo es posible que una mujer de vuestra cultura y sensibilidad llegara a amar tan profundamente a alguien con quien ni siquiera podía intercambiar un sólo pensamiento?

—Nuestros pensamientos, como nuestros cuerpos, eran uno solo aunque hablásemos distintos idiomas... —Le observó largamente—. Imagino que no podéis creerlo, suponiendo que lo nuestro fue puramente físico, pero no es así. Si hubiera sido tan sólo algo carnal, yo no estaría ahora aquí, os lo aseguro.

—Pero prevalecía sobre el resto.

—¡Tal vez...! —respondió ella, sin recato—. Y no me avergüenza admitirlo porque estoy convencida de que entre los millones de hombres que existen en el mundo, sería capaz de reconocer a oscuras la piel y el cuerpo de *Cienfuegos*. —Sonrió con extraña dulzura—. Cuando se llega a tal grado de compenetración con alguien, lo demás no cuenta.

—¿Y él? ¿Os reconocería también a oscuras?

—Quisiera creerlo, pero tampoco le concedo a ese detalle excesiva importancia. Lo que en verdad cuenta es lo que yo siento.

—Sin embargo no os advierto demasiado cambiada desde que sabéis por Yakaré que, efectivamente, es *Cienfuegos* quien anda correteando por esos mundos de Dios. No mostráis demasiado entusiasmo.

—Procuro contenerlo para evitar caer en la desesperación si no logramos dar con él —fue la serena respuesta—. Sé que está ahí, pero también sé ahora que ese mundo es mucho más grande de lo que imaginaba.

—¿Habéis pensado en algún medio para hacerle bajar hasta la costa?

—No, pero estoy dándole vueltas a la idea de dejarle mensajes en las rocas y los acantilados.

—¿Qué clase de mensajes?

—Uno muy corto por el que pueda llegar a la conclusión de que, aunque pasemos de largo, volveremos al mismo lugar dentro de algunos meses.

—No es mala idea —advirtió el converso—. Pero yo le enseñé a leer, me consta que no aprendió gran cosa, y podría darse el caso de que en estos años hubiera olvidado lo poco que sabía. En ese caso nunca conseguiría interpretarlos.

—He pensado en ello y es lo que me preocupa. Hay cosas que no se olvidan nunca, pero no estoy segura de si leer y escribir es una de ellas.

—Busquemos otra fórmula.

—¿Cuál?

—Hacer que los indígenas le hablen de nosotros.

Pero no parecía aquel empeño fácil, y más difícil aún se les antojó cuando advirtieron que cada vez que intentaban desembarcar eran recibidos con una nube de flechas emponzoñadas que surgían de lo más profundo de la selva, por lo que el día en que un gaviero fue alcanzado por una de ellas, lo que le condujo a la muerte tras sufrir espantosos dolores, desistieron de intentar cualquier tipo de aproximación a tan escurridizos y hostiles aborígenes.

—Sombras Verdes —sentenció Yakaré, torciendo el gesto—. No los conozco pero los itotos me hablaron de ellos. Pueblan las ciénagas del gran río y aborrecen a los extraños. Nada tienen que ver con los que nos atacaron con canoas.

—¿Caníbales?

—Quizá lo sean.

—Creí que los caribes devoradores de carne humana tan sólo habitan las islas del Este —señaló la alemana.

—Hace muchísimos años, en tiempos de los abuelos de mis abuelos, los caribes invadieron grandes extensiones de territorio en «Tierra Firme». La mayoría fueron expulsados o perdieron el hábito de comer gente, pero es posible que algunos se quedaran aislados en los pantanos sin cambiar de costumbres.

—No me asusta la muerte... —sentenció con un hilo de voz el renco Bonifacio—. Pero a fe que me entran tiriteras al pensar en que puedo acabar de merienda de negro.

—Son verdes, no negros —puntualizó el cuprigueri, cuyo sentido del humor era más bien escaso.

—Verde o negro, poco importa a la hora de zamparte una pierna —se lamentó el otro—. Y por mi madre que no vuelvo a pisar esas playas ni por todo el oro de las minas de Miguel Díaz.

El resto de la tripulación parecía ser de idéntica opinión, y entre el miedo a ser devorados, y el recuerdo de la terrorífica agonía del pobre gaviero, resultaba tarea de titanes convencerles de que habían llegado hasta allí con una única misión y había que cumplirla.

Cundía el desaliento.

El Capitán Moisés Salado había llevado a cabo a la perfección su labor de reclutar a los mejores marinos que pudieran encontrarse en el Nuevo Mundo, y nadie podía negar que aquellos hombres serían capaces de conducir su nave hasta los mismísimos centros del infierno si es que existía un mar en los infiernos, pero resultaba evidente que no eran —tal vez por eso mismo— gentes de armas, y que la mayoría no tenían la menor noción de cómo comportarse frente a un enemigo invisible en plena selva.

—Aquí debería estar Alonso de Ojeda... —se lamentó amargamente *Doña Mariana*—. Él sabría cómo tratar a esas sombras verdes, y conseguir que maduraran.

—Poco podría hacer un hombre solo, aun tratándose de Alonso de Ojeda —le hizo notar el converso.

—Lo importante de don Alonso no es lo que hace, sino lo que consigue que hagan los demás. A su lado, incluso estos sencillos marineros se convertirían en fieros soldados capaces de amansar a esos salvajes.

—Mucho lo admiráis.

—Mucho, en efecto. Creo que, dejando a un lado mi amor por *Cienfuegos*, jamás imaginé que existiera un caballero tan noble, valiente y generoso. —Lanzó un hondo suspiro—. Por desgracia —añadió—, temo que su buena estrella no le haga justicia, y su destino no esté nunca acorde con sus muchas virtudes.

—Demasiados rivales para un hombre tan enamorado como yo —se lamentó sonriente don Luis de Torres—. ¿Qué puedo hacer frente a un gigante pelirrojo y un enano espadachín?

—Leerme un poema.

—¿Qué clase de poema?

—Uno que sirva para tranquilizar mi ánimo, elevar mi espíritu y confiar en que esas selvas me devuelvan lo que es mío.

Pero las selvas no devolvían más que flechas emponzoñadas, y tras cruzar frente a la desembocadura del Magdalena, el *Milagro* continuó pacientemente su interminable singladura deteniéndose largos días a esperar respuesta a sus salvas de cañón, o a dejar extraños mensajes en todas aquellas rocas y acantilados a los que la tripulación conseguía acceder sin correr riesgos, visto que aquella nueva región parecía encontrarse curiosamente deshabitada.

Un mes más tarde habían dejado atrás el profundo y pantanoso golfo de Uraba, del que pensaron que conformaba el último rincón de aquella esquina de la Tierra, puesto que a continuación la costa de Panamá comenzaba a remontar hacia el Noroeste como si pretendiera cerrar toda salida hacia poniente, al tiempo que el mar se embravecía y negros nubarrones bajaban veloces de la alta serranía empujados por un viento que a menudo recordaban las galernas del Cantábrico, lo que obligaba al siempre sereno Capitán Moisés Salado a fruncir el entrecejo temiendo por su barco.

—Sixto Vizcaíno tenía razón —señaló, al fin, un desapacible anochecer en que los chubascos se sucedían con inusitada frecuencia—. Este navío no está diseñado para soportar auténticos temporales.

—¿Qué aconsejáis?

—Poner rumbo a Jamaica.

—¿Y allí?

—Esperar. Pronto llegarán los huracanes.

—No tenemos bastimentos.

—Habrá que buscarlos.

—¿Dónde?

—Donde los haya.

—Sabéis bien que el único sitio es La Española y si apareciésemos por allí nos ejecutarían.

—En Xaraguá gobierna vuestra amiga Anacaona.

—En efecto. Pero también está ese cerdo de Roldán, que juró ahorcarme cuando me negué a financiar su rebelión —señaló *Doña Mariana*—. Y ése es aún peor que el mismísimo Almirante.

—Lo dudo.

—No lo dudéis. Colón es grande como Almirante, mezquino como persona e inepto como virrey, pero Roldán es ladrón como gobernante, miserable como hombre y traidor como amigo. ¡Lo peor de lo peor!

—La decisión es vuestra.

—Difícil me lo ponéis.

—Yo sólo respondo por el barco, y el barco peligra.

No hacía falta saber mucho de navíos para comprender que el ascético *Deslenguado* tenía razón, por lo que aquella misma noche la alemana le autorizó a poner proa al Nordeste buscando en primer lugar la protección de las costas de la aún casi inexplorada Isla de Santiago o Jamaica, aunque dejando para más adelante la decisión de recalar o no en Xaraguá, exponiéndose a tener un mal tropiezo con las gentes del renegado Francisco Roldán.

La situación resultaba a todas luces preocupante, y *Doña Mariana* lo sabía, puesto que hacía ya cinco meses que habían iniciado la travesía, las despensas se encontraban exhaustas pese a que en los últimos tiempos habían basado la dieta en pescado y carne de tortuga, y los hombres empezaban a estar cansados de aquel vagabundear sin rumbo ni destino.

Lo único que habían conseguido en ese tiempo era un

muerto, una docena de enfermos de escorbuto, fiebres o disentería, y contemplar —la mayor parte de las veces desde lejos— una costa monótona y hostil en la que se ocultaban desconocidas tribus de «salvajes desnudos».

Y ni rastro de *Cienfuegos*.

Nada positivo desde que los afeminados itotos aseguraron haber oído decir que entre los pacabueyes habitaba un peludo «mono-araguato», y ni el valiente Yakaré, que era el único que en un par de ocasiones se arriesgó en un vano intento de aproximarse a los aborígenes, había conseguido obtener la más mínima información sobre el gigante pelirrojo que buscaban.

—Necesitamos alimentos frescos y un largo descanso —señaló don Luis de Torres para añadir después significativamente—. Y mujeres...

—¿No pretenderéis convertir mi nave en un burdel? —le recriminó la alemana.

—Ni vos en un presidio —fue la irónica respuesta—. Conozco bien a estas gentes...: un par de meses de asueto con abundante vino y chicas cariñosas les harán volver a las costas de Tierra Firme con renovados ánimos. —Chasqueó la lengua, pesimista, al tiempo que agitaba la cabeza negativamente—. Pero si continuáis presionándoles, desertarán a la primera oportunidad que se presente.

Doña Mariana Montenegro había pasado suficientes años rodeada de hombres como para aceptar que al converso le sobraba razón, por lo que cuando doce días más tarde hizo su aparición ante la proa la oscura mancha de Jamaica, rogó al Capitán Salado que buscara un tranquilo rincón en el que pudieran alzar sus «cuarteles de invierno».

—Tendrá que ser al Sur —señaló éste.

—¡Si vos lo decís...!

—Lo digo —replicó sin inmutarse—. Porque la isla es alta, agreste e inaccesible por su costa norte.

—¿La conocéis personalmente?

—No. Pero me he informado sobre ella.

El eficiente Capitán parecía no haber dejado nada al albur a la hora de preparar el viaje, e incluso podría creerse que sospechaba que en un momento dado algo como lo que estaba ocurriendo sucediera, por lo que aun sin haber visitado nunca Jamaica, puso rumbo a una inmensa ensenada protegida por un largo brazo de tierra, en la desembocadura de un limpio arroyuelo de la costa meridional.

El lugar elegido venía a estar situado casi en el mismo punto en que lo estaba la capital, Santo Domingo, con relación a La Española, pues los pocos que la conocían aseguraban que Jamaica constituía una copia a escala o hermana menor de su vecina del Nordeste.

Una recién construida cabaña de madera se alzaba ya, sin embargo, en el punto que hoy ocupa la plaza mayor de Kingston, y aunque sus ocupantes corrieron a ocultarse en la espesura desde el momento en que irrumpió la nave en la bahía, en cuanto la reconocieron, cerciorándose que se encontraba comandada por el Capitán Salado y *Doña Marianita*, acudieron a darle la bienvenida entre risas y gritos de alegría.

Se trataba de un vivaracho valenciano gordinflón llamado Juan de Bolas, más conocido como *Manitas de Plata*, que meses atrás había decidido alejarse de Santo Domingo visto el desagradable cariz que estaban tomando allí los acontecimientos, a lo cual se unía el hecho de haberse amancebado con la inmensa Zoraida *La Morsa*, quizá la más famosa de cuantas mozas de vida alegre habían atravesado hasta el presente el «Océano Tenebroso».

La alemana no pudo evitar un cierto rechazo al advertir la desmesurada familiaridad con que la vociferante prostituta que en la isla vecina ni siquiera hubiera sido capaz de alzar la vista a su paso, la abrazaba y besuqueaba sin recato, pero comprendió bien pronto que si aquel mastodonte sudoroso y de encallecidas manos había abandonado su aireada vida anterior para tratar de construirse una nueva y decente en tierra de salvajes, bien merecía de momento un voto de confianza.

Era, eso sí, una excelente anfitriona y una maravillosa cocinera capaz de hacer prodigios con los más insospechados ingredientes, lo cual, sumido a la innata habilidad del gordinflón para realizar cualquier tipo de trabajo manual, hacía que su recién inaugurado «hogar» se hubiera transformado de inmediato en uno de los lugares más acogedores que pudieran encontrarse a todo lo largo y lo ancho del Nuevo Mundo.

—¿Cómo son los indígenas? —quiso saber de inmediato *Doña Mariana.*

—Amables y pacíficos.

—Aún no he visto a ninguno.

—«Cada mochuelo a su olivo» —fue la divertida respuesta de Zoraida—. En La Española tuvimos una triste experiencia sobre la conveniencia, y hemos decidido que lo mejor será mantener la distancia y las buenas relaciones. A mí, con mi gordo, me basta.

—¿Y qué hay de nuevo por Santo Domingo?

—Un millón de cosas que luego os contaré. Pero lo primero es lo primero, y lo primero es cenar.

Su Excelencia el Capitán León de Luna, vizconde de Teguise y señor de la isla de La Gomera, conoció una hermosa mañana de verano a doña Ana de Ibarra, delicada damisela de la alta nobleza sevillana, cuyos inmensos y soñadores ojos negros y frágil cuerpo de adolescente le obligaron a olvidar durante un tiempo la devastadora ira que le abrasaba el pecho.

Durante casi un año dejó dormir por tanto en un rincón del alma su necesidad de vengarse de su esposa, pero cuando el circunspecto don Tomás de Ibarra le notificó cortésmente que había comprometido a su hija con un joven pariente, visto que él no parecía dispuesto a llevarla al altar, el amargado Capitán llegó a la conclusión de que el recuerdo de Ingrid Grass continuaría persiguiéndole hasta que consiguiera enterrarlo bajo dos metros de tierra.

Cristiano practicante, tenía plena conciencia de que no podía pedir la mano de doña Ana, ni de ninguna otra Ana de este mundo, mientras la odiada alemana continuara con vida, al igual que tenía la plena seguridad de que su parentesco con el católico Rey Fernando vedaba cualquier posibilidad de obtener del Sumo Pontífice la nulidad de su matrimonio.

Por ello el día que la verja del palacete de los Ibarra se cerró definitivamente a sus espaldas, se sintió tan atrozmente hundido y amargado que no pudo por menos que encaminar sus pasos hacia aquella misma posada de «El Pájaro Pinto», en la que mantuviera un curioso y nunca resuelto duelo a espada con el famoso y admirado aventurero Alonso de Ojeda.

Y fue su propietario, Pero Pinto, con el que le unía una cierta amistad desde aquella disparatada noche irrepetible, quien le susurró en secreto que las naves en las que el Comendador don Francisco de Bobadilla viajaría a Santo Domingo a sustituir a don Cristóbal Colón como gobernador de las Indias se encontraban listas para zarpar.

—¿Cómo es eso? —se sorprendió—. ¿Realmente los reyes han decidido destituir a Colón?

—Era cosa sabida tras sus incontables desmanes en La Española... —replicó el otro como si se tratara de algo harto evidente— ¿Acaso el amor os impide enteraros de lo que ocurre en el mundo?

—Había oído rumores, pero llevaban tanto tiempo circulando, que jamás imaginé que acabaran por concretarse.

—Pues así es —sentenció el larguirucho tabernero con el tono de suficiencia de quien cree estar en posesión de todas las verdades—. Lo que colmó la paciencia de Su Majestad fue tener noticias de que el Almirante está en tratos con los genoveses con el fin de cederles La Española ¿Os imagináis? La isla por la que han dado la vida tantos valientes castellanos entregada por ese cerdo a los genoveses.

—¡No puedo creer que el Virrey sea un traidor! —protestó el vizconde—. Cualquier otra cosa, sí... ¡Pero traidor!

—¿Traidor? —exclamó el otro indignado—. Él jamás lo consideraría traición, ya que al fin y al cabo es genovés.

—No está comprobado.

—Lo está... —Bajó mucho la voz secreteando—. Lo sé de buena tinta porque un primo de mi mujer es ayudante del pastelero del Obispo Fonseca, «Consejero Real para asuntos de Indias» y está al corriente de todo lo que se cuece en palacio... ¡El Virrey es judío converso y genovés!

—Aunque así fuera, no creo que por ello le vayan a despojar de todos sus privilegios. Al fin y al cabo él fue el descubridor.

—Él y cientos de cristianos viejos de probada fidelidad —replicó el otro con rapidez—. Pero la mayoría están ahora ahorcados, presos o en la miseria, mientras el Almirante atesora montañas de oro, ejerce un poder despótico, y esclaviza a unos pobres salvajes que se mueren en cuanto llegan aquí —lanzó un reniego—. Son como los malos vinos: no soportan la travesía del océano, se avinagran, y hay que acabar por tirarlos. Compré uno y me duró dos meses.

—Lo lamento.

—Más lo lamento yo, que vi cómo se me iba quedando «pajarito» pese a los buenos maravedís que me costó. —Quiso escupir en el suelo pero lo hizo en su propia bota que se frotó malhumorado en las calzas—. Por el mismo precio hubiera podido quedarme con un magnífico senegalés. ¡Me estafaron! —concluyó—. Y la culpa fue de ese maldito «faraón» genovés que Dios confunda.

Se alejó refunfuñando a atender a un impaciente ciego que propinaba sonoros bastonazos a la mesa reclamando su almuerzo, por lo que el desconcertado vizconde de Teguise se aplicó pacientemente a la tarea de emborracharse hasta perder el habla, aunque sin dejar por ello de darle vueltas en la cabeza —hasta que la cabeza le dio vueltas a su vez— a las novedades que el bueno de Pero Pinto acababa de contarle.

Al mediodía siguiente, y, esfumados ya los efectos del excelente vino que había trasegado a solas pero con entusiasmo durante gran parte de noche, el Capitán de Luna se enfundó sus mejores galas, se colgó al cinto la daga y la espada que proclamaban su condición de noble caballero y buen soldado, y se encaminó a la residencia eventual del Comendador Francisco de Bobadilla, solicitando audiencia, para lo cual no dudó en hacer valer su condición de vizconde y primo lejano del Rey Fernando.

Le recibió un hombre de edad indefinible, enjuto, ascético y de tez amarillenta en la que brillaban dos bolas negras que no bastaban para conceder algo de gracia a una recta nariz muy afilada y unos delgados labios, que ni tan siquiera en su niñez debían haber sonreído, y que inquirió con la voz seca y poco amable de quien mejor hubiera hecho el papel de verdugo o inquisidor que de futuro gobernador de las Indias:

—¡Y bien...! ¿Qué deseáis de mí?

—Que me aceptéis a vuestro servicio en la difícil misión que os han encomendado —señaló serenamente el vizconde de Teguise.

—¿En calidad de qué?

—De capitán de vuestra guardia personal, si es que así os place. Mi hoja de servicios a la Corona es extensa y aparece repleta de hechos de armas de los que me siento orgulloso.

—No necesito guardia personal.

—La necesitaréis si, como se asegura, os han ordenado destituir al Virrey.

—Para tal misión me basta con un mandamiento de sus Majestades.

—¿Y si don Cristóbal se negase a aceptarlo?

—Se convertiría de inmediato en reo de alta traición.

—¿Y quién se ocuparía de encarcelarle? ¿Vos mismo?

El esquelético rostro del eternamente adusto y amargado Comendador pareció afilarse aún más, y el desagradable rictus de su boca se acentuó hasta el punto de convertirse en una especie de repelente máscara teatral.

—Ni siquiera al almirante se le pasaría por la mente desacatar una orden de los reyes —mascculló casi sin separar los dientes.

—Sí así fuera, no veo la razón de vuestro viaje —fue la ladina respuesta del vizconde—. ¿O es que acaso no está enviando naves de esclavos al tiempo que retiene el oro de las minas? ¿Son ésas acaso las órdenes que ha recibido de los Reyes?

—Me molesta vuestra insolencia.

—Pero os obliga a pensar. ¿O no?

—Tal vez.

—Y os preguntáis en que situación quedaríais si allí, en Santo Domingo, en el corazón de su feudo y respaldado por sus hermanos y sus incondicionales, don Cristóbal, optase por hacer caso omiso a los mandamientos reales una oscura mazmorra.

—¡No le creo capaz!

—¿Le hubierais creído capaz hace unos años de atravesar el «Océano Tenebroso»?

—No. Desde luego.

—Pero lo hizo.

—Eso nadie puede negarlo.

—¿Entonces...?

El impertérrito Comendador, que permanecía siempre con las manos cruzadas, en actitud de rezar, y del que se diría que alguien le había convencido en su niñez —si es que la tuvo— de que, todos aquellos gestos que se ahorrase en vida le serían de gran utilidad allá en el paraíso, observó largamente una «Pasión de Cristo» que colgaba sobre la chimenea como si acabara de descubrir que un nuevo personaje se había agregado a la escena, y por último, cuando ya se podría pensar que se encontraba muy lejos de la estancia, inquirió dirigiéndose al cuadro:

—Decidme, Capitán...: ¿Qué pretendéis con todo esto? —Ahora si que le miró a los ojos—. ¿Porqué no intentaréis convencerme de que alguien de vuestra posición, arriesga la vida sin motivo por un desconocido como yo?

—No, desde luego.

—¿Entonces...?

—Sólo pretendo que el día de mañana paguéis mis servicios haciendo justicia.

—Mala justicia es ésa, si se aplica como pago a una deuda. Y no es mi estilo.

—La justicia es siempre justicia, Excelencia. Y nada pido que esté reñido con ella. —Fue el Capitán de Luna el que hizo ahora una larga pausa como para dar mayor énfasis a sus palabras—. Pero por desgracia el hecho de que actualmente en las Indias los asuntos de leyes marchen con desesperante lentitud, han impedido que hasta ahora se me haya atendido.

—Explicadme vuestro caso.

El vizconde relató entonces, del modo más conciso posible, la forma como una mujer infiel había huido —según él llevándose unas joyas que no le pertenecían— cambiándose de nombre —cosa que iba contra la ley y contraviniendo todas las ordenanzas al establecerse de incógnito en una recién fundada ciudad en la que se dedicaba a arrastrar por el fango el buen nombre de los de Luna.

—No veo que ensucie vuestro nombre si, como decís, no lo utiliza —replicó el otro astutamente—. Vuestras palabras se contradicen.

—Que se haga llamar *Montenegro*, no significa que no todos sepan que se trata de mi esposa.

—Aun así, se me antoja un problema de honor, más que de leyes.

—No existen leyes que no respeten el honor de un hombre, ni hombre de honor que no respete las leyes. —Se inclinó levemente hacia delante—. ¿Qué puedo hacer? —inquirió—. ¿Resignarme a no poder formar una familia, y un hogar cristianos mientras esa perdida continúe vagabundeando por las tabernas de Santo Domingo sin que nadie se decida a encarcelarla, o acabar con ella y confiar luego en que los que me tengan que juzgar entiendan mis razones?

—Nadie debería tomarse la justicia por su mano.

—¿Ni aun cansado de pedirla?

De nuevo el cuadro de la chimenea pareció acaparar la completa atención de aquel hombre del que un perezoso de las selvas amazónicas hubiera tenido mucho que aprender a la hora de moverse, y cuando al fin habló, lo que dijo sonaba en su boca a redundancia:

—Deberíamos acostumbrarnos a ser pacientes —dijo—. Todo llega en su momento.

—Pronto hará ocho años que espero, Excelencia. A este paso, cuando quiera formar una nueva familia tendré que empezar directamente por los nietos.

Ni un asomo de sonrisa; ni tan siquiera un leve brillo en los ojos, puesto que don Francisco de Bobadilla, escogido personalmente, por los Reyes Isabel y Fernando para cumplir la difícil tarea de despojar al tiránico Virrey de sus abusivos privilegios, no concebía la vida más que como una continua penitencia, hasta el punto de que si algo pudiera hacerla más grata, chocaba contra la férrea coraza con la que se protegía haciendo inútil cualquier intento de afectarle.

Hacía meses que los Monarcas habían tomado la decisión de enviarle a La Española, tenía en su poder los documentos que le acreditaban como máxima autoridad del Nuevo Mundo, y mil voces ansiosas le pedían a diario que terminara al fin con la cruel dictadura de los Colón, pero él continuaba sin mostrar el más mínimo interés por entrar a formar parte de la Historia.

Y es que tal vez presentía que el día en que sus naves soltaran amarras ya nada podría impedir que las generaciones venideras le recordaran como el hombre gris y sin pasado que humilló a uno de los mayores genios de la Humanidad, resistiéndose por ello a dar un primer paso sin retorno, aunque la mayoría de los que le conocían opinaban, por el contrario, que lo que en verdad pretendía era reunir las fuerzas suficientes como para conseguir que su primer zarpazo fuera el definitivo.

—Dudo que el Virrey se niegue a aceptar la suprema autoridad de quienes le concedieron tal título —señaló al fin—. Dado que en ese caso estaría negando su propia autoridad, pero como la experiencia me ha enseñado que desgraciadamente el ser humano tiene un espíritu cambiante, en especial cuando el pecado de orgullo ha prendido en él, reflexionaré debidamente sobre cuanto hemos tratado y tal vez tenga en cuenta vuestra propuesta —continuó sin hacer un solo gesto—. Volved a verme la próxima semana.

Ya fuera de su recámara, y cuando un untuoso secretario acudió a inquirir si su Excelencia el vizconde se sentía satisfecho de la entrevista, la respuesta de éste le dejó absolutamente perplejo y convencido de que debía replantearse por completo su relación con el severo Comendador:

—¡Oh, sí, muy satisfecho! ¡Qué hombre tan simpático!

Luego, el Capitán León de Luna se fue de putas; a desesperarse una vez más ante un cuerpo vulgar y distante, que le obligaba a evocar aquel otro, duro e irrepetible, que por unos años convirtió su vida en el más envidiable paraíso.

Se preguntó que habría ocurrido si la frágil e inexperta Ana de Ibarra, hubiese accedido a sus requerimientos, y si también le hubiera asaltado el recuerdo de su esposa en el momento de poseerla, pero aunque sabía que era aquélla una pregunta que ya jamás tendría respuesta, también sabía que frecuentar mujerzuelas le hacía a la larga más daño que provecho.

Necesitaba casi siempre emborracharse para conseguir mantener con ellas una relación la mayor parte de las veces incompleta y frustrante, y a causa de ello acostumbraba a volverse violento y agresivo, lo que solía acarrearle no pocos problemas con los rufianes que chuleaban a las mozas.

Bebió, fornicó, jugó, discutió y se asqueó durante cinco días y cinco noches, pero al amanecer del sexto se dio un largo baño que buena falta le hacía, se compró un jubón nuevo y unas botas demasiado estrechas, y se presentó ante el secretario del Comendador quien le hizo pasar de inmediato al austero salón de la chimenea y la «Pasión de Cristo».

—Aquí está vuestro nombramiento —señaló don Francisco de Bobadilla a modo de saludo alargándole un documento la tinta de cuya firma aún aparecía fresca—. He hecho algunas averiguaciones sobre vos y me han satisfecho. Aportaréis veinte hombres debidamente armados y pertrechados que constituirán mi guardia personal.

—¿«Aportaré»...? —inquirió el vizconde, recalcando mucho las palabras—. ¿Significa eso que debo correr con los gastos que generen?

—Naturalmente.

—¡Diantre! —fue el irrefrenable comentario—. Me había propuesto entrar a vuestro servicio, no convertirme en financiero de una arriesgada empresa allende el océano:

—Esa «arriesgada» empresa allende el océano, tendrá como contrapartida el hecho de que una vez solucionadas felizmente mis diferencias con el Virrey os liberaré de la obligación de cuidar de mi persona, lo cual significará que os encontraréis con un ejército privado a las puertas de un Nuevo Mundo inexplorado.

El Capitán León de Luna meditó con todo detenimiento sobre lo que en verdad ocultaban semejantes palabras, y por último inquirió:

—¿Se premiarían mis servicios con una «Encomienda» para «explorar» por mi cuenta?

—Si son servicios premiables, desde luego.

—¿Y vos?

—¿Yo...? —El impenetrable rostro del Comendador compitió una vez más con las gargolas del patio—. Yo nada, capitán —fue la seca respuesta—. Vuestros beneficios poco me atañen, de igual modo que tampoco me atañen vuestros gastos. Soy un hombre al que le basta con un plato de comida y un jergón.

—¿Nunca habéis tenido ambiciones?

—Ninguna que no sea servir a mi patria y a mis Reyes.

—¿Familia?

—Dios y mi conciencia son la única compañía que preciso... —Extendió la mano como dando a entender que la conversación había ido más allá de lo que resultaba de su gusto, y concluyó—: Nos haremos a la mar dentro de doce días.

El capitán León de Luna dedicó la mañana siguiente a obtener del banquero Juanotto Berardi dinero fresco a cambio de una usurera hipoteca sobre sus propiedades, y el resto de la semana a elegir, entre los asiduos parroquianos del «Pájaro Pinto», a aquellos soldados de fortuna que sin alcanzar el apelativo de facinerosos, se encontraran tan próximos a las sutiles márgenes de la Ley, que estuvieran dispuestos a cumplir sin rechistar cualquier clase de orden que quisiera impartirles.

Como lugarteniente y hombre de su absoluta confianza eligió a un curtido soldado de fortuna, Baltasar Garrote, alias *El Turco*, un alcarreño que había pasado tantos años al servicio del Rey de Granada, que usaba cimitarra en lugar de espada, «gumía» en vez de daga, y un largo turbante blanco a guisa de sombrero.

Se murmuraba de él que había actuado como espía al servicio de los cristianos, aunque personalmente alardeaba de haberle sido tan leal al depuesto Boabdil, que fue éste quien le suplicó que no le acompañara al destierro, por temor a que los fanáticos musulmanes del norte de Marruecos le asesinaran.

—Yo únicamente sirvo a quien me paga —señaló en el momento de aceptar la propuesta del vizconde de Teguise—. Moros y cristianos son para mí la misma cosa, puesto que jamás he visto un solo maravedí que vaya a misa.

—Mala pareja haríais con el Comendador —le hizo notar su nuevo jefe—. Desprecia las riquezas.

—Temedle entonces —fue la honrada respuesta de Garrote—. Quien reniega del oro, el vino y las mujeres, es porque ambiciona cosas peores.

—¿Como qué?

—El poder.

—Ya lo tiene.

—Eso es lo malo. El ansia de poder es una sucia enfermedad que tan sólo afecta a quien ya está contagiado. Crece y crece como un tumor maligno devorando todos los sentimientos.

Los acontecimientos de que sería testigo en los meses siguientes, hicieron recordar al capitán de Luna en más de una ocasión lo acertado de tales razonamientos, pues manteniéndose como se mantuvo siempre muy cerca del don Francisco de Bobadilla, pudo calibrar hasta que punto su innegable honestidad de hombre dedicado en cuerpo y alma al servicio de su patria, se fue agrietando a causa de la insoportable presión que sobre él ejercía el hecho de advertir que había pasado a convertirse —sin buscarlo— en uno de los hombres más poderosos de la Tierra.

Durante la larga travesía del océano aún fue el meditabundo y ascético servidor real que soportaba en silencio la magnitud de la carga depositada sobre sus hombros, rumiendo como buey que tira de una carreta sobre el alcance de sus fuerzas, pero en cuanto puso pie en Santo Domingo y el estúpido hermano menor del Virrey se negó a reconocer su indiscutible autoridad, sufrió una transformación tan instantánea, que podría llegar a creerse que su nueva y agresiva personalidad llevaba mil años esperando el momento de hacer su aparición tras su eterna máscara de humildad.

Al día siguiente de haber desembarcado —24 de agosto del año 1500— el Comendador Bobadilla acudió a oír misa flanqueado por los hombres del capitán León de Luna, y tras asistir con fingido recogimiento al oficio divino, hizo que en presencia de la mayoría de los notables de la ciudad, el escribano público leyese en voz alta la primera de las Provisiones Reales que le acreditaban como Pesquisidor Judicial sobre la rebelión que en aquellos tiempos estaba teniendo lugar en la isla.

Don Diego, Gobernador Interino en ausencia de sus hermanos, ya que Cristóbal se encontraba en La Concepción y Bartolomé luchando contra Francisco Roldán en Xaraguá, buscó apoyo en el antebrazo del nuevo Alcalde Mayor, Rodrigo Pérez, e insistió en su negativa de entregar a los prisioneros que se le exigían.

El Capitán León de Luna fue de los escasos presentes capaces de captar que bajo la aparente tranquilidad con que don Francisco de Bobadilla aceptaba aquella segunda negativa, se ocultaba una sorda ira que habría de acarrear más tarde nefastas consecuencias a la estirpe de los Colón, pero no aventuró el más mínimo comentario.

Al día siguiente, la escena de la misa se repitió punto por punto, pero en esta ocasión el enviado real exhibió su artillería pesada mandando leer la carta que le designaba como nuevo gobernador de La Española, tras lo cual prestó juramento como tal, para exigir por tercera vez la entrega de los prisioneros.

Tercera negativa de Don Diego, y sin darle tiempo a reaccionar, el Comendador mostró sus nuevas cartas en las que se ordenaba a los súbditos de sus Majestades que se le entregasen todos los fuertes, armas y bastimentos de la isla, y una última y espectacular, por la que se obligaba a los Colón a pagar de su pecunio personal la mayor parte de los sueldos y atrasos de la tropa.

Como resulta obligado imaginar, esto último entusiasmó a la hambrienta soldadesca, momento que aprovechó el Capitán León de Luna para hacer que sus hombres se desperdigaran por la ciudad prometiendo a quienes se pasaran a su bando, dinero rápido y protección real.

Cualquier otro ser humano menos obtuso hubiera aceptado serenamente su derrota, pero don Diego Colón era tan lerdo y temía a tal punto las iras de sus hermanos, que contra toda lógica intentó cerrar los ojos a la evidencia y resistirse, en vista de lo cual la gente del vizconde de Teguise, reforzada por «incondicionales» de última hora, se encaminaron a la fortaleza, tomando por las bravas posesión del edificio, los prisioneros y la ciudad de Santo Domingo en nombre de los Reyes Católicos.

—... Fue entonces cuando me llegaron noticias de que el Virrey organizaba un alzamiento de los indios en contra del Comendador, por lo que abrigué la sospecha de que la cosa podía degenerar en una guerra civil, y como no estoy para aventuras bélicas, convencí a Zoraida, echamos cuanto teníamos en un esquife y pusimos proa a Jamaica... —el gordo Juan de Bolas apuró una vez más el fondo de su copa—. ¡Allá ellos con sus ambiciones y sus luchas! —concluyó.

—¿Y tenéis idea de cómo ha acabado todo? —quiso saber *Doña Mariana Montenegro*.

—Ni la más mínima, y a fe que poco me importa —señaló el grasiento *Manitas de Plata*—. «Tanto monta, monta tanto, Colón o Bobadilla.» Lo único que saben es mandar, y yo hace tiempo que me cansé de obedecer. Aquí soy mi único dueño.

—Y de un hermoso lugar, sin duda alguna —admitió la alemana—. ¿Supongo que no tendréis inconveniente en que os hagamos compañía hasta que pasen los huracanes?

—La isla es grande, y esta bahía su mejor refugio contra vientos y mares. Todo el que venga en son de paz, será siempre bienvenido, y mi ilusión sería que algún día aquí mismo se alzara una tranquila ciudad llamada Puerto Bolas.

Faltaban sin embargo, vituallas y mujeres, pues aunque una pacífica ensenada a salvo de tormentas constituyese en parte el sueño de una tripulación cansada de sufrir calamidades, no bastaba con eso, por lo que el capitán Salado se ofreció a «darse un salto» a la isla vecina en busca de cuanto pudiera hacer más agradable la temporada de descanso.

—No fue construido el *Milagro* para transporte de prostitutas —se lamentó su dueña—. Ni quisiera exponerme a que cayera en manos de Bobadilla, Colón, Roldán, o quien quiera que mande ahora en Santo Domingo.

—Tampoco yo —se apresuró a replicar el marino.

—¿Entonces?

—Fondearé en la Navasa y allí esperaré al esquife que llevaré a remolque.

La isla de la Navasa era poco más que una roca solitaria a unas ocho millas del extremo occidental de Haití, y treinta del oriental de Jamaica y aunque no ofreciera refugio seguro en caso de borrasca, si constituía un punto desde el que un navío tan rápido como el *Milagro* podía ponerse a salvo de cualquier ataque sorpresa por el sencillo sistema de mantener un vigía en la cima de la roca.

El plan del *Deslenguado*, consistente en remolcar el esquife de Juan de Bolas hasta la costa de La Española y dejarlo allí con sólo tres hombres para esperar su regreso en la Navasa, no se le antojaba en absoluto descabellado, ya que reducía al mínimo los riesgos, tanto para el navío como para su tripulación.

El problema estribaba en elegir a tres hombres de absoluta confianza y probado valor, capaces de desembarcar en la isla grande y regresar con vituallas y mujeres, y aunque el cojo Bonifacio Cabrera reclamó de inmediato tal honor, su «ama» se negó en redondo alegando que era demasiado conocido en Santo Domingo como para arriesgarse a aparecer de nuevo por sus calles y plazas.

—En cuanto te vieran —dijo— sabrían que el *Milagro*

y yo andamos cerca, lo cual pondría en peligro toda la empresa.

—¿Quién, entonces?

—Yo —se ofreció Zoraida *La Morsa*. —De mí nadie sospechará, puesto que pocos saben que me he marchado, y soy la única que puedo convencer a unas cuantas muchachas para que me acompañen. Conozco a las mejores.

Había una innegable lógica en su propuesta, ya que resultaba en verdad poco probable que las solicitadísimas barraganas «no nativas» de la ciudad decidiesen abandonar su clientela de siempre para atender a una única tripulación en una isla semidesierta, y si alguna persona era capaz de hacerles ver las ventajas del cambio, nadie mejor que una antigua compañera de «faenas».

—¿Por qué habrías de arriesgarte? —quiso saber *Doña Mariana*, hasta cierto punto desconfiada.

—Porque aquí estoy bien, pero a veces me gustaría tener con quien chismorrear —fue la lógica respuesta—. Tal vez alguna de las chicas decida luego quedarse, y el sueño de mi gordo de fundar una ciudad comience a convertirse en realidad.

—¿No te asusta el peligro?

—Quien, como yo, ha pasado tantos años durmiendo con marinos borrachos y soldados medio locos, de poco puede asustarse —replicó la mujerona sonriente—. Iré y volveré, y nadie sospechará siquiera que estáis en Jamaica.

Fue así como la frescachona Zoraida y dos bien pagados marineros desembarcaron una tranquila mañana de principios de octubre en el puerto del río Ozama para adentrarse en una revuelta ciudad cuyos habitantes aún se negaban a aceptar de que el Comendador Francisco de Bobadilla había hecho encarcelar a los antaño todopoderosos hermanos Colón.

—¿El Virrey en presidio? —se asombró *La Morsa*.

—Y cargado de grillos para más inri... —fue la respuesta de Fermina Constante, una de sus más hermosas y desvergonzadas compañeras de fatigas—. ¿Recuerdas a

Serafín, el cocinero, aquel tipo sucio y piojoso con quien una vez te negaste a «ocuparte»? Pues ése fue el único, en toda la ciudad, que se atrevió a obedecer la orden del nuevo gobernador de engrillar al Almirante. Hasta el último soldado se había negado por respeto.

—Cosas suceden que jamás se hubieran creído.

—Como verte convertida en mujer honrada... —fue la divertida respuesta—. ¿Qué se siente al saber que no van a pagarte al terminar un «servicio»?

—Me pagan. Y un alto precio. En respecto, afecto y compañía.

—¿Y bajo qué ladrillo se guarda eso?

Zoraida *La Morsa* se golpeó con el dedo la enorme teta izquierda.

—Bajo éste, donde nadie puede robártelo... ¿Vienes conmigo?

—No puedo —se disculpó Fermina—. Ahora tengo un magnífico «cliente», capitán de la guardia. Me quiere —añadió—. Me amorató éste, ojo porque me «ocupé» demasiado con un mallorquín buen mozo.

—Triste época aquella en que también yo medía el tamaño del amor por la dureza de los golpes —señaló Zoraida, pesarosa—. Mi gordo jamás me levanta la mano... —rió divertida—. Más bien suele bajarla, y sabe cómo hacerlo. ¡Cambia de vida! —añadió aferrando con fuerza el antebrazo de su amiga—. Si cruzaste el océano no fue para acabar de vieja buscona. Vente a Jamaica y encontrarás un buen hombre a tu medida.

—Ningún «buen hombre» tiene la medida que yo exijo —replicó la Constante con descaro—. Y si mi capitán consigue cortarle el cuello a esa maldita alemana, tal vez le «cace».

En un primer momento la buena de Zoraida no relacionó en absoluto aquel comentario con *Doña Mariana Montenegro*, y tan sólo fue una semana más tarde, el mismo día en que acudió al puerto a presenciar cómo los encadenados hermanos Colón eran embarcados en *La Gor-*

da una sucia nave que se los llevaría para siempre de La Española, cuando llegó a la conclusión de que la mujer que el Capitán de Luna andaba buscando con tanto ahínco, no era otra que la dueña del navío que le esperaba en la Navasa.

De entrada le asqueó el hecho de que fuera él quien comandara la tropa que flanqueaba al Almirante, ni le gustó la despectiva prepotencia con la que la trató cuando Fermina se apresuró a presentarlos, y poco más tarde, cuando sentados ante una jarra de vino en la taberna de «Los Cuatro Vientos», el altivo vizconde alardeó del ascendente que ejercía sobre el nuevo gobernador, llegó a la conclusión de que aquel señorito pretencioso jamás uniría sus destinos a los de una reconocida prostituta por linda que ésta fuera.

«No está hecho de la pasta de mi gordo —se dijo—. Y se diría que cien gatos furiosos le comen el hígado de la noche a la mañana.»

Razón le sobraba, puesto que cierto era que una ira irrefrenable devoraba las entrañas del capitán de Luna, desde el momento mismo en que había averiguado que su ex esposa no estaba ya en la isla.

Le habían relatado punto por punto la astuta forma en que había conseguido hacerse a la mar con el *Milagro* a la búsqueda de un amante perdido allá en «Tierra Firme», y el hecho de descubrir que tal vez el aborrecido *Cienfuegos* al que tanto tiempo atrás consideraba muerto, podía seguir con vida, reavivó a tal punto el odio del vizconde, que podía pensarse que aquellos ocho años no habían pasado en vano, y a su mente afloraba de nuevo, la escena en la que el astuto cabrero le burlaba dejándole perdido de un alto risco de La Gomera.

—Hasta cierto punto me alegra que esté vivo —le había confesado una noche de borrachera a su amante Fermina—. Así podré arrancarle el corazón con un cucharón de palo. Cuando todo este negocio del Almirante acabe y el Gobernador me otorgue la «Encomienda», armaré un barco con veinte cañones y saldré en busca de esos cerdos.

—El mar es muy grande.

—No mayor que mi ansia de venganza.

Ahora, los «negocios del Almirante» habían concluido, gracias a que don Francisco de Bobadilla diera pruebas de una firmeza que nadie hubiera sido capaz de imaginar conociendo sus antecedentes, puesto que si bien allá en Sevilla se tomó mucho más tiempo del preciso en iniciar su andadura mostrando una debilidad de carácter que incluso hizo dudar sobre lo acertado de su designación, apenas juró el cargo de gobernador de La Española no dio tregua a sus enemigos, acosándolos hasta extremos que obligaban a creer que había transformado su misión oficial en un asunto puramente personal.

Y es que en el fondo del alma de aquel hombre amargado y seco que aspiraba a hacer justicia, anidaba un invencible sentimiento de envidia hacia quien, como Cristóbal Colón, había demostrado que, pese a sus innegables defectos, se podía llegar a ser un gran hombre y un gran soñador convirtiendo en realidad prodigios y fantasías.

Como la mayoría de los seres que se toman a sí mismos demasiado en serio, el Comendador carecía por completo de imaginación, lo que le obligaba a odiar y despreciar cuanto escapara del estrecho marco del cuadro de valores que había aprendido a admirar y respetar desde aquella lejana infancia en que le inculcaron que la vida debía ser algo «trascendental».

Para él el Almirante había sido siempre una especie de blasfemo que se atrevía a poner en duda el orden cosmológico establecido, y un blasfemo doblemente culpable, puesto que había sabido demostrar que tenía razón en sus blasfemias.

Por eso, de haber sido inquisidor no hubiese dudado en quemarle en la hoguera, y en su faceta de Pesquisidor Real tampoco dudó a la hora de acosarle, encerrarle y cargarle de cadenas.

Y sus odios, envidias, rencores y malquerencias, habían encontrado eco en muchos otros individuos igualmente sin imaginación, que, como el Capitán León de Luna, reconocían en Cristóbal Colón un ser superior a cuya sombra jamás florecerían.

El vizconde alentó y respaldó a un ladino Comendador a quien en el fondo despreciaba, escarbando astutamente en sus más bajos instintos, intrigando en su antesala y haciéndole temer aun mayores peligros de los que ya de por sí imaginaba, ansioso por ver entronizado como máxima autoridad de la isla a alguien de quien conocía sobradamente los puntos débiles, lo que le permitiría obtener el día de mañana incontables beneficios.

Con los Colón camino de Sevilla y sus partidarios ocultos y aterrados, el vacío de poder que lógicamente se había producido en el gobierno de la colonia, le colocaba en una situación privilegiada para ascender por el tortuoso sendero de la intriga, dejándole además las manos libres para llevar a cabo su venganza con el beneplácito «oficial».

Por todo ello, la inmensa Zoraida «a la que asustaban pocas cosas después de tantos años de dormir con marinos borrachos y soldados medio locos», sintió sin embargo un nudo en el estómago cuando sentada aquella tarde en la taberna de «Los Cuatro Vientos» comprendió que se enfrentaba a un rastrero canalla que no dudaría en cortarla en rodajas si llegaba a tener la más leve sospecha de que era una de las pocas personas de este mundo que tenía idea de dónde se encontraba en aquellos momentos *Doña Mariana Montenegro*.

—Si esto llega a oídos de esos dos marinos, capaz les creo de irse de la lengua —razonó esa noche a solas en la cama—. Y o mucho me equivoco, o este grandísimo hijo de perra, no tardará en averiguar que rondan por tabernas y burdeles. Así pues, lo mejor será volver a casa cuanto antes.

Convenció por lo tanto a cinco barraganas haciéndoles creer que el navío anclado en Jamaica pertenecía a un mallorquín que aguardaba el paso de los huracanes para regresar a la costa a «rescatar» perlas, y tras amontonar en el esquife cuanto le habían encomendado, se hizo a la mar un amanecer lanzando un suspiro de alivio.

Santo Domingo se había convertido más que nunca en un nido de víboras en el que todas las intrigas resultaban factibles, y no se sintió más tranquila, hasta que quedaron muy atrás sus últimos tejados.

Dos días más tarde avistaron el *Milagro* al pairo a sotavento de la roca, y en cuanto pisó Jamaica se llevó a *Doña Mariana* a un extremo de la playa para contarle con todo lujo de detalles cuanto había averiguado.

—¡León otra vez...! —se lamentó la alemana visiblemente afectada por la noticia—. ¿Hasta cuándo?

—Hasta que os arranque la piel a tiras, señora, tenedlo por seguro.

—¿Tanto dura el rencor?

—Yo diría que con el paso de los años se ha recrudecido convirtiéndose en la única razón de su existencia.

—Triste destino el mío, condenada a amar tanto y a ser al propio tiempo tan odiada. —El dolor que Ingrid sentía conmovió a la prostituta que incluso se atrevió a acariciarle con afecto una mano—. ¿Por qué los sentimientos nos juegan tan sucias pasadas?

—Precisamente porque son eso: sentimientos. Lo demás no cuenta.

Los días que siguieron constituyeron una dura prueba para *Doña Mariana Montenegro*, puesto que a la inquietante noticia de que su ex marido se encontraba tan cerca, se unía al hecho de empezar a temer por el éxito de su difícil empresa, y a la clara evidencia de que aquella disciplinada tripulación de la que tan orgullosa se sentía, había pasado a convertirse en una desharrapada pandilla de desvergonzados haraganes que dedicaban la mayor parte del tiempo a jugar, reñir, cantar, fornicar y emborracharse.

Había ordenado que las «muchachas» se establecieran en improvisadas cabañas, al otro extremo de la playa, quedándose ella a bordo del *Milagro* en compañía de Haitiké, el Capitán Salado, Bonifacio Cabrera, Don Luis de Torres y un par de centinelas, pero eso no le impedía advertir hasta qué punto en tierra sucedía todo aquello que iba en contra de su más arraigado sentido de la decencia.

—Una vez más hemos traído la corrupción al paraíso —se lamentó una noche especialmente calurosa en que el escándalo del burdel se deslizaba por la quieta bahía hasta perderse en mar abierto—. Juego, enfermedades, alcohol y putas es todo lo que llevamos con nosotros. Tanto como criticábamos a los Colón, y he aquí que apenas nos diferenciamos de ellos en la forma de hacer las cosas.

—Darle a unos hombres fatigados una merecida temporada de descanso, no significa necesariamente llevar la corrupción al paraíso —protestó Don Luis de Torres—. Cuando zarpemos todo volverá a ser como era.

—Hasta que vengan otros que actúen de igual modo. Y a ésos seguirán otros, y otros más, y llegará un día en que nadie distinguirá este mundo de aquel del que tanto nos quejábamos... —Permaneció un largo rato sumida en sus pensamientos y por último inquirió—: ¿Qué creéis que ocurrirá cuando el Almirante se presente ante la Reina cargado de cadenas?

—Lo ignoro, pero a fe que me gustaría estar presente.

—¿Por qué?

—Porque el Almirante es de la clase de hombres que aborrezco: servil con los de arriba y arrogante con los de abajo. Intentará mostrarse como una víctima de las intrigas de los envidiosos, pero al propio tiempo su desmedido orgullo le impulsará a rebelarse. Y los Reyes no son de los que aceptan rebeldías.

—¿Volverá a La Española?

—Lo dudo. Cuando los gobernantes dan un paso tan difícil como el que han dado, están obligados a mantener su posición aun en contra de sus más íntimos criterios. Es probable que Isabel y Fernando perdonen al Almirante, pero los Reyes, no.

—¿Tanta es la diferencia entre el ser humano y el monarca?

—Como solía decir mi viejo maestro Florián de Tolosa, «La corona no sólo ciñe la frente, ciñe también el corazón..., a condición de tenerlo».

—Doña Isabel lo tiene —sentenció la alemana.

—Puede que así sea —admitió el converso—. Pero está claro que el suyo es ante todo un corazón cristiano, capaz únicamente de albergar amor y compasión por los cristianos. Los judíos no tienen cabida en él.

—Estáis siendo muy duro. Como siempre.

—¿Duro yo? —se asombró el otro—. ¿Acaso no es cierto que trata mejor a estos salvajes idólatras de los que nada sabía hasta hace poco, que a un pueblo que, como el judío, tanto amor demostró por Castilla y de forma tan destacada contribuyó a su grandeza? ¿Qué diferencia existe entre un pagano y un judío? ¿Que el primero adora un pedazo de madera y el segundo al dios de sus antepasados? ¿Basta ese simple detalle para establecer tamaña discriminación? Unos son recibidos con los brazos abiertos, mientras a los otros se les expulsa del solar en que nacieron.

—Sabéis bien que no se trata tan sólo de un pedazo de madera o un dios de antaño. El problema tiene raíces mucho más profundas. Sobre todo políticas y económicas.

—Luego tenía razón Maese Florián de Tolosa...: «La Corona ciñe el corazón», y por lo que estamos viendo acabar por convertirlo en piedra.

Doña Mariana Montenegro meditó cuidadosamente su respuesta, y por último, señalando las luces del burdel al final de la playa, señaló:

—Si yo, simple armadora de un pequeño navío con un puñado de hombres a mis órdenes, me veo obligada a aceptar algo que tan reñido está con mis convencimientos, ¿cómo puedo juzgar a quien reina sobre vastos imperios, y se ve sometida a terribles presiones? Lo único que podría hacer sería compadecerla.

—¿Compadecer a una reina? —se asombró el otro—. Por mucho que os trate siempre conseguís sorprenderme. Sois increíble...

—¿Por qué razón?

—Porque os veis obligada a ocultaros en un rincón de una isla salvaje, rodeada de putas y borrachos, acosada por un marido rencoroso, y sin saber a ciencia cierta si el hombre al que amáis aún sigue vivo, y aun así os atrevéis a insinuar que tendríais que compadeceros de la Reina de España? ¿No es fabuloso?

Ingrid Grass, ex vizcondesa de Teguise y ex señora de la isla de La Gomera, observó con especial detenimiento a su interlocutor, y acabó por lanzar una corta y divertida carcajada.

—Sí que es fabuloso... —admitió—. ¿Pero queréis saber la auténtica razón por la que me veo obligada a compadecerme de la Reina...? —Le guiñó un ojo con picardía—. Porque ella jamás tuvo oportunidad de conocer a *Cienfuegos.*

—¡El mar!

—¿Esto es el mar?

Le sorprendió el despectivo tono de la vieja.

—¿Qué ocurre? ¿No te gusta?

—Esperaba otra cosa. —*Cú* se rascó pensativa la blanca y rala cabellera con gesto de desgana y añadió—: Tantos años oyendo hablar del mar, y resulta que no es más que agua.

—¿Qué otra cosa esperabas?

La indígena tomó asiento en una roca a observar cómo la pequeña Araya corría a mojarse los pies en las mansas olas que parecían rendirle un sincero homenaje, y tras librarse de la carga que significaba el cesto ya casi vacío, alzó el rostro hacia *Cienfuegos*.

—Esperaba ver tortugas. ¡Muchísimas tortugas!

—Están ahí; bajo el agua.

—¿Y de qué vale una tortuga bajo el agua? —quiso saber—. Yo tengo tres caparazones colgados sobre mi hamaca. Me despierto, los veo, y me recuerdan a mis tres hombres. Pero una tortuga bajo el agua, ni se ve, ni me recuerda a nadie.

—Tal vez esta noche salgan a poner huevos en la arena... —aventuró el gomero levemente amoscado.

—De noche, duermo. No me gusta la noche. Para salir

de noche por mí pueden quedarse abajo... —Hizo una corta pausa—. ¿Dónde están las montañas?

—¿Qué montañas?

—Las del mar.

—El mar no tiene montañas.

—¡Pues vaya una mierda! —fue la espontánea exclamación—. Si no tiene montañas y no se ven las tortugas, ¿para qué diablos sirve?

—Para pescar. Y bañarse.

—En el arroyo de mi casa puedo bañarme. Y hay muchos peces... —Se rascó de nuevo la cabeza y añadió con desgana—. Tanta agua se me antoja un desperdicio inútil.

—¿Es que no te impresiona, ni te parece hermosa?

—Prefiero un araguaney en flor, un ciervo, o una altiva montaña. ¿Tú no?

El desconcertado cabrero llegó a la conclusión de que resultaba inútil tratar de convencer a alguien que no parecía dispuesto a ser convencido, y cuando se encontraba a punto de olvidar cualquier argumento en favor del mar que pudiera ocurrírsele, la voz de Araya concluyó por hundirle.

—¡Está salado! —exclamó la chiquilla escupiendo con desagrado el buche que se había echado a la boca—. ¡Es asqueroso!

—¡Lo que faltaba!

—¿Salado? —repitió *Cú* en el colmo del desconcierto—. ¿Quiere eso decir que además de todo, no puede beberse?

—¡Pues verás, yo...!

—¡Olvídalo! —El tono de voz de la anciana era de la más absoluta suficiencia—. Es así y así es... ¿Nos vamos?

—¿A dónde?

—¿Cómo que a dónde? Los dioses aseguraron que llegaríamos al mar y Araya viajaría a países lejanos donde llegaría a ser muy importante. —Hizo ademán de cargar de nuevo con el cesto—. Ya estamos en el mar —dijo—. Sigamos adelante.

—¿Cómo? No se puede caminar sobre las aguas.

—Iremos por las piedras.

—¿Es que no lo entiendes? Esto no es el arroyo de tu pueblo. El mar es muy profundo. Nos ahogaríamos.

—¡Tonterías...!

—¿Conque tonterías...? ¡Ve y compruébalo!

La incrédula y obstinada anciana no se hizo repetir la invitación, atravesando con paso firme la ancha playa para introducirse decididamente en el agua y seguir adelante hasta desaparecer por completo bajo las primeras olas.

Cienfuegos tuvo que correr a rescatarla, cargándola en brazos para depositarla, tosiendo y rufunfuñando, sobre la arena.

—¿Me crees ahora?

—¡Pues vaya una gracia! —fue la insistente protesta—. Y tiene razón Araya... ¡sabe a rayos!

El cabrero dudaba entre enfurecerse o romper a reír, y al fin optó por lo último dejándose caer junto a la vieja.

—¡Menudo personaje...! —exclamó—. ¿Qué quieres que hagamos ahora?

—Tú harás lo que quieras —fue la serena respuesta—. Y Araya también. Yo me vuelvo a casa.

—¿A casa? —se asombró él—. ¡Llevamos casi una semana caminando y pretendes volver a casa...! ¡Tú estás loca!

—Loca estaría si pretendiese atravesar esas aguas tan profundas... —replicó *Cú* serenamente—. Ya soy vieja, y será mejor que acabe donde pasé toda mi vida... —Hizo una corta pausa y añadió con amargura—. Tal vez tengas razón y un día regrese la gente de mi pueblo. —Se diría que estaban a punto de saltársele las lágrimas—. Y si no regresa, al menos me quedara la satisfacción de saber que fui el último de sus miembros y esperé hasta el final.

Cienfuegos señaló a la chiquilla.

—¿Y ella? —quiso saber.

—Tú la cuidarás.

—¿Por qué habría de hacerlo?

—Porque los dioses así lo quieren.

—¿Tus pequeños dioses inútiles?

—Más vale un pequeño dios inútil, que un gran demonio eficiente —fue la respuesta de la anciana que parecía recuperar su temple por minutos—. Araya está predestinada a grandes cosas —continuó—. Manténte a su lado, y tal vez te iluminen los rayos de su estrella.

—¡Falta me hace? —admitió el isleño lanzando una larga mirada a la chicuela que se entretenía en perseguir a un huidizo cangrejo—. A mi estrella, si es que alguna vez la tuve, no debía gustarle viajar y se quedó para siempre en La Gomera.

—La mía estará aún colgada sobre mi casa. —Se puso en pie pesadamente—. Me voy.

—¿Así, sin más?

—¿Que más necesito que la decisión de marcharme?

Hizo un leve gesto de despedida con la mano a la niña con la que había compartido los últimos años de su vida, ésta se lo devolvió sin demostrar la más mínima extrañeza, y la anciana y encorvada indígena recogió su cesto, se lo cargó a la espalda y desapareció entre la espesa maleza que bordeaba la ancha playa.

—Jamás entenderé a esta gente... —masculló *Cienfuegos* extrañamente furioso consigo mismo—. Aprenderé sus lenguas, conviviré con ellos, pero jamás conseguiré averiguar qué diablos piensan exactamente. —Se volvió a la mocosa—. ¿Qué hacemos ahora? —inquirió en voz alta.

—Atrapar a estos bichos —fue la sencilla respuesta—. Corren para atrás como locos...

—Serán gomeros...

Pasaron más de una hora cogiendo cangrejos, y cuando al fin tomaron asiento sobre la arena a verlos hervir en una cazuela de barro, el cabrero inquirió interesado:

—¿No te importa que *Cú* se haya ido?

—Me importa —admitió ella con naturalidad—. Pero es mejor así. Morirá pronto, y quiere hacerlo en su casa.

—¿La echarás de menos?

Negó con un brusco ademán de cabeza:

—Me enseñó a no hacerlo —dijo—. Siempre me repetía que siendo el último miembro de mi tribu, debía acostumbrarme a no necesitar a nadie ni volver nunca la vista atrás.

—Entiendo... —admitió *Cienfuegos,* aunque en realidad no estaba del todo seguro de si había captado el sentido exacto de lo que la mocosa había querido decir, y luego, lanzando una larga ojeada a la hermosa, bahía flanqueada de palmeras, añadió—: No me gusta este sitio. En una playa parecida, los caníbales devoraron a dos de mis compañeros. Será mejor que busquemos un lugar más protegido.

—¿Hacia dónde?

Se encogió de hombros:

—Venimos del Sur. Al Norte está el mar, y al Este el río con sus pantanos y «sombras verdes»... Está claro que no nos queda otro camino que el Oeste.

Iniciaron la marcha, siempre a unos metros por el interior de la espesura, dejando a la derecha la ancha playa por la que hubieran sido vistos a gran distancia, alimentándose de huevos de tortuga, frutas y cangrejos a través de una región que continuaba siendo semidesierta, ya que durante los días siguientes no consiguieron distinguir más que una piragua con tres hombres que pescaban cerca de la costa, y una pequeña choza semioculta entre la maleza que presentaba todas las trazas de haber sido abandonada tiempo atrás.

Dos días más tarde alcanzaron un altivo promontorio que se adentraba en el mar, frente al que se divisaban a lo lejos tres islas diminutas, y tras bordearlo advirtieron que tenían que volver casi sobre sus pasos, pues el largo y afilado cabo no era en realidad más que el extremo de una estrecha península y fue allí donde lo descubrieron sobre un liso farallón de roca orientado al Sur, y donde el canario *Cienfuegos* le dio un vuelco el corazón.

—¿Qué significa? —quiso saber Araya.

—No lo sé.

—¿Puede ser una señal de los dioses?

—No.

—¿Por qué estás tan seguro?

—Porque los dioses lo hubiesen grabado a fuego en la roca y esto es pintura; simple pintura que debe llevar aquí ya varios meses. La lluvia ha empezado a borrarla. Lo han hecho los hombres.

—¿Qué clase de hombres?

—«Civilizados» desde luego —replicó el canario convencido—. Tal vez españoles.

—¿Pero qué significa? —insistió la chiquilla tercamente.

—Aún no lo sé —se impacientó el gomero—. Vete a buscar algo para la cena y déjame pensar.

Tomó asiento en una piedra, justo frente al extraño dibujo de casi tres metros de altura y dos de ancho, dedicando largas horas a intentar averiguar qué innegable mensaje contenía, pues no se le antojaba lógico suponer que alguien hubiera perdido tiempo y trabajo en ensuciar aquel aislado farallón sin una razón concreta.

Cuando por fin Araya regresó con dos hermosos peces que depositó a sus pies, la observó sonriente para señalar satisfecho de sí mismo:

—¡Ya lo tengo! —dijo—. Se trata de un barco.

—¿Un barco?

—Lo que usamos nosotros para caminar sobre el mar. Yo llegué en uno.

—¿Y cómo es que has tardado tanto en reconocerlo?

—Porque está pintado al revés.

—¿Al revés? —se extrañó la chiquilla, girando la cabeza para intentar descubrir lo que pretendía decirle.

—Exactamente —insistió *Cienfuegos*—. La quilla está hacia arriba, y la parte de abajo son las velas. ¡Está al revés!

—¡Qué tontería! ¿Por qué querría alguien pintar una cosa al revés?

—Para llamar la atención, y para obligar a pensar sobre el mensaje que está intentando dejar... —El isleño se mostraba entusiasmado con su razonamiento—. Si hubiéramos encontrado un barco al derecho, habría pensado que se trataba simplemente de alguien que se entretuvo en pintar un barco y nada más. Pero así, me ha dado a entender que quiere decirme algo.

—¿Como qué?

—Como que hay que darle la vuelta.

—¿Y...?

—Que un barco al que hay que darle la vuelta para verlo, debe ser un barco que va a volver... ¿Lo entiendes?

—No.

—Pues resulta muy sencillo. —*Cienfuegos* no abrigaba ya la menor duda de que estaba en posesión de la verdad, y no le importaba hacer partícipe a la muchacha de su hallazgo—. Éste es un buen puerto, y aquí fondeó un barco que pretendía decirle —tal vez a otros barcos— que aunque se haya ido algún día regresará.

—¿Cuándo?

—Eso ya no lo sé.

—Puede tardar un año... O tres... ¡O cinco!

—Lo dudo. Quien lo pintó sabe que la lluvia y el viento lo borrarán en cuestión de meses y debe tener la intención de volver antes.

Araya le observó largamente, y por último inquirió con total inocencia:

—¿Son siempre tan complicados los «civilizados»?

—Sólo cuando tienen que demostrar su ingenio.

—¿Y ahora qué hacemos?

—Esperar.

—¿Y si te has equivocado y no vuelve nunca?

—¡Volverá!

El gomero parecía tan convencido de lo que decía, que dedicó el resto de la tarde a buscar una cueva de difícil acceso casi en la cima del acantilado, explorando en días sucesivos los alrededores hasta cerciorarse de que el lugar continuaban estando despoblados y no se advertían rastros de vecinos molestos.

Totalmente tranquilo én cuanto se refería a la seguridad, optó por emplear su tiempo en disfrutar del mar y la quieta ensenada, y en enseñar castellano a la avispada mocosa que tan absurdamente había pasado a forma parte de su vida.

Las aguas, las altivas palmeras y la cercana selva, les proporcionaban todo el alimento que necesitaban, pues tanto Araya como él habían aprendido a sobrevivir sobre el terreno, turnándose al propio tiempo en la vigilancia desde lo alto del acantilado, atentos siempre a la llegada de un navío cristiano o a la posible aparición de hostiles aborígenes.

Estos últimos acudieron por dos veces a bordo de largas piraguas desde la que se entretuvieron en estudiar con especial detenimiento el extraño dibujo del farallón de roca, pero ni Araya y «Cienfuegos» se dejaron ver, ni los nativos parecieron tener intención de desembarcar, por lo que la existencia en aquel perdido rincón del universo resultó tan agradable y pacífica como si se encontraran de vacaciones en un hermoso balneario europeo.

La lluvia, torrencial con frecuencia, conseguía que el barco invertido se fuera desdibujando hasta convertirse en poco más que una confusa mancha, pero una serena tarde en la que el sol descendía sobre las lejanas islas de poniente, y poco antes de que la pintura desapareciese por completo, Araya llegó jadeante y apuntó hacia lo lejos.

—¡Ya viene! —dijo.

Treparon juntos a lo más alto del espigón de roca, y en efecto allí estaba, aunque fuera apenas un punto blanco que se movía muy despacio en el horizonte, como si no tuviera prisa alguna por aproximarse a una costa que muy pronto se encontraría completamente cubierta por unas sombras que ocultarían sus rocas y bajíos.

Durmieron arriba, a la intemperie pese al violento chaparrón que cayó a medianoche, demasiado excitados como para regresar al refugio de la cueva, y ansiando más que nunca la llegada del día.

Amaneció sin prisas.

A sus espaldas, el sol remoloneó más de la cuenta sin decidirse a cumplir con su obligación de dar luz a la Tierra, y cuando desperezó sus primeros rayos sobre las quietas aguas, fue a herir una vela que comenzaba a izarse para que el altivo navío que había pasado la noche al pairo, pudiera tomar el viento de través y aproximarse a la costa sin peligro.

Cienfuegos, inquieto, lo observaba.

El Capitán León de Luna convenció a la bella Fermina Constante para que le acompañara en su aventura de colonizar las costas de Paria y la isla de Trinidad según la Encomienda que al fin había obtenido del severo Gobernador Bobadilla, pese a que éste no se mostró muy feliz con la idea de perder demasiado pronto a su más fiel subordinado.

—Todo está en calma —había sido el último argumento esgrimido por el vizconde de Teguise para vencer su tenaz resistencia—. Y con los Colón en España, mantener una guardia personal haría creer al pueblo que aún teméis a sus escasos partidarios.

—¿Y Francisco Roldán?

—Ése es un problema en el cual no entro, Excelencia. No vine a las Indias a enfrascarme en revueltas y alzamientos, sino a protegeros del Almirante. Cada uno de esos hombres me cuesta mucho dinero, y quiero emplearlo en encontrar a una persona, no en combatir rebeldes —su voz sonaba firme—. Fue nuestro trato.

El Comendador, que se había convertido en dueño indiscutible de la isla, habituándose con sorprendente rapidez al hecho de que sus órdenes fueran obedecidas en el acto, advirtió cómo un ramalazo de ira le recorría la espalda, pero lo dominó consciente de que el Capitán De

Luna, no era alguien a quien se pudiese negar cuanto se había prometido.

—Está bien —admitió por fin de mala gana—. Tendréis esa Encomienda. ¿Cuándo pensáis partir?

—En cuanto apareje el *Dragón*.

—¿Qué barco es ése?

—Una nao flamenca, ya algo vieja pero muy resistente, que le he comprado a un menorquín. La armaré con falconetes y lombardas y me haré a la mar de inmediato.

—¿No exigís ya justicia para vuestro caso?

—Poca justicia puede hacerse sobre quien no está en la isla —fue la lógica respuesta—. Lo que ahora reclama mi atención, es Paria y Trinidad.

Si el gobernador Francisco de Bobadilla sabía o sospechaba que el vizconde mentía y su verdadera intención era buscar a su fugitiva esposa, no tuvo a bien hacérselo notar, y como astuto político que era considero que resultaba mucho más conveniente mantenerse en buenas relaciones con alguien que siempre podía serle de utilidad en caso de apuro.

—Id con Dios entonces —se limitó a señalar—. Y mantenedme al tanto de vuestros pasos.

Obtenido el permiso, armado el barco con más de una docena de piezas de artillería, y contratados cuarenta marineros que venían a unirse a la veintena de matones que se había traído de Sevilla, al vizconde de Teguise tan sólo le quedaba por ajustar el precio de aquella ambiciosilla barragana, que calculó muy por lo alto a cuanto podrían haber ascendido sus ganancias en caso de quedarse a atender cómodamente a su habitual clientela dominicana.

—Os cobre lo que os cobre, mal negocio haréis —le advirtió no obstante Baltasar Garrote a su jefe—. Embarcar a sesenta hombres con una sola puta, es como pegar la santabárbara al mamparo de la cocina. Pronto o tarde revienta.

—Yo soy dueño, armador y primera autoridad a bordo —le recordó el vizconde—. Y el hecho de que sea también el único que disponga de una mujer, reforzará mi liderazgo como el del gran macho en una manada.

El impasible *Turco*, que había pasado la mayor parte de su vida entre moros pero conocía a la perfección el retorcido carácter castellano, era más bien de la opinión de que exhibir de forma tan peculiar la autoridad, rayaba en provocación y prepotencia, pero como había jurado ser fiel a quien le pagara sin discutir sus órdenes, se limitó a ajustarse el largo turbante y olvidarse del tema hasta el día en que los acontecimientos vinieran a recordárselo.

«Poco velamen para tanta verga... —musitó para sus adentros al ver cruzar por cubierta a una Fermina Constante seguida por la ávida mirada de cien ojos—. Y poco se dé culos, o el de este putón va a conseguir que más de uno acabe colgando de los mástiles.»

El maloliente «Piloto de Derrota», denominación con la que el vizconde de Teguise quiso dejar bien claro que el capitán del barco se encontraba bajo su mando, y que era una especie de diminuto oso peludo que, respondía al acertado nombre de Justo Velloso, fue así mismo de la opinión que semejante zorrastrón cuartelero no podría acarrear más que disgustos, pero como su única misión a bordo era la de hacer navegar aquel achacoso trasto, y sabía por experiencia que más jalaba pelo de coño que maroma de atraque, se limitó a intercambiar una mirada de complicidad con Baltasar Garrote, e inquirir tranquilamente:

—¿Zarpamos rumbo a Paria, señor?

—Zarpamos sin rumbo —fue la sorprendente respuesta del De Luna.

—¿Y eso?

—Buscamos un barco...: El *Milagro*.

Nuevamente Justo Velloso alzó el rostro hacia *El Turco*, y ante su manifiesta indiferencia optó por rascarse la descuidada barba que le nacía casi bajo los párpados para ordenar en tono impersonal al timonel:

—Proa al Sur.

La nao flamenca, en cuyas bodegas aún perduraba el inconfundible hedor que impregnaba cualquier barco que hubiese realizado tan sólo un viaje «negrero», abandonó por tanto la desembocadura del río Ozama e inició su andadura con el pesado, cabecear y el desapacible balanceo de los viejos navíos de poco calado, demasiada obra viva y exceso de velamen.

Para quien lo pilotaba, testigo presencial meses atrás de la botadura del *Milagro*, la sola idea de intentar atraparlo con un pesado armatoste de más de cuatrocientas toneladas y difícil maniobralidad, significaba tanto como perseguir a una gacela montando un rinoceronte, pero como le pagaban por meses de navegación y no por barcos capturados, optó por cerrar su casi invisible boca y preocuparse tan sólo de que aquel viejo *Dragón* no se durmiera.

Corría el mes de febrero del año 1501, y aunque la temporada de huracanes había quedado supuestamente atrás, el mar no aparecía todo lo tranquilo que el Capitán De Luna hubiese deseado, y fue por ello por lo que los primeros días los pasó encerrado en su camarote, vomitando hasta la leche que le diera su ama de cría, y maldiciendo la pésima ocurrencia que había tenido de perseguir personalmente a su aborrecida esposa.

Para colmo de desgracias, la pizpireta Fermina Constante no parecía sentirse en absoluto afectada por el balanceo o la pestilencia del navío, tal vez porque estaba acostumbrada a agitarse mucho más y a soportar los hedores; de incontables «clientes», por lo que se dedicaba a exhibirse provocativamente, acosada por el silencioso deseo de muchos de quienes conocían de antiguo la firmeza de sus carnes y la innegable calidad de sus «servicios».

—Cuando «el gran macho de la manada» es el único que no puede darle a la hembra lo que ésta necesita, algo anda errado —comentó meditabundo *El Turco*—. Y nuestro rumbo es el desastre.

—Mantened a raya a vuestros hombres, que yo me ocuparé de la marinería —replicó con acritud el peludo Velloso—. Pero como a esa golfa se le ocurra la idea de trabajar a escondidas, no pienso impedírselo. Ahora soy «Piloto de Derrota», si así le place al vizconde, pero no pienso meterme a rufián de putas.

Transcurrió una semana antes de que el amarillento y ojeroso Capitán León de Luna reuniera las fuerzas suficientes para hacer acto de presencia, y aunque resultaba cosa sabida que para esas fechas ya la avariciosa Fermina había aumentado de forma notoria su patrimonio personal, nadie pareció tener un especial interés en conseguir que la arrojaran por la borda, y la «máxima autoridad a bordo» pudo hacer gala de su rango pasándole el brazo sobre los hombros y sobándola descaradamente en público.

Dos días más tarde el viento acudió en ayuda del *Dragón* soplando suavemente del Nordeste, el mar se echó la siesta, y tras un ligero almuerzo, el Capitán De Luna recuperó por fin su maltrecho entusiasmo.

—Por lo que he conseguido averiguar —dijo entonces—, el *Milagro* tenía intención de buscar a un hombre en las proximidades de la región que Ojeda bautizó como «Pequeña Venecia»... Vayamos a echarle un vistazo.

—Pero de eso hace ya más de seis meses —le recordó Justo Velloso—. Dudo que sigan allí.

—También yo —admitió el vizconde sin inmutarse—. Pero ése no será más que el principio. Afortunadamente son pocos los navíos que frecuentan estas aguas, por lo que suelen dejar un vivo recuerdo de su paso. Seguiremos su rastro y si aún se encuentran en estas aguas, a buen seguro lo encontraremos.

Poco podía imaginar el Capitán De Luna, que en aquel mismo instante el *Milagro* navegaba a unas doscientas millas de su amura de estribor, y que si en lugar de comandar una nave tan perezosa, hubiese contado con un buque de más alegre andadura desviándose tan sólo unos grados al Oeste, al amanecer del cuarto día los vigías no hubiesen dudado un instante a la hora de gritar «barco a la vista».

Tampoco podía sospechar *Doña Mariana Montenegro* que por su aleta de babor iba quedando atrás una nave enemiga, pues lo único que ocupaba su mente —como siempre— era el hecho de si su amado *Cienfuegos* podía haber descubierto y descifrado alguno de los muchos mensajes que le había ido dejando a todo lo largo de la costa de «Tierra Firme», desde la península de La Guajira al golfo de Uraba.

—Si no es así —había prometido a sus hombres—, si de nuevo fracaso, en tres meses estaremos de regreso a La Española, donde desembarcarán los que quieran quedarse, pues yo seguiré rumbo a Lisboa. Allí venderé el barco y me retiraré para siempre a Baviera.

Pocos a bordo dudaban de que aquél constituía el fin lógico de su extraña aventura, pero como estaban convencidos de que en ningún otro navío recibirían mejor trato, y habían aprendido con el paso del tiempo a querer y respetar a su brava patrona, lo único que les quedaba por hacer era lamentarse por el hecho de que la búsqueda no se prolongase un año más, incluida una nueva y reconfortante estancia vacacional en las hermosas playas de Jamaica.

Tres marineros y tres putas habían decidido imitar a Zoraida y Juan de Bolas fundando nuevos hogares cerca de su cabaña, y las dos golfas restantes regresarían muy pronto a Santo Domingo tras prometer solemnemente no revelar los pormenores de su larga temporada de «descanso», pues cuantos menos detalles pudiesen llegar a oídos del ex marido de la alemana de sus actividades, más seguros se sentirían todos.

Desde el mismo día en que había averiguado que León de Luna se encontraba de nuevo a este lado del océano, y que por lo visto había logrado convertirse en un personaje influyente a la sombra del recién nombrado Gobernador, *Doña Mariana* había llegado a la conclusión de que su estancia en las Indias tocaba a su fin, puesto que si malo había sido tener la cabeza puesta a precio por los

Colón, mucho peor resultaba verse acosada por alguien de quien no cabía esperar perdón alguno.

—Me apenará dejar estas tierras —le confesó a Don Luis de Torres una mañana que paseaban por las doradas playas de Jamaica—. Y más aún me dolerá sacar de aquí a Haitiké, pero aun sin buscarlos, son ya demasiados mis enemigos.

—¿Y *Cienfuegos*?

—Tendré que olvidarme de él... —sonrió levemente—. ¿Sabéis cómo se pronuncia su nombre en alemán?

El ex intérprete real meditó unos instantes:

—*Hundertfeuer* supongo —replicó al fin.

—Demasiado complicado, ¿no os parece? Pasarse la vida soñando con alguien que se llamada *Hundertfeuer* resulta poco práctico. Tendré que buscarme un Hans.

—O un Luis... —aventuró él—. Aunque no era a eso a lo que me refería, sino a lo que ocurriría si lo encontrásemos. ¿Lo imagináis en Baviera?

—¿Al cabrero *Hundertfeuer*...? No. No lo imagino en Baviera, ni en ningún otro lugar, que no sea sus montañas de La Gomera —admitió ella—. Pero en el improbable caso de que lo encontrara, sería él quien decidiera dónde querría vivir... —Hizo una significativa pausa—. Y con quién...

—¿Con quién?

—¡Naturalmente! ¿O es que creéis que serle fiel durante tantos años me otorga el derecho a convertirle en mi esclavo o en forzado amante? —Negó con un firme gesto de la cabeza—. Tal vez le guste otra, o tal vez yo haya dejado de gustarle. Respondo por mis sentimientos, no por los suyos.

—Estaría loco si no besara donde pisáis.

—Siempre fue un poco loco. ¡Y un salvaje...!

—Ése es otro problema que también me inquieta a veces... —señaló el converso seriamente— ¿En qué clase de persona se habrá convertido después de tanto tiempo de andar entre salvajes? Sólo las bestias consiguen sobrevivir entre las bestias.

—Aunque haya conseguido sobrevivir, jamás será una bestia —puntualizó ella—. La ternura no es algo que se pierda ni aun en la selva. —Le miró largamente—. Él siempre fue tierno, y conozco auténticas bestias nacidas y criadas en palacios.

Pero aunque no quisiera admitirlo ante su amigo, *Doña Mariana Montenegro* también se sentía íntimamente inquieta por el hecho de que tal vez el dulce chiquillo que conociera en un idílico bosque de La Gomera se hubiera visto demasiado afectado por el terrible cúmulo de acontecimientos que el destino le había reservado, y con frecuencia pasaba largas horas tratando de imaginar cómo sería aquel desconocido *Cienfuegos* que vagaba en compañía de una negra por mundos muy lejanos.

Caía entonces en un estado de profunda depresión, anhelando reencontrar un viejo sueño, aunque echándose una y mil veces en cara sin reservas el haber tirado por la borda una vida perfecta por hacer realidad una quimera.

Hermosa, inteligente y culta, Ingrid Grass había tenido oportunidad de elegir entre un millar de hombres y eligió un rico y apuesto caballero español que la adoraba, y que pasó a convertirla en reina de una lejana isla de suave clima y exóticos paisajes. Todo estuvo en su mano; todo fue suyo, excepto lo único de lo que ningún ser humano es nunca dueño por más que lo pretenda: sus propios sentimientos.

Se puede dominar un país, un imperio y aun el universo; se puede poseer las riquezas de la tierra, e incluso tal vez alguien se apodere en un futuro de las estrellas, pero sobre lo que se lleva dentro —lo más íntimo— nadie ejercerá jamás ningún poder por mucho que lo intente.

Amar al apuesto y poderoso Capitán León de Luna hubiera sido prudente y fácil.

Amar a un mísero cabrero analfabeto, una estupidez inconcebible.

¿Pero cómo ordenar a un corazón de poco más de veinte años, a quién se debe o no se debe amar?

—*Cienfuegos* tendrá ahora también poco más de viente años... —musitó casi como si hablara consigo misma—. No sé lo que la vida habrá hecho de él, ni si se habrá convertido realmente en un salvaje, pero daría cualquier cosa por saber si aún recuerda mis ojos, mi rostro, mi piel, mi voz, mi olor... O siquiera mi nombre.

El nombre.

Sólo el nombre.

Cienfuegos lo recordaba aún de tarde en tarde, aunque incluso a menudo huía de su mente como si no deseara continuar importunándole, porque el resto: los ojos, el rostro, la piel, la voz, el olor... todo había ido quedando en el largo camino como jirones de un vaporoso vestido prendido de las ramas de los árboles.

El amor había dado paso a la nostalgia, y la nostalgia al vacío, porque así como Ingrid consiguió mantener siempre viva la esperanza del reencuentro, el isleño había perdido ya toda fe en el regreso a su casa, su patria, su isla y la mujer que amara tanto.

Y agazapado allí, junto a una niña indígena en la cima de un alto acantilado en el corazón de un gigantesco continente inexplorado, sintió más miedo que nunca al observar cómo el lejano navío iba ganando en tamaño, cómo se aproximaba a la orilla, y cómo parecía examinar la costa metro a metro.

—¿Quiénes pueden ser? —se preguntó inquieto una vez más—. ¿Son acaso los mismos que dejaron ese extraño mensaje? Y si lo son..., ¿por qué lo hicieron? ¿Son castellanos leales a Colón, fugitivos de la justicia al igual que el enano y sus compinches, o portugueses dispuestos a colgarme de una verga como pretendía el seboso Capitán Boteiro?

—¿Por qué no le haces señas? —inquirió por fin la pequeña Araya, un tanto sorprendida—. ¿Por qué nos escondemos?

—Porque siempre resulta preferible descubrir que ser descubierto —fue la sorprendente respuesta—. ¡Deja que se acerquen!

—¿Querrán pintar otro barco?

—No lo sé.

—¿Tienes miedo?

—Sí.

—Yo no le tendría miedo a la gente de mi pueblo si los viera aproximarse.

—¿Y si no son de mi pueblo? ¿Y si son enemigos, como los «queauchas»?

Una sombra cruzó por los enormes y expresivos ojos de Araya, que se limitó a aferrarle la mano con fuerza.

—¿Qué vamos a hacer entonces?

—Esperar.

A media mañana cayó el viento, el mar se volvió una laguna, y las velas de la nave se desmadejaron flácidas y cansinas, inútiles para cumplir de momento su misión de continuar empujando la proa hacia la costa, mientras banderas y gallardetes no eran más que simples trapos sin vida, incapaces de mostrar siquiera sus colores.

A poco menos de una legua, de la costa, casi en la entrada misma de la ancha bahía, el barco semejaba una isla muerta de la que el violento sol hubiera borrado toda presencia humana, y tan sólo un somnoliento vigía dormitaba en la cofa, convencido sin duda de que ningún peligro acechaba.

—¿Quiénes son y qué pretenden?

Fue una dura lucha la que el gomero libró consigo mismo durante la larga tarde, pues al deseo de salir de su escondite y gritar que vinieran a buscarle, se oponía aquel instinto que tan útil le había resultado hasta el momento para seguir viviendo.

Algo le atraía como un imán hacia aquel barco, y al propio tiempo algo le repelía.

La niña le observaba.

Llegó de nuevo el viento; apenas una ligera brisa de poniente que cargaba sombras a sus espaldas, y con él un crepúsculo en el que la nave dejó caer sus anclas a media milla de la costa.

Se encendieron luces a bordo y llegó un rumor de voces.

Araya y *Cienfuegos* descendieron hasta la orilla del mar, y casi al pie del lugar en que ya apenas se distinguían los trazos del navío pintado en la roca, permanecieron ocultos observando los movimientos de hombres que iban y venían por cubierta.

—¿Qué piensas hacer? —quiso saber la niña.

—Cuando todos duerman, subiré a bordo.

—¿Qué sacarás con eso? —Pese a su corta edad Araya solía razonar con una lógica aplastante—. Si todos duermen, nadie podrá decirte si son amigos o enemigos.

—Tal vez despierte a uno. —Resultaba evidente que el gomero no tenía las ideas muy claras y actuaba más por impulsos que por auténtico convencimiento—. Y si descubro que no me gusta lo que veo, intentaré apoderarme de alguna espada, cuchillos y cacerolas.

—¡Que tontería!

—¿Por qué te parece una tontería?

—Porque es absurdo que llevemos meses esperándoles, y cuando llegan lo único que se te ocurre sea robar espadas, cuchillos y cacerolas.

—¡Escucha sabionda...! —replicó el isleño molesto—. La primera vez que tropecé con gente de mi raza después de años sin verles, me pegaron un tiro que me tuvo un mes al borde de la muerte. La segunda, me salvé de la horca por los pelos, y el que yo me salvara le costó la vida a mucha gente. Ésta es la tercera, y te juro que no me van a coger desprevenido. A la menor señal de peligro, me vuelvo a la selva, porque sé cómo enfrentarme a caimanes, jaguares, serpientes, alacranes, salvajes motilones o «sombras verdes», pero aún no he conseguido aprender a enfrentarme a los «civilizados». —Chasqueó la lengua con disgusto—. ¡Son siempre imprevisibles!

No volvieron a pronunciar una sola palabra, al poco la mocosa dormía acurrucada entre unas rocas, y el gomero aguardó hasta cerciorarse de que había cesado todo signo de actividad a bordo, para introducirse en el agua y comenzar a nadar hacia las luces despacio y en silencio.

A menos de cincuenta metros del casco, se detuvo.

Tres mustios candiles iluminaban apenas la cubierta difuminando la silueta de un centinela que arma al brazo permanecía muy quieto sobre el castillo de popa, y se mantuvo a flote como un muerto hasta cerciorarse de que no se distinguía ninguna otra presencia humana, antes de avanzar de nuevo y aferrarse al grueso cabo del ancla.

Descansó con el oído atento, y por fin se alzó a pulso con aquella paciencia que tan sólo era capaz de poner en práctica el mejor discípulo del diminuto y astuto *Camaleón*, elevándose centímetro a centrímetro, una mano tras otra, hasta alcanzar la red que protegía el botalón.

Después ya todo fue más fácil.

Se deslizó sin un rumor hasta el castillo de proa, asomó apenas el rostro hacia cubierta y le llegó muy claro el agrio olor del buque con toda su amarga carga de recuerdos.

Alguien roncaba cerca.

Media docena de hamacas colgaban entre los mástiles o de la botavara a los obenques de estribor, y sus ocupantes dormían al fresco de la noche, huyendo sin duda del pesado bochorno del sollado.

¿Quiénes eran?

Se preguntó una vez cómo podría diferenciar a un marino castellano de un portugués, a un amigo de un enemigo, e incluso a un blanco de un negro durmiendo en la penumbra de un barco desconocido, y le asaltó la casi irresistible tentación de regresar por donde había venido para continuar siendo por siempre un vagabundo de paisajes ignotos.

Palpaba el peligro.

Tenía la extraña sensación de que unos ojos le acechaban en las tinieblas y aguzó aún más los suyos tratando de descubrir de qué punto le llegaba aquel extraño efluvio que hacía que los vellos de su nuca se erizaran como el lomo de un gato que olfatease a un perro.

Se dejó deslizar por la escala hasta cubierta.

Todo era silencio.

Tan sólo percibía el leve rumor del agua que lamía la borda, el crujir de la madera, y los acompasados ronquidos del durmiente más cercano cuyo rostro se mantenía entre tinieblas.

Reptó bajo las hamacas buscando una abierta escotilla que le condujera al sollado, pero de improviso, algo le golpeó con terrible fuerza haciendo que se hundiera hasta lo más profundo de la nada.

Le dolía terriblemente la cabeza.

El golpe, propinado con una cabilla de afirmar cabos, había sido tan brutal y capaz de destrozar un cráneo menos duro que el del gomero que, cuando éste abrió los ojos, advirtió que todo aparecía oscuro y turbio, irreal y distante, sin que le resultara factible fijar las ideas, ni tener siquiera noción de dónde estaba, ni qué era lo que le había sucedido.

Casi no podía moverse y el diminuto candil colgado en un rincón, junto a la puerta, apenas le permitía distinguir el mamparo más cercano, sin conseguir por tanto hacerse una idea de dónde se encontraba, ni a quién pertenecía la figura humana que presentía a su lado.

Por su mente cruzó como un relámpago el recuerdo de Araya, dormida entre las rocas, y experimentó un profundo pesar al comprender que la había abandonado pese a que hubiera hecho la firme promesa de cuidarla y protegerla.

Giró el rostro y no pudo evitar que un leve lamento emergiera de lo más profundo de su garganta.

La figura humana se movió, extendió el brazo y le rozó el cabello.

—¿Quién eres? —quiso saber.

No obtuvo respuesta, como si más que un ser viviente

se tratara de un fantasma, y permaneció muy quieto, mientras la mano le palpaba la herida y descendía más tarde a lo largo de su barba.

—¿Quién eres? —repitió levemente angustiado.

Nuevo silencio, y ahora la mano le rozó apenas los labios, lo que provocó un fogonazo en su memoria que le obligó a experimentar un placer y un dolor tan intensos como hacía años que no experimentaba.

—¡Por favor...! —suplicó con voz trémula.

Pero no recibió más respuesta que el casi imperceptible roce de aquella mano que exploraba ahora su pecho como un reptante animal que buscara el lugar y el momento para lanzar su golpe o clavar su veneno, y el canario *Cienfuegos* había pasado ya por tantas visicitudes que estaba absolutamente convencido de haber vencido el miedo, se estremeció horrorizado.

La ansiedad se adueñó de su mente y sus sentidos.

Ansiedad era sin duda la palabra que con mayor exactitud definía su estado de ánimo, pues por su cerebro galopaban en confuso tropel tantas ideas, que no conseguía aprisionar ninguna y decidir si eran recuerdos, realidades, fantasías, placer o temor lo que se había apoderado con tanta fuerza de su espíritu.

De nuevo aquel olor que explotaba en su cerebro, y de nuevo aquel pánico cuando la mano continuó su descenso buscando un contacto que le situaría en los bordes mismos del abismo.

Por unos segundos la mano quedó en el aire y la imaginó armada de un cuchillo, dispuesta a destrozar su hombría, por lo que a punto estuvo de lanzar su sollozo, pero sólo dos dedos recorrieron sin prisas el largo camino que provocaba el éxtasis, y a esos dedos se unieron unos labios muy dulces, que una vez más trajeron a su mente recuerdos imposibles.

Los rechazó de plano.

Pero el largo cabello caía en mansa cascada sobre sus muslos, su perfume le llegó con más fuerza, y cuando la tibia boca que tanto había adorado se adueñó de su sexo como tan sólo ella había aprendido a hacerlo, las dudas se esfumaron, la verdad se abrió paso en su cerebro, y su voz sonó incrédula y esperanzada al inquirir:

—¿Ingrid?

Siempre el silencio, y por segunda vez se vio obligado a repetir aquel nombre de mágicas resonancias.

La mujer no podía responderle, pero él sí respondió al instante ofreciéndole su indomable firmeza, por lo que al poco advirtió cómo se alzaba para cruzar los muslos sobre su cuerpo y buscar muy despacio, tan despacio como siempre lo hiciera, la parte de su ser que le faltaba.

La oyó gemir, acarició su pecho y no abrigó ya dudas.

No quiso ni pensar, ni hacer preguntas.

Se trataba de un sueño.

Un sueño tan real como jamás había existido.

Un sueño totalmente imposible.

Pero allí estaba aunque no consiguiera distinguirla en las tinieblas, y tenía que ser ella por su olor, por su figura, por la firme suavidad de su piel, y por la forma, única e inimitable, en que sabía cabalgarle.

Hicieron el amor como nunca lo hicieron.

Como nunca lo hizo nadie.

Por minutos; por horas... quizá por los días y años que no habían podido hacerlo; sin pronunciar palabra y sin apenas verse; teniendo ante los ojos el recuerdo de aquellas tardes sin fin en La Gomera, cuando nada existía más allá de una laguna y sus dos cuerpos.

La eternidad pasó a su lado y no se dieron cuenta.

Ocho años de sufrimientos jugaron a convertirse en un suspiro.

Nuevamente era ella dueña de él y él dueño de ella, y sin ponerse de acuerdo imaginaron que jamás se habían separado.

Cuando todo acabó, el mundo era otra cosa.

Aún se amaron largo rato en silencio, dejando que el tiempo les permitiera hacerse una idea de la indescriptible belleza de aquella hora irrepetible, y tras besarla con infinita dulzura, el canario inquirió al fin incapaz de creérselo:

—¿Cómo es posible?

—Te he buscado todos estos años.

—¿Cuántos han sido?

—Ocho.

—¡Dios bendito...! ¡Ocho años! —Hizo una corta pausa—. Quiero verte.

—Espera... —suplicó—. Déjame seguir siendo la misma en tu recuerdo. Siempre hay tiempo para las decepciones.

—Tú nunca podrás decepcionarme.

—No seré yo, será el tiempo. Es el único que no perdona ni siquiera a quien ama.

Cienfuegos fue a decir algo, pero súbitamente se irguió intentando observarla más de cerca.

—Pero tú no hablabas mi idioma —exclamó confundido—. ¿Realmente eres Ingrid?

—Aprender un idioma no resulta difícil.

Guardaron silencio una vez más, quizá porque a través de la piel se comprendían aún mejor que con palabras, o tal vez porque necesitaban tiempo para aceptar la idea de que habían vuelto a reunirse pese a todas las trampas que el destino se empeñara en poner en su camino.

—¿Cómo es posible? —repitió por fin el canario, que continuaba luchando por aceptar que no se trataba de una burla de su imaginación—. ¡Tú aquí, al otro lado del mundo, cuando debías suponer que estaba muerto!

—Valió la pena —fue la dulce respuesta—. Hace tan sólo una hora que te tengo, y ya me doy por pagada... —Sonrió con ternura aun a sabiendas de que él no podía verla—. Es más de lo que esperaba, y lo esperaba todo...

Se puso en pie y encendió nuevas luces para que él pudiera contemplarla.

—¿Era yo así? —quiso saber.

La observó largamente y por último negó con un decidido ademán de cabeza:

—No. No lo eras —replicó—. Tanto amor te ha hecho infinitamente más hermosa.

Extendió la mano, tomó la de ella, la tumbó sobre la cama y sin apartar los ojos de sus ojos, le demostró con más fuerza que un millón de palabras, que seguía siendo la mujer más amada que existiera nunca sobre la superficie de la tierra.

Todo su ser se lo decía; desde sus manos fuertes pero tiernas a su pecho de Hércules, sus muslos como piedras, y aquel hierro candente que la marcara a fuego de tal forma, que tan sólo la muerte podría obligarla a olvidar que era su esclava.

La piel, los ojos y los músculos habían cambiado tal vez, pero sobre los sentimientos no había pasado un solo día, ni una hora, ni tan sólo un segundo, pues ni aquel tiempo que a nadie perdonaba conseguiría desgastar un ápice el amor de la alemana.

Como el viento que sopla vanamente sobre la arista de un diamante, así soplaron los años sobre un amor para el cual no se había inventado palabras, ni versos, ni poemas, pues Ingrid Grass, que renunciara a todo por un hombre, jamás renunciaría al placer de entregarle hasta la última uña de su alma.

De nuevo le pagaron sobradamente sus desvelos; sus noches solitarias; su rechazar a todos; sus fatigas; sus miedos y pesares; sus lágrimas calladas; sus silenciosas oraciones; su mantenerse firme frente al mundo, consciente de que el mundo era apenas un puñado de arena sin *Cienfuegos*.

Y ahora él estaba allí, y sentía su peso; sus besos y caricias; su sexo que conformaba en sí mismo un universo, y el mundo dejaba de ser súbitamente un puñado de arena para volver a tener forma, color, luz y alegría.

—¡Dios, cómo te amo!

Pasaron luego otra hora acariciándose, y el alba tardó

hacer acto de presencia, pues temía que en aquel amanecer inolvidable ni siquiera el violento sol del trópico pudiera competir con el radiante fulgor de los ojos de una mujer que había dejado de ser *Mariana Montenegro,* para transformarse como por arte de magia en aquella espléndida Ingrid Grass que un caluroso mediodía de verano decidiese bañarse desnuda en una laguna de las montañas de La Gomera.

—Cuéntame cómo ha sido. ¿Cómo es que has llegado hasta aquí...? —rogó él por último.

Ingrid lo hizo, y al gomero le asombró la sencillez de un relato en el que la mujer se esforzaba por no demostrar que el suyo había sido un continuo sacrificio desde el día en que dejaron de verse, descubriendo que mientras en él se habían ido borrando los recuerdos, éstos permanecieron inmutables para ella.

—¡No merezco tanto! —señaló al fin—. Yo lo único que he hecho ha sido sobrevivir a toda costa. —Quiso mostrarse absolutamente sincero—. Y jamás imaginé que volviera a verte.

—Lo entiendo, y no me extraña —admitió ella con naturalidad—. Ni me ofende. Trato de imaginar lo que habrá sido tu vida entre salvajes, y lo que me maravilla es que no te hayas vuelto loco. Tan sólo eres más hombre, más maduro... Y más hermoso.

Lo dijo convencida porque con la primera claridad del día él daba nuevas muestras de su prodigiosa capacidad de recuperación, y por tercera vez sometieron la estructura del navío a la más dura prueba que hubiera tenido que soportar desde los embates de la última tormenta del otoño.

Ya satisfecha, la alemana le miró a los ojos y señaló sonriente:

—Prepárate para una sorpresa.

—¿Qué más existe que pueda sorprenderme?

—Muchas cosas. Fuera te esperan amigos que no has

visto en años, pero también te espera alguien a quien jamás supondrías aquí: tu hijo Haitiké.

—¿Mi hijo Haitiké? —repitió incrédulo el canario—. ¿Quieres decir que tuvimos un hijo?

—No —replicó ella con un leve deje de tristeza en la voz—. Por desgracia no es hijo mío. Es hijo de la difunta princesa Sinalinga.

Eran demasiadas cosas demasiado agolpadas como para que alguien —aunque se tratara del cabrero *Cienfuegos*— pudiera asimilarlas en tan corto espacio de tiempo y, podría creerse que luchaba por escapar de cuanto debía seguir pareciéndole un sueño.

Permaneció por tanto largo rato sentado en el borde de la cama con la cabeza entre las manos, observado por quien comprendía mejor que nadie lo confuso que estaba, hasta que al fin señaló en voz muy baja:

—¡Hazle pasar!

Fue un día inolvidable para el canario; el día que reencontró de improviso su pasado, pues ante él desfiló su amigo de la infancia, el renco Bonifacio; su maestro de la *Santa María*, el converso Luis de Torres; el casi desconocido hijo que tuviera con la hermosa Sinalinga, e incluso Yakaré, aquel enigmático guerrero con quien compartiera tantas mujeres en el caliente poblado cuprigueri.

A pocos seres de este mundo se les concedió nunca la oportunidad de recuperar en cuestión de horas los años perdidos, al tiempo que se veía en la obligación de relatar a grandes rasgos algunas de sus innumerables desventuras a través de mares, ríos, selvas y montañas de las que ningún «civilizado» había oído hablar hasta el momento.

—¡Dios bendito! —exclamó al escucharle la alemana—. Es más terrible aún de lo que pude imaginar en los peores momentos.

A la caída de la tarde el canario bajó a tierra en busca de la impaciente Araya, quien, desde el primer instante, pareció sentirse a gusto en el barco, comportándose con el desparpajo y naturalidad de que eternamente hacía gala, convencida sin duda de que penetrar de pronto en el mundo de los «civilizados» era tan sólo un paso más hacia el fastuoso futuro que le predijeran los dioses de su pueblo.

Esa noche, reunidos en torno a una gran mesa dispuesta en la cubierta principal para que la tripulación celebrara también el inesperado éxito de la larga singladura, el Capitán Moisés Salado alzó su copa brindando por *Cienfuegos*, para volverse luego a *Doña Mariana Montenegro* expresando el temor que anidaba en su ánimo:

—¿Y ahora qué será de nosotros, señora?

Ella apretó con fuerza la mano del canario y replicó convencida:

—Lo que mi dueño diga.

—¿Yo...? —se sorprendió *Cienfuegos*—. ¿Qué puedo decir yo, que no sé nada de nada?

—Ahora eres otra vez mi dueño, y por lo tanto del barco y todo lo que contiene —fue la dulce respuesta—. Puedes hacer con él lo que desees.

—¡Escucha! —señaló él, sin inmutarse—. Ayer no poseía más que un mugriento taparrabos, ni otra compañía que una mocosa impertinente y respondona. —Sonrió con ternura—. Ahora te tengo a ti, un hijo, y un montón de amigos. ¡Ya es bastante! No me pidas que tome decisiones que serán siempre erradas, porque por desgracia lo único que he aprendido en estos años es a impedir que me maten. —Se encogió de hombros—. Yo voy donde tú digas —concluyó.

Todos los ojos se clavaron de nuevo en *Doña Mariana Montenegro*, haciendo que se sintiera abrumada por la responsabilidad.

—¿Cuántos desean regresar a Santo Domingo? —inquirió al fin.

Apenas se alzaron tres manos.

—¿Y a Europa?

Sólo una.

La alemana chasqueó la lengua y se rascó el mentón

como si la magnitud del problema superase su capacidad de decisión.

—Me enorgullece que prefieran no abandonar el barco —dijo—. Pero dudo que podamos pasarnos la vida navegando sin rumbo ni provecho.

—A este lado del océano hay todo un mundo por explorar —señaló el Capitán Salado en lo que parecía un esfuerzo inaudito por su parte—. ¡Explorémoslo!

—¿Con qué fin?

—¡Ya se verá! Podemos encontrar oro, perlas, especias, «palo-brasil»... ¡Tantas cosas!

—Pero no tenemos permiso de los Reyes. Cuanto hiciéramos sería considerado rebelión... O lo que es aún peor: piratería.

—¿Y qué somos ahora más que rebeldes y piratas a los ojos de todos? —inquirió el converso.

—No lo soy a mis ojos —protestó ella.

—Pero nos ahorcarían de igual modo... —Don Luis de Torres hizo un amplio gesto a su alrededor—. ¿Qué sería de la mayoría de nosotros si volviéramos a poner el pie en Santo Domingo? Lo más probable es que, pronto o tarde, alguien nos señalase con el dedo acusándonos de haber navegado a bordo de un barco proscrito, y eso significaría el patíbulo o la cárcel. No me parece justo —concluyó.

—Tal vez en Europa...

—¡Nadie quiere volver a Europa!

Doña Mariana Montenegro se volvió al canario.

—¿Tampoco tú?

—Mi opinión no cuenta —le recordó éste—. Aunque debo admitir que no me atrae la idea de dejar un mundo que he aprendido a conocer, para volver a cuidar cabras. —Sonrió con un orgullo casi infantil—. ¿Sabías que hablo todas las lenguas indígenas? —inquirió.

—No —admitió ella—. No lo sabía, aunque tampoco me extraña —recorrió de nuevo con la vista los ansiosos rostros que la observaban, y por último añadió—: De momento, lo primero que tenemos que hacer es devolver a Yakaré al lago Maracaibo... Ha demostrado ser un valiente guerrero que nos ha sido de gran ayuda y debemos cumplir lo prometido. Una vez allí, decidiremos qué es lo más conveniente. —Se puso en pie, dando por concluida la reunión—. ¿Alguien tiene algo más que decir? —Como nadie hiciera comentario alguno, se volvió al Capitán Moisés Salado—. En ese caso, capitán, levamos anclas al amanecer.

Ni el *Dragón* era el *Milagro*, ni el piloto Justo Velloso el Capitán Moisés Salado, por lo que no resultó sorprendente que a poco de alejarse de las costas de La Española, la vetusta nao flamenca que seguía ofreciendo demasiada obra muerta en relación con su calado, comenzara a ser desplazada lateralmente por la corriente, lo que le obligó a demorar en exceso sin que nadie a bordo fuera capaz de advertir que el rumbo sur que les hubiese llevado directamente a la entrada del lago Maracaibo cambiara de forma tan imperceptible que acabaron por encontrarse inmersos en el dédalo de bellísimos islotes de «Los Roques de Venezuela», donde no embarrancaron una oscurísima noche por pura casualidad.

Cuando la primera luz del día les permitió descubrir que navegaban por el centro de un canal que a menos de una milla por ambas bandas presentaba bajíos de arena que se hubiesen convertido en una mortífera trampa para un casco tan frágil como el que les sustentaba, el Capitán León de Luna no sólo montó en cólera ante la manifiesta incompetencia de su tripulación, sino que advirtió que una vez más su fobia al mar se convertía en pánico, pues pese a que hubiese atravesado cinco veces el «Océano Tenebroso», continuaba siendo básicamente un hombre de tierra adentro que jamás consintió en aprender a nadar.

Por su parte, Juan Velloso no se explicaba qué demonios hacían allí aquellos islotes ya que, según Alonso de Ojeda, no existía ningún obstáculo entre Santo Domingo y el golfo de Venezuela, lo que le obligó a abrigar por primera vez la sospecha de que aquella gigantesca y maloliente cáscara de nuez navegaba más según los dictados de su capricho que las órdenes del timón.

—Empiezo a entender por qué su anterior dueño aceptó un precio tan bajo —masculló, indignado—. Nos vendieron una mula que no obedece al ronzal.

—¿Y de qué os sirve la brújula? —inquirió el furioso vizconde con marcada intención.

—De poco por estas latitudes, señor —fue la sincera respuesta—. Al atravesar el océano llega un momento en que «nordestea», y no conozco a nadie capaz de decidir cuándo marca exactamente el Norte y cuándo no.

—¿Y la Polar?

—Hace casi una semana que no se ve una puta estrella.

—¿Y qué hacemos ahora?

—Salir de aquí como Dios nos dé a entender, y buscar «Tierra Firme». No os preocupéis. Si ese lago existe, pronto o tarde daremos con él.

No era, desde luego, una respuesta muy profesional para un marino, pero era, eso sí, la más lógica en un marino de principios del siglo XVI que vivía consciente de que navegaba por mares desconocidos de los que no existía aún «derrotero» alguno, y en los que cuando menos se lo esperase podía hacer su aparición ante la proa una inmensa isla o una pléyade de islotes totalmente inadvertidos por sus predecesores.

—Tal vez lo más prudente fuera mantenerse al pairo en cuanto cae la noche —aventuró poco después el Capitán De Luna—. Nos evitaríamos desagradables sorpresas.

—¿Con una nave que demora tan fácilmente...? —le hizo notar el peludo y maloliente hombrecillo—. Sería aún peor, porque si en un momento dado nos viéramos en peligro, careceríamos de capacidad de maniobra. Sin velamen, estaríamos ya en ese bajío.

—¡Odio el mar!

—¡Pues queda mar para rato! —fue el mordaz comentario del *Turco* Garrote—. Y el hecho de que la suerte nos haya sido tan propicia en este lance, me inclina a creer que los hados están de nuestra parte. Es como haber pasado por el ojo de una aguja sin proponérselo.

No bastaban sin embargo las palabras para reconfortar al atribulado vizconde de Teguise, que regresó una vez más a ocultar su frustración en el inmenso lecho en el que aún dormía su amante.

—Le obligaré a beber plomo derretido —mascullÓ mascando su ira—. ¡Le arrancaré la piel, los ojos y las uñas, y tendrá la más larga agonía que haya tenido jamás mujer alguna...! ¡Lo que me está haciendo pasar la muy hija de la gran puta!

La astuta Fermina Constante se limitó a desperezarse como una gata en celo, tomarle suavemente por la nuca e inclinarle la cabeza hasta encajársela entre los firmes muslos, pues sabía que beber en aquella tibia y olorosa fuente era el único medio que tenía el vizconde de apagar por el momento su sed de venganza, tumbándose luego a lanzar de tanto en tanto un alarido de supuesto placer, mientras rumiaba absorta su cada vez mejor elaborado plan de acción.

Hacía ya más de un mes que no tenía la regla, y consciente de que en eso había sido siempre puntual, al tiempo que advertía una anormal rigidez en los pechos y unas angustias matutinas que no cabía atribuir al balanceo de la nave, comenzaba a abrigar la sospecha de que alguno de sus furtivos escarceos con los miembros de la tripulación había dado un inesperado fruto; fruto que estaba absolutamente decidida a apuntar en la cuenta de un amante oficial al que tal vez no disgustaría la idea de contar con un hermoso «heredero».

Lo que comenzara como simple «contrato laboral» por

el período de tiempo que durase la travesía, podía convertirse gracias a ello en prometedor futuro como madre de pequeño vizconde, y en la calculadora cabecita de la desvergonzada prostituta se iba abriendo paso la idea de que tal vez el mejor negocio de su vida sería convertirse en cariñosa, fiel y desprendida enamorada.

Adoptó por tanto el papel de sumisa y recatada damisela pendiente de cada capricho de su dueño, sacó del baúl de los recuerdos todos aquellos trucos que reservara en exclusiva a sus rufianes, y fingió con la «sinceridad» con que tan sólo una experimentada profesional podía fingir, que estaba descubriendo en brazos del valiente Capitán de Luna, lo que en verdad significaba el auténtico amor.

Rechazó los regalos y se «olvidó» de reclamar el salario prometido; transformó su mirada de ávida urraca en otra de rendida gacela deslumbrada, y consiguió con ello que un hombre cuya virilidad había sido duramente maltratada, recuperara poco a poco la confianza en su capacidad de seducir a una mujer por golfa que pudiera haber sido en el pasado.

Baltasar Garrote fue quizás el primero en captar la auténtica razón de la naturaleza del cambio de actitud de Fermina Constante, pero como le habían contratado para combatir enemigos a mandobles, y no para ejercer de consejero sentimental, se limitó a observar las hábiles maniobras de la intrigante ramerilla con la socarronería propia de quien se sabe por encima de semejantes mendacidades.

Y es que en el fondo *El Turco* despreciaba a su jefe por más que le demostrara una inquebrantable fidelidad, al igual que en su día despreciara al lloriqueante Rey de Granada, que no supo morir con dignidad al frente de sus tropas, optando por una existencia miserable en un oscuro exilio.

Misógino impenitente, silencioso enamorado años atrás de una de las «favoritas» de Boabdil que jamás se dignó dirigirle siquiera una mirada, Baltasar Garrote disfrutaba con su papel de eterno espectador que ve pasar ante sus ojos vidas ajenas con el ácido humor de quien ha sabido burlarse hasta la saciedad de su propia existencia.

Por ello, le divertía en cierto modo convertirse en privilegiado testigo de un enredo de imprevisibles consecuencias, consciente, además, de que permitir que Fermina jugara a ser decente, repercutía a la larga en beneficio de todos.

Se limitaba, pues, a sonreír cuando llegaban a sus oídos fingidos lamentos de placer, y se hacía el idiota al escuchar palabras de cariño que sonaban a falso a cien leguas de distancia.

—Salgamos de este estúpido atolladero —se limitó a señalarle al peludo piloto—. Y busquemos cuanto antes ese maldito lago o corremos el riesgo de perder a nuestro querido Capitán de un ataque apopléjico. Tanta ira y tanto coño no pueden ser buenos para la salud de nadie.

Esa noche fondearon a sotavento de Cayo Grande, y con el nuevo día reemprendieron la marcha por mar abierto hasta que apareció ante la proa una alta cadena de montañas a cuyos pies se abría una estrecha franja de verde y lujuriante costa en la que se alternaban las blancas playas con tupidos manglares de siniestra apariencia.

—Nadie habló nunca de montañas cerca del golfo de Venezuela —se lamentó una vez más el Capitán De Luna—. ¿Se puede saber dónde diablos estamos?

—Supongo que al este del lago... —fue la tímida respuesta del «Piloto de Derrota».

—¿Al este del lago...? ¡Vaya por Dios! ¿Cuánto al Este?

—Si se alejan las nubes podré calcularlo con una cierta seguridad —replicó el otro, con manifiesta acritud—. Tened presente que hasta el momento únicamente Don Juan de la Cosa y Don Alonso de Ojeda han visitado —que yo sepa— estas costas. Y ninguno de ellos quiso dejar constancia escrita de sus descubrimientos. —Hundió los dedos en aquella espesa selva habitada que era su mugrienta barba—. A veces incluso llegó a dudar que exista tal

«Pequeña Venecia» y tal lago Maracaibo —masculló—. ¿Quién nos asegura que no se trata de invenciones de ese enano matachín que Dios confunda?

—Ese «enano matachín» puede ser muchas cosas —le hizo notar el vizconde—. Pero no mentiroso. Le conozco bien, pues no en vano soy el único que ha sido capaz de vencerle en duelo.

—Lo sé —admitió Justo Velloso—. Vuestra «hazaña» fue famosa en su tiempo, aunque si he de seros sincero, no acabo de aceptar que el hecho de dejar a alguien subido en un taburete signifique vencerle... —Señaló la aún lejana costa—. ¿Busco una ensenada en la que fondear o preferís pasar la noche aquí?

—Buscad una ensenada —fue la cortante orden—. Tal vez consigamos establecer contacto con los indígenas.

Lo establecieron, desde luego, pero significó tanto como no hacerlo, pues los desnudos pescadores que se aproximaron recelosos al navío hablaban un extraño idioma que nadie a bordo lograba descifrar, y cuantas preguntas se le hicieron sobre «Cobinacoa» o el gran lago fueron respondidas con silenciosas miradas de estupor por quienes se mostraban más interesados en admirar las extrañas indumentarias y las relucientes armas de los recién llegados, que en responder a sus estúpidas demandas.

—Tengo la impresión de que esta gente es aún más lerda que los primitivos guanches de Tenerife —se enfureció el De Luna—. No entienden nada.

—Tampoco nosotros entendemos lo que pretenden decirnos —señaló no sin cierta intención Baltasar Garrote—. Y no por eso me considero imbécil. Creo que nos hubiera resultado mucho más útil un buen intérprete que tanto soldado ocioso.

—Dudo que exista un intérprete capaz de entender a estos salvajes —puntualizó Velloso—. Los sonidos que emiten nada tiene que ver con los de los nativos de La Española.

Los primitivísimos pescadores pertenecían, en efecto,

a una rama costera de la tribu de los caracas que habitan en los altos valles del interior y cuyo lenguaje podría considerarse mucho más ligado al de sus brutales vecinos, los caribes del Este, que a los pacíficos haitianos del Norte, por lo que no se equivocaba el «piloto» al considerar que hasta el presente ningún europeo había tenido oportunidad de estudiar un idioma que resultaba tan complejo y sencillo al propio tiempo.

Por suerte para él, el cielo se mostró esa noche excepcionalmente despejado, permitiéndole realizar a gusto cálculos y mediciones que le reafirmaron en su impresión de que las traidoras corrientes le habían desviado al Este de su rumbo, visto lo cual el ansiado lago debía encontrarse aproximadamente donde él había supuesto en un principio: al oeste de aquella altiva cadena de montañas.

Una semana más tarde bordeaban por tanto la desértica costa de la península de Paraguana, pasaban, sin distinguirlos, ante los restos del destrozado *Sao Bento* y penetraban en el amplio y tranquilo golfo de Venezuela dos días más tarde de lo que lo hiciera el *Milagro* llegando en dirección opuesta.

La fortuna se había aliado con el capitán al desviarle en un principio de su ruta, pues tal vez de otra forma su lento e ingobernable navío jamás hubiera podido aproximarse ni de lejos al veloz y agilísimo *Milagro*.

Ahora navegaba cansinamente hacia el estrecho paso que separa el golfo de Venezuela del lago Maracaibo sin sospechar siquiera que tras dejar en su poblado a un Yakaré cargado de regalos, el navío de *Doña Mariana Montenegro* se deslizaba por las caldeadas aguas del lago rumbo a mar abierto, lo que le abocaba a enfrentarse a él en las mejores condiciones que el vizconde de Teguise hubiera podido imaginar en sus más locas fantasías.

El serpenteante canal que sirve de desaguadero al gigantesco lago mide poco menos de veinte millas de longitud, con orillas la mayor parte de las veces bajas y arenosas y una vegetación en aquel tiempo lujuriante, puesto que a la abundancia de agua se une un calor agobiante que convierte la región en un auténtico invernadero.

La reverberación del violento sol sobre la quieta superficie del golfo hería sin embargo los ojos, dificultando la visibilidad a grandes distancias, por lo que a los vigías les costó un supremo esfuerzo descubrir la entrada exacta del canal, protegida por pequeños islotes, aunque vencidas las primeras dificultades y rebasado el corto ensanchamiento de la salida, el *Dragón* navegó sin problemas por unas aguas tan espesas y sucias que hacían temer que súbitamente la profundidad disminuyese con el consiguiente peligro de naufragio.

El preocupado Justo Velloso decidió enviar por delante una lancha que iba midiendo el fondo, avanzando muy despacio pese a que desde proa le gritasen que el calado era más que suficiente.

—¿Qué es eso que flota, entonces? —inquirió desconcertado—. Parece grasa, ensucia el casco y por mucha porquería que pueda echar fuera un lago no debería concentrarse de este modo, a no ser que se trate de una zona de aguas poco profundas.

El peludo piloto tenía sobradas razones para sentirse desconcertado, dado que la corriente interior se enfrentaba en el canal con el empuje del mar durante las subidas de la marea, obligando a que los residuos de petróleo que afloraban al lago se estancasen en el sinuoso cuello de botella que constituía el canal, aquietando anormalmente su superficie y produciendo aquella falsa sensación de escaso fondo.

Era sin duda alguna un curioso fenómeno único en el mundo del que los primeros navegantes no podían tener conocimiento, por lo que no resultaba extraño que les obligase a tomar toda clase de precauciones.

—¡No me gusta este lugar! —mascullaba una y otra vez Justo Velloso, arrancándose nerviosamente los pelos de las fosas nasales—. ¡No me gusta un carajo, y no sé qué coño se nos ha perdido en ese maldito lago!

El Capitán León de Luna se vio en la necesidad de admitir que tampoco lo sabía a ciencia cierta, pero había zarpado de Santo Domingo con la idea de que su primer punto de destino sería la fabulosa «Cobinacoa» de viviendas lacustres de la que con tanto entusiasmo hablase su descubridor, Alonso de Ojeda, y no estaba dispuesto a renunciar a ello cuando la tenía ya casi al alcance de la mano.

—Si él consiguió entrar, entraremos nosotros —señaló con firmeza—. Y salvo por la anormal suciedad de las aguas, no veo razón para que os mostréis tan inquieto. El canal es ancho y profundo.

Siguieron adelante a paso de tortuga, sin más ayuda que un foque y la mesana que apenas recibían viento suficiente como para impulsar trabajosamente al desvencijado y torpe navío, y a la vista ya de las aguas del gran lago lo descubrieron viniendo directamente hacia ellos con toda la lona desplegada, tan airoso y elegante que semejaba un blanco albatros volando a ras del agua.

—¡Ahí está!

—¡No es posible!

Ni siquiera el propio *Turco* podía creérselo, puesto que ni pintado existía un lugar en este mundo en el que un navío de guerra tan amazacotado y plúmbeo como el viejo *Dragón* pudiese frenar en su desbocada andadura a un galgo corredor como el *Milagro*.

—¡Abajo el trapo, anclas al fondo, hombres a los cañones!

Todos corrieron a obedecer, y en cuestión de minutos la nao flamenca se inmovilizó en mitad del canal armada hasta los dientes y dispuesta a destrozar a quien tuviera la más mínima intención de dirigirse a mar abierto.

Culebrinas, lombardas y catapultas cerraban el paso a ambos costados, y por si ello no bastara, el Capitán De Luna colocó a babor y estribor cuatro lanchas repletas de soldados decididos a lanzarse al abordaje.

El vigía de cofa del *Milagro* fue el primero en dar la voz de alerta:

—¡Barco a proa! —gritó en el mismo instante en que enfilaban el canal.

El Capitán Moisés Salado tardó apenas treinta segundos en captar la naturaleza del peligro y ordenar a su timonel que virase en redondo mientras los gavieros se precipitaban a las velas para efectuar la maniobra.

La nave dio un bandazo y a los pocos instantes ofrecía la vista de su popa al Capitán De Luna alejándose a toda prisa lago adentro.

Minutos después, la alemana, *Cienfuegos,* Bonifacio Cabrera y el converso Luis de Torres hacían su aparición sobre el castillete de popa, para observar la figura del *Dragón* que se iba empequeñeciendo en la distancia.

—¿Quiénes son y qué es lo que pretenden? —inquirió, desconcertada, *Doña Mariana Montenegro.*

—Lo ignoro, señora... —replicó, con su calma de siempre *El Deslenguado*—. Pero su actitud no resulta amistosa.

—¿Qué os hace pensar eso?

—Ningún marino ancla en mitad de un canal si no es por algo.

—¿Qué tendría que haber hecho?

—Salir de ahí o fondear a estribor y dejar libre el paso.

—Tal vez quiere que hablemos.

—Hubiera izado pabellón de parlamento... —Hizo una significativa pausa—. Y no he visto ni una sola bandera.

—¿Piratas?

—Tampoco nosotros mostramos banderas y no lo somos.

—Nunca he oído hablar de piratas por estos mares —intervino Don Luis de Torres—. Debe tratarse de un navío de la armada real.

—¿Sin enseñas? —se sorprendió el Capitán Salado—. Lo dudo. Va contra las Ordenanzas.

—¿Qué aconsejáis entonces?

—Aproximarnos, pero manteniéndonos fuera del alcance de sus cañones.

Lo hicieron con todos los hombres en las lonas, listos

a desplegarlas a la menor señal de peligro, para colocarse al pairo a poco más de una milla del *Dragón* y estudiar sus movimientos.

No había ninguno, pues la amenazante nave se limitaba a esperar, sin duda, a que el *Milagro* se pusiese a tiro, mostrando tan sólo una banda de babor cuajada de negras bocas dispuestas a escupir fuego y muerte en cuanto le diesen la más mínima oportunidad.

Doña Mariana Montenegro ordenó izar bandera blanca, pero no obtuvo respuesta.

—Está claro que pretende hundirnos —refunfuñó el converso.

—¿Por qué? —quiso saber *Cienfuegos*—. ¿Qué le hemos hecho?

—Iré a parlamentar —apuntó el cojo Bonifacio, que seguía siendo el primero en ofrecerse voluntario para todo—. Intentaré averiguar quiénes son y qué es lo que buscan.

Cienfuegos insistió en acompañarle, y botando al agua una lancha remaron sin prisas bajo un sol infernal aunque sin perder de vista ni un momento a los hombres del misterioso buque, por si tenían la mala ocurrencia de lanzarles una imprevista andanada.

Ya casi a tiro de piedra se detuvieron, y el renco agitó repetidamente un pañuelo para gritar a continuación haciendo bocina con las manos:

—¡Ah del barco...! ¿Podemos hablar?

Silencio.

—¿Qué hacemos?

—¡Y yo qué sé! Ya que estamos aquí sigamos adelante hasta que nos despanzurren...

Diez metros más; veinte, treinta, cincuenta... y de improviso el renco soltó una exclamación:

—¡La madre que lo parió! ¡El capitán!

—¿Qué le pasa al capitán?

—¡Que es el De Luna, animal...! ¡Vira en redondo!

Comenzaron a remar como alma que lleva el diablo,

puesto que les iba en ello la vida, y al poco rugió un cañón, y luego otro, y otro más, de tal modo que los pesados proyectiles comenzaron a caer a su alrededor como lluvia de meteoritos buscando hacerles saltar por los aires.

—¡Fuerza, paisano, que éstos nos joden! —rugió *Cienfuegos* sin perder el sentido del humor—. Sólo a dos gomeros se les ocurriría dejarse matar tan lejos de su tierra.

No resultaba, sin embargo, empresa fácil acertarle a un pequeño bote con simples lombardas de alma lisa y balas de piedra, y fue por ello por lo que los sudorosos isleños consiguieron alcanzar sanos y salvos el costado del *Milagro*, desde el que diez solícitos brazos les ayudaran a subir a bordo.

—Vuestro marido, señora... —fue lo primero que gritó el cojo, aún desde abajo—. Y no está para bromas.

—¡Mierda!

Sonaba extraño en una dama educada en la Corte de Baviera, pero cabía disculpárselo, dadas las circunstancias, pues resultaba harto evidente que había caído sin advertirlo en una difícil trampa.

El lago, aunque inmenso, no ofrecía otra salida al mar que aquel gollete que ahora una docena de cañones taponaba, y si quien se encontraba al frente del *Dragón* era —como el renco aseguraba— un implacable enemigo personal, poca esperanza había de que se pudiese alcanzar algún tipo de acuerdo.

La perspectiva de tener que abandonar el hermoso navío y buscar por tierra una improbable escapatoria, planeó sobre los ánimos como buitre al acecho, haciendo que todos se observaran sumidos en el más absoluto desconcierto.

—¿Y qué vamos a hacer ahora? —aventuró poco después el segundo oficial, visiblemente afectado.

—Plantar batalla.

—¿Con nuestras dos únicas culebrinas?

—Moriremos matando.

—¡Su tía...!

Pero no era cuestión de tomárselo a broma, y en cuanto comenzó a oscurecer *Doña Mariana Montenegro* rogó al Capitán que se alejara lago adentro para arrojar el ancla a unas seis millas de distancia y mantenerse a la espectativa sin luces de situación.

La negra noche, tan bochornosa como siempre en aquellas latitudes, no contribuía en absoluto a serenar los ánimos, por lo que el contramaestre consideró conveniente repartir una ración extra de ron.

Había que analizar con calma la situación, pues no resultaba en absoluto agradable la idea de quedar aislados en el interior de un inmenso continente, que por las referencias de primera mano que ahora tenían de *Cienfuegos* no parecía mostrarse acogedor.

Los pormenorizados relatos que había hecho el canario de los peligros y penalidades que soportara a lo largo de aquellos años, contribuían a aumentar el temor de unos hombres que habían demostrado no asustarse del mar, pero que se sentían incapaces de enfrentarse a fieras salvajes, selvas impenetrables e indígenas de emponzoñadas flechas que jugaban a convertirse en «sombras verdes».

—¿Adónde iremos? —se lamentaban nerviosamente—. ¿Quién nos recogerá, aun en el improbable caso de que alcanzáramos la costa? Pueden pasar años sin que ni un solo barco visite estos parajes.

—Intentemos aproximarnos con sigilo —aventuró Bonifacio Cabrera—. Tal vez de noche se confíen...

—¿Acaso crees que son estúpidos? —intervino el converso Luis de Torres—. Eso es lo que estarán esperando. —Señaló a su alrededor—. ¿Y quién les atacaría? No somos gentes de armas, y por lo que hemos visto ellos sí.

—Tratemos entonces de cruzar aprovechando la oscuridad... —El renco se volvió interrogativamente al Capitán Salado—. ¿Qué posibilidades tendríamos de pasar a su lado sin que nos vieran?

—Ninguna —fue la escueta respuesta.

—¿Cómo estáis tan seguro?

—Si intentara maniobrar de noche en ese canal lo más probable es que acabara embarrancando.

—¿Se os ocurre alguna idea mejor?

—No.

Ni a él ni a nadie, puesto que las dos únicas opciones existentes, luchar o huir, quedaban de igual modo descartadas, y no cabía confiar en que el *Milagro* hiciera honor a su nombre consiguiendo que le crecieran enormes alas de improviso.

La posibilidad de sacarlo a tierra para conducirlo hasta el mar resultaba también impracticable al no contar con medios para arrastrar una nave tan pesada durante cincuenta millas, teniendo en cuenta, además, que dicha maniobra hubiera sido descubierta de inmediato por los vigías enemigos.

El alba sorprendió, por tanto, a *Cienfuegos* y *Doña Mariana* recostados en el quicio del ancho ventanal de popa, observando cómo las tinieblas se resistían a entregar el mundo a un sol implacable, y sin cesar de darle vueltas a un problema para el que no parecía existir solución válida alguna.

—¡No es justo! —se lamentó la alemana acariciando la roja cabellera que descansaba sobre su regazo—. No es justo haber luchado tanto por volver a estar juntos, y que cuando al fin todo parece haberse solucionado ocurran estas cosas.

El canario, acostumbrado desde siempre a que el destino le jugara malas pasadas sin permitirle vivir en paz más que durante cortos períodos de tiempo, se mostraba mucho más resignado, puesto que para él la idea de volver a adentrarse en el continente no constituía más que una nueva etapa de su largo peregrinar en busca de la nada.

Comprendía, sin embargo, que en esta ocasión pesaba sobre sus hombros una carga diferente, pues si bien sabía cómo sobrevivir en cualquier circunstancia, el hecho de tener que cuidar de tanta gente le inquietaba, ya que, habiendo transcurrido apenas tres semanas desde aquella inolvidable noche en la bahía, aún no había conseguido asimilar el nuevo papel que según todos los indicios le iba a tocar desempeñar en esta vida.

El isleño se sentía confuso y en cierto modo desplazado en su recién estrenada faceta de «hombre civilizado», y a menudo se despertaba angustiado, tardando largo rato en aceptar que dormía en una ancha cama en compañía de una mujer maravillosa y que se había convertido en cabeza indiscutible de una extraña familia que había crecido a su alrededor sin saber cómo.

Habituado desde siempre a enfrentarse a problemas concretos: comer, dormir y evitar que fieras y salvajes le convirtieran en su presa, a menudo echaba de menos aquellos tiempos —aún tan cercanos— en que se sentía el hombre más libre del planeta, desligado de todo, puesto que incluso de sus sentimientos y recuerdos había conseguido prescindir con el paso del tiempo.

Pero ahora descubría que sin saber por qué empezaba a tener responsabilidades, lo cual rompía los esquemas de un cerebro que durante ocho largos años había reaccionado casi siempre a estímulos externos, sin que contaran apenas los propios razonamientos.

Hambre, sed y peligro... a eso se había reducido su existencia, como una bestia más entre las bestias, utilizando la astucia o la violencia para ver nacer un nuevo día y conseguir llegar a la noche siguiente, pero sin tener que hacerlo nunca por odio, amor, tristeza, amargura o alegría.

La necesidad de sobrevivir suele anular los sentimientos, y cuando se prolonga en exceso endurece de tal modo el corazón humano que llega un momento en que cuanto no esté relacionado con esa necesidad de continuar respirando carece de importancia.

Cienfuegos necesitaba sin duda un lógico período de adaptación a su nueva existencia, e Ingrid Grass, que lo sabía, se esforzaba por conducirle por el sinuoso camino de la «civilización» como lo haría con un ciego que empieza a recuperar la vista y se aturde ante las sensaciones que le van saliendo al paso.

El solo hecho de oír hablar a varias personas en su propio idioma le confundía, como si no fuera capaz de comprender qué era lo que decían, y sentía un invencible rechazo a las cómplices sonrisas con que los tripulantes le observaban, pues le asaltaba a menudo la impresión de que le consideraban apenas poco más que un «salvaje desnudo».

—No le gusto a tu gente —se lamentaba.

—Todos son hombres —fue la sencilla respuesta de la alemana—. Y debes hacerte a la idea de que alguien como tú jamás agrada a los hombres. Eres demasiado alto, demasiado fuerte, demasiado hermoso y has triunfado allí donde la mayoría hubiera fracasado. —Sonrió levemente—. Y les consta que te adoro como ninguna mujer adoró nunca a su hombre.

—¿Por qué?

—¿Por qué, qué?

—¿Por qué me amas de este modo? Al fin y al cabo yo no era más que un pobre pastor analfabeto y tú casi una reina.

—Sólo soy reina cuando me siento muy despacio en tu trono —musitó ella, con marcada intención—. O cuando tengo entre las manos el más valioso cetro que nadie haya tenido. O cuando me ciñes la cabeza con la corona de tus manos para que mi boca se oculte entre tus muslos. —Deslizó muy suavemente la lengua por su cuello—. En esos momentos soy la reina del mundo, pero sin ti no soy ni siquiera una esclava.

La invitó en silencio a que reinara sobre el mundo; le ciñó la corona, le entregó el cetro y dejó que se sentara en el trono, pero ni siquiera con ello consiguió que aquella extraña sensación de encontrarse fuera de su lugar en la vida siguiera atenazándole.

Cuando días atrás el *Milagro* navegaba mansamente muy cerca de la costa, y la verde selva dejaba sentir su fuerza con aquel denso olor a putrefacción y tierra húmeda, la mente del isleño se plagaba de recuerdos, y contra lo que cabía esperar, no rechazaba aquel sombrío mundo donde tanto sufriera, ni se sentía feliz por haber escapado de sus garras, sino que más bien rememoraba con monótona insistencia el grito de los monos aulladores, el canto de las aves, el color del follaje, las fantasmales figuras que los rayos del sol dibujaban en el aire, y aquella indescriptible sensación de que en el corazón de la espesura él era el único dueño de sus actos.

Vivir continuamente a solas puede llegar a hacerse muy difícil, pero cuando el ser humano descubre hasta qué punto es capaz de hacerse a sí mismo compañía sin tener que compartir los pensamientos, la tarea de volver a convertirse en ser sociable es ya imposible, a no ser que un amor capaz de comprenderlo todo comprenda esos silencios.

Por fortuna, los sentimientos de Ingrid Grass iban mucho más allá de la necesidad de creerse la reina del mundo por un rato, y era el suyo un amor que entendía los silencios por largos que éstos fueran, y entendía que en los ojos de su hombre brillase en ocasiones una luz diferente, o sombras que gritaban que en aquellos instantes el corazón de *Cienfuegos* se encontraba tal vez en las altas montañas, en los profundos ríos, o con el viejo *Virutas*, *Azabache*, Papepac o aquel extraño ser de dos cabezas que parecía haber dejado marcado a fuego en su memoria un recuerdo indeleble.

El isleño había vivido tanto y tan a solas, que había prescindido de la necesidad de hacer partícipes a los demás de sus más intensas emociones, y la alemana se iba haciendo a la idea de que sería necesario mucho tiempo y mucho tacto para conseguir que la inmensa capacidad de asombro, entusiasmo y ternura que anidaba en el corazón de aquel gigante de mirada infantil aflorasen de nuevo.

Por ello le bastaba con acurrucarse entre sus brazos y esperar con paciencia infinita a que quisiese regresar de su continuo vagar por su memoria, y en momentos como aquél, cuando veía nacer un nuevo día sobre un lago que era como un bruñido espejo que sólo reflejaba las formas de su barco, sentía una amarga tristeza al comprender que el destino no le permitía continuar con la dulce espera eternamente.

—¿Qué podemos hacer?

—Tener paciencia —replicó él, mirándole a los ojos—. Nosotros podremos navegar por el lago, pero ellos tendrán que permanecer inmóviles cortándonos el paso. Nosotros somos pocos y nos jugamos la vida, mientras ellos son muchos y saben que si pierden tan sólo pierden un salario. El tiempo corre a favor nuestro.

—Pueden ser meses.

La besó con dulzura.

—Nadie nos espera en parte alguna —dijo—. Mantén a tu gente activa, navega de un lado a otro, y que la tripulación se entretenga pescando y cazando en la orilla... —Sonrió divertido—. La tensión del que espera sin saber cuánto tiene que esperar, acaba siempre por destrozar sus nervios.

—León puede esperar eternamente.

—Él sí, pero sus hombres no. Si nos pierden de vista y pasa el tiempo, comenzarán a temer que hayamos escapado por algún lugar que ellos ignoran. —Agitó la cabeza convencido—. No creo que ninguna tripulación resista mucho semejante tormento.

—¿Papepac te enseñó todo eso?

—Me enseñó a convertirme en mi enemigo; a ser jaguar, anaconda, caimán, motilón o «sombra verde»; a luchar con sus armas antes que con las mías; a utilizar su esfuerzo en mi provecho, y a no atacar hasta no estar seguro del triunfo. —Le alzó la barbilla y le miró a los ojos—. ¿Sabes jugar al ajedrez? —quiso saber, y ante el mudo gesto de asentimiento, añadió—: Juguemos.

—¿Ahora?

—Cualquier momento es bueno —señaló él—. El ajedrez impidió que me comieran los caníbales.

Al finalizar la primera partida, Ingrid Grass había llegado a la conclusión de que el ajedrez era quizás el camino más idóneo para devolver a *Cienfuegos* al mundo de los «civilizados», pues era aquélla una forma única de conseguir que estuviese a solas y acompañado al propio tiempo, sumido en recuerdos que se empeñaban en no querer abandonarle, pero pendiente, pese a ello, del rival que se sentaba enfrente.

Curiosamente, aun sin practicar en tantos años, había progresado mucho con el paso del tiempo, puesto que del agresivo y alocado jugador que con más entusiasmo que técnica se enfrentara antaño al viejo *Virutas*, había pasado a transformarse en un maestro de la emboscada, que permitía siempre tomar la iniciativa al enemigo para caer furiosamente sobre él cuando menos lo esperaba.

Su forma de actuar sobre el tablero no era, al fin y al cabo, más que un reflejo de su forma de enfrentarse a la vida, pues, por suerte o por desgracia para él, la dura escuela de la supervivencia había forjado su espíritu aun en contra de su más pura esencia de hombre tierno y sin malicia.

No obstante, la alemana, enamorada del recuerdo del niño al que convirtiera en hombre una tarde de verano en una laguna de una isla muy lejana, se había hecho el firme propósito de recuperar a ese niño del mismo modo que había conseguido a base de infinitos esfuerzos recuperar al hombre.

Contaba con innumerables ayudas para ello, desde el inteligente Luis de Torres, que entendía como nadie la difícil lucha que tenía lugar en el corazón de su antiguo discípulo, al entusiasta Bonifacio Cabrera, para quien recuperar a su amigo de la infancia significaba tanto como recuperar una parte de esa infancia, o la inapreciable presencia del pequeño Haitiké, que advertía cómo se habían materializado de improviso todas las fantasías que pudiera haber imaginado en torno a la figura de su mítico padre.

Para el silencioso niño, *Cienfuegos* era aún más alto

y más fuerte de cuanto nunca le dijeran, y el relato que hacía de sus viajes y aventuras por tierras que jamás conoció nadie le fascinaban, pues resultaba evidente que no había una sola palabra de exageración en unas historias que ya de por sí resultaban absolutamente maravillosas.

—Cuéntame cómo conseguiste burlar al capitán portugués.

—¿Otra vez?

—¡Por favor!

—¡Pero si lo he contado ya tres veces...! —Protestó—. Prefiero contarte cómo descubrí una cueva en la que los muertos se conservaban como si estuvieran vivos.

Lo hacía; y lo hacía con tal precisión y sin adornos, que nadie ponía nunca en duda sus palabras, por lo que al observar los embobados rostros de cuantos escuchaban, Haitiké reventaba de orgullo al comprender que aquel ser único, valiente y excepcional, era en verdad su padre.

La relación de *Cienfuegos* con el niño continuaba siendo, sin embargo, distante, como si el gomero no hubiese conseguido hacerse aún a la idea de que aquel mocoso de marcadas facciones pudiese ser su hijo, y más de una vez se sorprendió a sí mismo tratando de descubrir en él algún rasgo que le recordase a la difunta Sinalinga.

Había pasado, sin embargo, mucho tiempo desde que se separara de la atractiva princesa haitiana, su historia de amor no había sido ciertamente muy larga, y debido a ello su figura se había ido desdibujando en su memoria, por lo que no conseguía recuperar su imagen a través de su hijo, ni mucho menos situar al chiquillo a través del recuerdo de su madre.

Araya era otra cosa.

Araya no era hija ni aun pariente del gomero y pertenecía a una tribu cuyos miembros ya no estaban considerados siquiera como un pueblo, pero constituía el principal vínculo a bordo del *Milagro* que ligaba a *Cienfuegos* a su más próximo pasado.

Cuando hablaban, solían hacerlo en un idioma que nadie más comprendía; se referían a lugares que de igual modo tampoco nadie más conocía, y se diría que compartían secretos y misterios que provocaban los celos o la envidia de quienes les observaban sumidos en sus personalísimos recuerdos de cómplices sin serlo.

Y es que Araya era sin duda la única criatura a la que el isleño no tenía que explicar cómo era el mundo más allá de la estrecha línea de la costa, ni qué animales, qué plantas o qué tribus podían ser consideradas buenas o malas. El suyo no era tan sólo un idioma diferente; era más bien un código privado, propio de un universo vedado hasta el presente a unos «civilizados» que aborrecían la selva.

Aparte de eso, la avispada chiquilla aprendía el castellano con una velocidad que anonadaba, y desde el primer momento pareció comprender que la elegante dama de cuidados vestidos, blanca sombrilla y delicados gestos que comandaba la nave, era su ejemplo si pretendía que su manifiesto destino se cumpliera.

De igual modo estudiaba el funcionamiento del barco y de cuantos objetos pudieran existir a bordo por complejos que fueran, observando durante largas horas el comportamiento de la tripulación y demostrando una asombrosa capacidad de imitación, pues lo mismo podía repetir los bruscos gestos del cocinero que hablar tal como lo hacía —o más bien no lo hacía— el Capitán Moisés Salado.

Era como una gran esponja que todo lo asimila, y su memoria alcanzaba tal grado de desarrollo, que a la semana sabía los nombres de cada uno de los tripulantes, y en cuanto aprendió a jugar al ajedrez, podía repetir todos los movimientos de la más complicada partida.

—¿De dónde la has sacado? —quiso saber el converso Luis de Torres, que a menudo no acababa de creer lo que veía.

—La encontré.

—Pues hiciste un buen hallazgo. Jamás conocí una criatura semejante. El otro día me oyó hablar en alemán con Ingrid y ya quiere aprenderlo.

—Lo aprenderá... —admitió el gomero, convencido—. Y algún día habitará en un palacio de piedra y será muy importante. Sus dioses lo dijeron.

—Pues esos dioses sí que saben.

Las buenas intenciones de Fermina Constante se estrellaron contra la amarga evidencia de que la vida a bordo del *Dragón* se había convertido en un infierno.

Inmóvil en mitad de un estrecho canal por el que no corría un soplo de viento, y soportando temperaturas que superaban los cuarenta y cinco grados centígrados, de lo más profundo del putrefacto y recalentado casco del vetusto navío comenzó pronto a ascender un insoportable hedor a sudor de esclavo, orines y vómitos, que se entremezclaba con la pestilencia de unas aguas circundantes que emitían a su vez picantes vapores que irritaban los ojos.

El simple hecho de respirar, fatigaba, abanicarse obligaba a transpirar a chorros, y arriesgarse a atravesar la cubierta bajo aquel sol implacable significaba jugarse la vida tontamente.

—¿Cuánto tiempo tendremos que quedarnos aquí?

—Hasta que decidan salir.

—No lo harán nunca.

—En ese caso, nunca nos iremos.

La barragana se mordió la lengua para no revelar lo que sentía, y a la pálida luz de las estrellas observó el aguileño rostro de su amante, pues el amanecer estaba próximo y aquélla era la «hora fresca» de la jornada; la única durante la cual osaba moverse e incluso hablar, pese a lo cual el simple hecho de hilvanar ideas exigía un esfuerzo sobrehumano.

—No necesitaremos marcharnos —replicó al fin calmosamente—. Nos deshidrataremos lentamente, y cualquier día alguien vendrá y recogerá lo que quede de nosotros con un trapo.

El vizconde de Teguise hizo un amplio ademán con la mano, señalando a su alrededor:

—Nadie te retiene —dijo—. Puedes irte cuando quieras.

—¿Cómo?

—Ni lo sé, ni me importa. —No se molestó en girar la cabeza para mirarla—. Lo único que sé es que este barco se quedará aquí hasta que se pudra si es necesario, pero ésos no saldrán nunca del lago.

—Eres como el hombre del cuento que estaba dispuesto a perder un ojo con tal de que su enemigo se quedase ciego, ¿no es cierto?

—Tal vez —la voz del Capitán De Luna era lo único frío en mil millas a la redonda—. Soy un hombre que juró que se vengaría, aunque le fuese en ello la vida, y cumple su juramento.

—Pero es que ahora arriesgas la vida de otros.

—Les pago por ello.

—¿Incluso a tu hijo?

—Hasta que no nazca no será mi hijo.

—Si nos quedamos aquí, nunca nacerá.

—Pues seguiré como hasta ahora.

—Eres un cerdo y un canalla.

El vizconde de Teguise soltó el brazo y con el revés de la mano le cruzó la cara con tal fuerza, que un hilillo de sangre le manchó la comisura de los labios.

—Cuida tu lengua o te juro que, preñada o no, te tiro por la borda —masculló sin inmutarse—. Este calor me irrita y no pienso aguantarle impertinencias a un putón de puerto. Te pago por tener las piernas abiertas y la boca cerrada, no lo olvides.

Si Fermina Constante hubiese tenido un arma a mano, ahí mismo hubiese acabado la historia del Capitán León de Luna, pero como no se daba el caso, y la sufrida ramera había aprendido a sobrevivir a base de golpes de individuos mucho más agresivos, optó por apretar los dientes y permitir que la sorda ira que le embargaba se aplacara.

La discusión nocturna, dio, sin embargo, sus frutos, pues a la tarde siguiente, cuando el sol perdió gran parte de su terrible fuerza, el vizconde ordenó a sus hombres que alzaran sobre la pequeña colina que dominaba el canal una amplia choza sin paredes a la que se trasladó de inmediato en compañía de su amante.

Corría allí una ligera brisa, y se respiraba un aire limpio y libre de los insoportables hedores del navío, por lo que a la Constante se le antojó que había abandonado, de momento, el corazón incandescente del infierno para pasar a establecerse en su antesala.

—Gracias —fue todo lo que dijo.

No obtuvo respuesta, pues se diría que al De Luna le molestaba mostrar cualquier tipo de debilidad, pese a lo cual quedó bien pronto patente que el hecho de alejarse del repelente navío suavizaba en cierta forma su insoportable talante.

Desde el lugar elegido se dominaba una gran parte de lago y el cauce de un diminuto riachuelo de aguas limpias, y el olor a guayaba y selva virgen flotaba en el ambiente a todas horas.

Jejenes y mosquitos obligaban a rascarse y a maldecir continuamente, y una peluda araña-mona a punto estuvo de provocar que el «futuro vizconde» se quedara en simple aborto, pero pese a las molestias y los sustos, la prostituta se sintió casi feliz durante la primera semana que permaneció tumbada en la hamaca de la colina.

Por su parte, el capitán había recuperado, al parecer, su gusto por la acción y el ejercicio del mando, enviando patrullas con el fin de acosar en lo posible a los tripulantes del *Milagro*, y organizando de tal forma la defensa del canal, que ni siquiera una escuadra de navíos de guerra hubiesen conseguido atravesarlo por la fuerza.

Despachó a continuación grupos armados encargados del abastecimiento a base de cazar, pescar o «rescatar» alimentos en los poblados indígenas, y un bien montado sistema de señales por espejos o fuegos nocturnos le permitía mantenerse al corriente a todas horas de los movimientos del *Milagro*.

Se mostraba dispuesto a no dar tregua a su enemigo y acabar con él a toda costa.

—Les obligaré a quedarse eternamente en el centro del lago —dijo—, porque en cuanto traten de poner el pie en tierra les recibiremos a balazos.

—¿Con veinte hombres? —se asombró Baltasar Garrote—. ¡Deliráis...! Cubrir el perímetro de ese lago exigirá un ejército.

—Utilizaremos a la marinería —fue la firme respuesta—. Una parte se quedará para atender a los cañones y el resto se integrará a las patrullas.

—Son gente de mar. No les gusta la selva ni los guerreros aborígenes.

—Les pagaré un suplemento.

La mayoría aceptó el trato, más por la posibilidad de abandonar el pestilente navío achicharrado por el sol que por el dinero extra, por lo que llegaron a ser unos cincuenta los hombres armados que se desparramaron por las orillas del lago con la esperanza de emboscar a los tripulantes del *Milagro* en el momento de intentar un desembarco.

—Puede que los sorprendas una vez, pero a partir de ese momento desembarcarán de noche... —comentó Fermina Constante, con su peculiar sentido de la lógica—. Será como jugar al escondite eternamente.

—¿Se te ocurre una idea mejor?

—Volver a Santo Domingo y emplear ese dinero en construir una hermosa casa a orillas del Ozama. Con tus influencias pronto serías Alcalde Mayor, y en un par de años, tal vez, Gobernador o Adelantado.

—Y tú una mujer «decente», madre de un rico heredero...

—¿Qué tiene eso de malo?

—Que habría que ver la cara de tus antiguos «clientes» cuando pasaras por la calle con mi hijo de la mano. ¿Hay algún hombre en la ciudad con el que no te hayas acostado?

—Alguno habrá... —fue la cínica respuesta—. Pero supongo que nadie me odia por ello... —Le dirigió una larga mirada cargada de intención—. Sin embargo, a ti la mayoría te odia.

—Cumplía con mi deber.

—Si mi trabajo produce placer y el tuyo dolor, me pregunto por qué demonios las putas tenemos que ser siempre tan despreciadas. —Fermina hizo una larga pausa y añadió, con acidez—: Sobre todo, teniendo en cuenta que yo daría cualquier cosa por dejar de ser lo que soy, mientras que tú te empeñas en causar sufrimientos.

—En este caso, sólo a quien me lo ha causado a mí —replicó él, de mal talante—. En cuanto haya ajustado mis cuentas con Ingrid, los demás podrán seguir en paz su camino.

—¿A pesar de estar reclamados por la justicia?

—Yo aquí no estoy por mandato real, sino a título particular —le recordó, recalcando las palabras—. Y aun en el caso de que lo estuviera, mi Encomienda se limita a Paria y Trinidad. Cobinacoa queda, por tanto, fuera de mi jurisdicción.

—Según eso, lo que estás haciendo, tender emboscadas o intentar ahorcar a Ingrid, es ilegal.

—En cierto modo, sí... —admitió él, con absoluta naturalidad—. Aunque hay que tener en cuenta que esta región aún no ha sido puesta bajo la protección de la Corona, lo cual significa que las leyes de Castilla no tienen aquí validez oficial.

—Muy rebuscado se me antoja.

—Pero en esencia es cierto, ya que hasta el presente sólo pueden ser reconocidos como auténticos los descubrimientos hechos por el Almirante Colón, y este lago fue visitado por Alonso de Ojeda y Juan de la Cosa en el transcurso de un viaje comercial. En pocas palabras: aún no existe.

—Pues para no existir es más bien grande... Y caluroso —le dirigió una burlona mirada—. ¿Quiere eso decir que si una buscona le cortara aquí el cuello a un vizconde dormido nadie podría juzgarla?

—En efecto, aunque lo más probable es que ni siquiera habría ocasión de hacerlo, puesto que los hombres del vizconde se encargarían de despellejarla viva tras haberse divertido con ella hasta cansarse.

—¿Pretendes insinuar que si te ocurriese algo esas bestias se dedicarían a pasarme por encima sin molestarse en pagarme?

—Entra dentro de lo posible.

—Pues tendré que cuidarte.

Era en verdad una conversación estúpida, pero no había muchas más cosas con las que entretenerse durante los largos días de espera, puesto que el bochornoso calor aplatanaba de tal forma que ni siquiera apetecía hacer un amor que era más las fatigas que el placer que producía.

El Capitán De Luna dejaba transcurrir la mayor parte del día dormitando en una hamaca, sin molestarse en abrir los ojos más que para cerciorarse que no se vislumbraba rastro alguno del *Milagro*, y las noches en vela, paseando por la orilla del lago o adentrándose en él a bordo de una lancha, temeroso de que sus enemigos pudiesen intentar escabullirse aprovechando las tinieblas.

Pero resultaba evidente que ni siquiera un navío tan veloz como el que diseñara Sixto Vizcaíno podía aproximarse al canal en el tiempo que mediaba entre la caída de la tarde y la salida del sol, ya que la escasa brisa que en ocasiones se alzaba llegaba casi siempre desde el Norte.

La sensación de que aquella terrible espera acabaría por enloquecer a más de uno, cobraba cuerpo día tras día.

Tampoco a bordo del *Milagro* los hombres se mostraban mucho más animosos, e incluso el siempre paciente *Cienfuegos* comenzaba a sospechar que la estrategia de mantenerse a la expectativa tal vez no diera el resultado apetecido.

Habían descubierto ya algunas de las patrullas que el vizconde enviara a circundar el lago, y ello le obligaba a temer que llegara un momento en que no pudiesen arriesgarse a desembarcar sin tener un mal encuentro, lo que provocaría que a la larga la tripulación abrigase la desagradable sensación de que se encontraba encarcelada en un inmenso presidio hecho de agua.

—Tenemos que irnos —musitó Ingrid una de aquellas tórridas noches que jugaban a hacerse infinitas—. Confío en mi gente, pero empiezo a sospechar que les estamos exigiendo demasiado.

—¿Abandonando el barco?

—¿Qué otra cosa podemos hacer?

—Es todo lo que tienes.

Ella negó con un leve ademán de la cabeza al tiempo que sonreía enigmáticamente:

—Te tengo a ti... —Hizo una corta pausa—. Y algún oro oculto bajo el flamboyán del jardín de mi casa, en Santo Domingo —añadió—. Siempre imaginé que algo así podría ocurrir.

—No puedes volver allí.

—Yo no, pero tú sí. Nadie te conoce en la ciudad, y aunque imagino que los Colón se habrán apresurado a requisarme la casa, no te resultaría difícil entrar y cogerlo.

—Santo Domingo está muy lejos.

—Algún medio encontraremos de volver... —Le acarició el cabello con infinita ternura—. De momento busquemos el modo de salir de aquí. ¡Veamos...! Hacia el Norte León nos cierra el paso, y hacia el Sur se encuentra la serranía de esos salvajes motilones que casi te matan, por lo que también hay que olvidarlo... Nos queda el Oeste, donde acabaríamos topándonos con los itotos y los sombras verdes de los pantanos... ¿Qué hay al Este?

—Una llanura semidesértica por la que vagan algunas tribus que apenas se dejan ver. Más lejos creo que hay montañas muy altas.

—¿Podríamos llegar a ellas?

—Si encontramos ríos que no estén contaminados por el «mene», sería posible.

—¿Qué es el «mene»?

—«Los orines del demonio»... Eso sucio que a veces flota en el agua —rió divertido—. Cuando los cuprigueri descubrieron a *Azabache* la pusieron a orinar pensando que era la hija del demonio... ¡Odian el «mene»!

—¿Cuánto tiempo tardaríamos en llegar a las montañas?

—Una semana quiza... —Negó decidido—. Pero no tenemos ni idea de lo que puede haber allí —protestó.

—Siempre será mejor que lo que hay aquí.

Cienfuegos no se mostró en absoluto de acuerdo con semejante apreciación, ni compartía la idea de que la solución fuese lanzarse a la aventura en compañía de una tripulación que desconocía los peligros de la selva, con el innegable inconveniente que significaba la presencia de un niño, una mujer y un cojo.

—¡Sería una locura! —insistió—. Y creo que lo mejor que podemos hacer es intentar parlamentar con tu marido.

—Y ya has visto que no tiene la más mínima intención de parlamentar.

—Quizás haya cambiado de idea, o quizá se conforme conmigo.

—¿Contigo? —se sorprendió la alemana—. ¿Crees que he pasado ocho años de mi vida buscándote para entregarte a León? En todo caso me entregaría yo, que es lo único que quiere, puesto que ni siquiera sabe que estás vivo.

El gomero meditó largo rato sin dejar de acariciarle

con la punta del índice el pezón izquierdo, y por último señaló, convencido:

—Creo que la solución es plantar batalla, y que ha llegado el momento de hacerlo. Al menos sabemos algo, que él no sabe.

—¿Y es?

—Que estoy a bordo, y conozco este lago.

—¡León!

—¿Qué?

—Ahí viene.

—¿Quién viene?

—El barco.

El vizconde de Teguise dio un salto para observar el punto que Fermina Constante señalaba.

No era al fin y al cabo más que eso: un punto que había hecho su aparición sobre la pulida superficie del lago recalentado por el sol, pero resultaba evidente que se iba agrandando por momentos, y que se trataba de un navío que avanzaba hacia ellos empujado por una brisa que soplaba en esta ocasión desde el Nordeste.

—¡Te lo dije! —exclamó alborozado—. Sabía que se cansarían antes que nosotros. ¡Ya son míos!

—Yo no estoy tan segura —fue la seca respuesta—. Ese barco es muy rápido y si no le aciertas con la primera andanada, tal vez logre escabullirse.

—¿Cómo? —quiso saber él—. Han aprovechado el primer día de cambio del viento para aproximarse, pero tendrán que virar por lo menos dos veces si no quieren quedarse clavados en mitad del canal. Podremos dispararles a placer hasta que se conviertan en astillas.

—¡Si tú lo dices...!

—¡No lo digo yo, lo dice la lógica! Ni siquiera una lancha de pesca cruzaría ese canal sin maniobrar.

—Pues no parece que ellos lo sepan. Continúan aproximándose.

El Capitán De Luna no se dignó responder, limitándose a descender a la orilla, a poner en pie de guerra a sus hombres pese a que aún faltaba más de una hora para que el *Milagro* se pusiese al alcance de culebrinas y lombardas.

Baltasar Garrote, que llevaba a su vez largo rato observando el avance del ágil navío, deshizo por completo su turbante y comenzó a colocárselo de nuevo como si ello le ayudara a despejar las graves dudas que inquietaban su ánimo.

—Si decide embestirnos a la velocidad que trae podría partirnos en dos antes de que consiguiéramos hundirlo.

—En este caso nos lanzaríamos al abordaje.

—La mayoría de nuestros hombres se encuentran de patrulla —le recordó *El Turco*—. Y en el mejor de los casos acabaríamos todos en el fondo del lago.

—¿Sabes nadar? —Ante el mudo gesto de asentimiento el De Luna sonrió con ironía—. En ese caso ya tienes más posibilidades que yo de salvar el pellejo.

—Creo que hacéis mal en no tomar precauciones —replicó el otro seriamente—. Si vienen dispuestos a morir matando y los dos barcos se van al fondo, nos quedaremos aquí para siempre. Y no me agrada la idea. No me agrada nada de nada. Deberíamos plantarles cara presentándoles la proa.

—Perderíamos capacidad de fuego al tiempo que le dejaríamos más espacio para la maniobra. ¿Y si consiguen pasar?

—Se habrán salvado, pero también nosotros, y siempre se puede presentar una segunda oportunidad. —*El Turco* había concluido su cuidadoso tocado y añadió, despectivo—: Y una batalla perdida por todos es, desde luego, una batalla estúpida. —Se rascó la nariz—. Pero si consiguiéramos abrirles al menos una vía de agua dejarían de ser tan rápidos y tendríamos la posibilidad de rematarlos.

Su jefe meditó largo rato sin dejar de observar el navío del que ya podían distinguirse con cierta nitidez las formas, para asentir por último.

—¡Está bien! —admitió, con desgana—. Sube a bordo y dile a Velloso que le ofrezca la proa... Y que haga señas a las patrullas para que regresen cuanto antes.

El mercenario obedeció trepando de inmediato a uno de los botes para encaminarse al barco remando sobre un agua inmunda que ennegrecía los remos.

Por su parte, el capitán se cercioró de que los cañones que había emplazado entre las rocas de un espigón que se adentraba en el agua se encontraban a punto y con la dotación lista para entrar en combate, y regresó por último a la choza de la colina, dispuesto a contemplar la batalla desde tan privilegiado puesto de mando.

Fermina Constante ni siquiera se había movido de su hamaca, limitándose a balancearse mientras mordisqueaba un amarillo mango cuyo jugo le resbalaba por el mentón, observando con cierta displicencia cómo caía la tarde, cómo el sol se convertía en una inmensa moneda incandescente, y cómo el *Milagro* abría un surco en el agua dejando a sus espaldas una ancha estela que parecía romper el eternamente bruñido espejo del lago.

—Nunca vi una batalla —dijo—. Puede ser divertido.

—Lo es si se gana.

—¿Tienes dudas?

El vizconde negó, convencido:

—No van armados y ya no pueden embestirme. —Se encogió de hombros—. O gano, o hago tablas.

Ella se limitó a dedicarle una corta mirada de soslayo para concentrarse de nuevo en el mango y en la contemplación del navío que a medida que se aproximaba iba dando más y más sensación de velocidad.

—¡Es precioso!

—Lo que en verdad me apetecería sería apresarlo. Pero dudo que lo consiga.

El crepúsculo fue tan rápido y corto como siempre; el sol se hundió en el horizonte al tiempo que las sombras comenzaban a apoderarse del lago, y podría creerse que el *Milagro* había cronometrado al minuto el momento de su llegada.

Si conseguía pasar le quedaría apenas la luz imprescindible para alcanzar el golfo y perderse de noche en mar abierto, y si no lo conseguía, aún tendría una última oportunidad de regresar al lago para desaparecer aprovechando las tinieblas.

Enfiló rectamente hacia la boca del canal, tan cerca ya que se podían ver a los hombres sobre cubierta, y el Capitán De Luna abrigó el convencimiento de que a plena luz del día hubiese conseguido incluso distinguir el odiado rostro de su esposa.

Aguardó impaciente, se volvió hacia el *Dragón* intentando cerciorarse de que todo se hallaba dispuesto, pero en ese mismo instante, cuando faltaba menos de media legua para que se pusiera al alcance de sus cañones, el *Milagro* viró en redondo y lo hizo con tal precisión que se podría creer que había realizado una ciaboga girando sobre su propio eje.

—¿Qué hace? —exclamó, fuera de sí.

—Cambiar de idea —fue la burlona respuesta de Fermina—. Se vuelve a casa...

La suave brisa que había estado recibiendo por el costado de babor, tomó ahora a la nave por la aleta de estribor, impulsándola despacio pero firmemente hacia el interior del lago, y en ese instante, cuando iniciaba de nuevo su ágil andadura de retorno, del castillo de popa surgieron dos inmensas bolas de fuego que —impulsadas quizá por una enorme catapulta— trazaron un amplio arco en el cielo para ir a caer al agua a unos doscientos metros de distancia.

Y contra toda lógica; contra lo que el vizconde de Teguise, Fermina Constante, Baltasar Garrote, Justo Velloso o cualquier otro ser humano razonable de este mundo pudiera suponer, el fuego no se apagó al sumergirse en el agua, sino que, por el contrario, pareció cobrar nueva vida, estalló con un fulgor jamás visto, y altas llamas se alzaron en la superficie iniciando un rápido avance en todas direcciones.

—¿Qué significa esto? —se espantó el Capitán De Luna—. ¡Es obra del diablo!

Pero en esta ocasión ni siquiera la desvergonzada prostituta tenía palabras para expresar su asombro, pues se había quedado tan inmóvil como una estatua de sal; tan inmóvil como debió quedarse la mujer de Lot al ver arder Sodoma y Gomorra a orillas de un lago semejante.

Por una vez el Capitán León de Luna parecía tener razón, pues lo que estaba aconteciendo no podía ser más que obra del «Ángel de las Tinieblas», el único con poder suficiente como para conseguir que el agua ardiese, y que altas llamas comenzaran a galopar en dirección al indefenso buque que permanecía fondeado en medio del canal sin posibilidad alguna de levar anclas, izar velas y permitir que el suave viento le alejara en dirección opuesta al avance del fuego.

—¡Dios nos proteja!

El vizconde de Teguise se había dejado caer sobre un rústico banco, incapaz de mantenerse en pie, observando con los ojos dilatados por el terror y la incredulidad el más prodigioso espectáculo que le hubiese concedido contemplar hasta el presente.

Los residuos de crudo que durante siglos se filtraran al lago en una de las regiones más abundantes en petróleo del planeta, se habían ido amontonando con el paso del tiempo en aquel recalentado cuello de botella, y debido a los densos vapores que se producían a última hora de la tarde, ese crudo se volvía inflamable, por lo que ahora ardía lanzando al aire un humo espeso y negro que no impedía sin embargo que el cielo del crepúsculo enrojeciera como probablemente enrojecería durante el Apocalipsis.

El *Milagro* se alejaba del peligro de regreso a aguas poco contaminadas, pero para la cochambrosa nao flamenca no quedaba esperanza alguna de salvación, pues resultaba evidente que se encontraba inmovilizada en mitad de la ruta de las llamas.

El Turco, Baltasar Garrote, lo entendió, de inmediato, y sin detenerse a analizar por qué satánica razón estaba sucediendo tan inaudito fenómeno, saltó a la barca que le había llevado a bordo, y secundado por tres hombres tan avispados como él, remó con toda la fuerza que proporcionaba la desesperación en dirección a la orilla más cercana.

Justo Velloso y la mayoría de los marinos que se encontraban a bordo fueron sin duda más lentos de reflejos o se dejaron agarrotar por el miedo y la sorpresa, por lo que, cuando llegaron a la conclusión de que nada detendría aquel alto muro de fuego que avanzaba como una extraña bestia reptando sobre la quieta superficie de las aguas, todo lo que pudieron hacer fue tirarse por la borda y tratar de ganar la costa a grandes brazadas.

Dos grumetes que no sabían nadar permanecieron, sin embargo, a bordo, observando aterrorizados la llegada del infierno, y Fermina Constante recordaría durante años los aullidos de desesperación de los desgraciados muchachos hasta que de improviso un irrespirable humo los envolvió acallando sus gritos para siempre.

La vieja y reseca estructura del *Dragón* comenzó a arder como si no fuera más que un arrugado pedazo de papel arrojado a una hoguera, las llamas prendieron rápidamente en el velamen ascendiendo como serpientes danzantes por los palos y corretearon sobre cubierta donde se escucharon pequeñas explosiones cuando alcanzaron la pólvora de los cañones, para que al fin toda la nave reventara como un gigantesco fuego de artificio cuando estalló la «santabárbara».

Una lluvia de pavesas se apoderó de la noche y nuevos incendios se dispersaron sobre la superficie de las aguas, de tal modo que incluso en la cima de la colina el calor se volvió insoportable, y *El Turco* y sus tres compañeros dispusieron del tiempo justo para saltar a tierra y perderse corriendo entre la espesura salvándose por pies de morir abrasados.

Los que nadaban, incluido Justo Velloso, no tuvieron tanta suerte, y uno tras otro fueron alcanzados por el muro de fuego, que los engulló como si fueran paja, y que continuó luego su camino, canal adentro, siempre hacia el Norte, hasta que las limpias aguas del golfo cortaron definitivamente su avance.

A bordo del *Milagro*, al pairo a unas dos millas de distancia, se había hecho un silencio impresionante, pues pese a que quedaba claro que habían vencido, a la mayoría se les antojó que el precio de tal victoria era excesiva.

—¡Dios Bendito! —exclamó por último *Doña Mariana Montenegro*, enjugándose las lágrimas—. ¡Qué horror!

—¿Pero qué es lo que ha ocurrido exactamente? —quiso saber el cojo Bonifacio Cabrera, expresando el sentir general—. ¿Por qué ardió el agua?

—Es el «mene» —replicó *Cienfuegos* con calma—. «Los orines del diablo»... De pronto recordé lo que los cuprigueri me enseñaron, y recordé también que jamás construyen sus poblados en zonas de aguas cerradas, donde el «mene» se concentra porque saben que cuando se recalienta deja escapar esos vapores que le hacen arder.

—¿Pero por qué? —intervino el converso Luis de Torres—. ¿Qué es lo que le hace arder?

El gomero se encogió de hombros.

—Lo ignoro. —Señaló en tono de absoluta sinceridad—. Tan sólo sé que surge del fondo de la tierra, ensucia las aguas, agosta las tierras y arde.

—¡Pobre gente! —repitió, una vez más, la obsesionada *Mariana Montenegro*—. ¡Cómo gritaban!

—El Almirante aseguró que había llegado a las puertas del Paraíso, pero este lago me antoja más bien la cima del Infierno —musitó el converso, al que se le advertía también hondamente afectado—. Debe encontrarse justo bajo nosotros.

—Mañana nos iremos —sentenció la alemana—. En cuanto amanezca quiero salir de aquí y no volver a oír hablar jamás de este lugar maldito... ¡Dios me perdone! ¿Cuántos hombres pueden haber muerto esta noche por mi culpa?

—Ellos querían matarnos —le recordó el Capitán Moisés Salado—. Lo único que hicimos fue defendernos.

—¿Provocando semejante masacre?

—¿Quién podía saberlo?

—Yo —admitió el isleño, con un cierto tono de culpabilidad—. Una vez vi arder un pozo de «mene» en mitad de la llanura y nadie podía aproximarse a media legua de distancia... ¡Aquélla sí que era la auténtica boca del Averno!

Fue una amarga y triste noche para todos, vencedores y vencidos; noche en la que aún se pegaba a las gargantas un humo áspero, resonaban en los oídos aullidos de agonía, y se mantenía en la memoria el recuerdo de la más dantesca escena que nadie hubiera siquiera imaginado.

Ni el más fanático fraile de más elocuente verbo habría conseguido describir lo que podía llegar a ser la eterna condenación con el realismo de que acababan de ser obligados testigos, y el hecho a todas luces incongruente de que el agua tuviese la extraña propiedad de convertirse en fuego aún se negaba a abrirse en la mente de muchos por más que el gomero trataba de explicárselo.

El nuevo día no se mostró tampoco mucho más bondadoso que la trágica noche, pues el sol se abrió paso por entre una bruma sucia y grasienta para iluminar un paisaje de aguas quietas sobre las que flotaban pedazos de madera chamuscados, infinidad de peces asfixiados y una docena larga de cadáveres.

Los matojos e incluso algunos árboles de ambas orillas del canal también habían ardido y aún humeaban, y no lejos del agua, en un claro al pie de la colina, Fermina Constante, el Capitán León de Luna, *Turco* Garrote y los restantes supervivientes del *Dragón*, permanecían sentados en la hierba, contemplando sin ver los calcinados maderos de la nave que debía conducirles de regreso a tierra civilizada.

Los hombres de las patrullas habían ido acudiendo atraídos por el resplandor del incendio que se había apoderado por completo de noche, y a medida que iban llegando se dejaban caer, anonadados, junto a sus compañeros, y todos los ojos que no permanecían fijos en los cadáveres es porque se volvían hacia la silueta del *Milagro*, que aún se mantenía inmóvil a un par de millas de distancia.

Por fin del navío se destacó una chalupa de seis remeros a cuyo mando venía el mismísimo Luis de Torres, elegido personalmente por *Doña Mariana Montenegro* para que llevase a término las que sospechaba dificilísimas negociaciones con el vizconde de Teguise.

A tiro de piedra de la orilla, la embarcación se detuvo y el converso se puso en pie mostrando un pañuelo blanco.

—Quisiera parlamentar con el Capitán León de Luna...

Éste se puso en pie pesadamente para aproximarse al borde del agua seguido por Baltasar Garrote, Fermina Constante y la mayor parte de su tropa.

—¡Aproximaos, sin miedo! —dijo—. Poco daño podemos haceros ya.

El ex intérprete real pareció llegar a la conclusión de que, en efecto, aquella pobre gente no estaba para muchas aventuras, y saltando a tierra permitió que la chalupa se alejara unos metros aguas adentro.

Dirigió luego una larga mirada a los fatigados rostros de cuantos le rodeaban, y por último señaló:

—Ha sido sin duda una difícil noche que imagino jamás olvidaremos, pero ya quedó atrás y nada puede hacerse por los muertos.

—¿Acaso pensáis hacer algo por los vivos?

—Ésa es nuestra intención como cristianos, pues no podemos consentir que tantos compatriotas acaben de tan triste forma en tierra de salvajes. —El converso hizo una larga pausa, como para dar mayor énfasis a sus palabras—. Aunque, por desgracia, nuestra nave no es lo suficientemente grande como para dar cabida a todos. Nos llevaremos a los heridos y a la «señora».

—¿Y el resto?

—En caso de que lleguemos a un acuerdo, les proporcionaremos víveres, y procuraremos que un barco venga lo más pronto posible a recogerles. Una carta vuestra al gobernador aceleraría los trámites.

—¿Qué clase de acuerdo es ése al que habéis hecho referencia? —quiso saber el De Luna desabridamente.

—Uno por el que os comprometáis, bajo juramento y por escrito, a que jamás volveréis a molestar directa o indirectamente, a la vizcondesa —o si lo preferís, a *Doña Mariana Montenegro*— y por el que retiraréis, además, todas las acusaciones que se han hecho en contra suya.

—¡Eso suena a chantaje!

—¡Medid vuestras palabras, señor...! —Don Luis de Torres tuvo que morderse los labios conteniendo su ira—. Lo sencillo sería dejaros morir aquí, pero os estamos ofreciendo la salvación de medio centenar de seres humanos a cambio del fin de un odio insensato y una estúpida venganza que a nada conduce. Meditad sobre ello.

—Nada tengo que meditar cuando es mi honor lo que está en juego —fue la altiva respuesta—. Volved a bordo y decidle a esa sucia prostituta que me quedaré aquí, pero que encontraré la forma de hacerle pagar con sangre todo el mal que me ha hecho.

—¿Os habéis vuelto loco? —se asombró el converso—. ¿Cómo os atrevéis a disponer tan caprichosamente de tantas vidas humanas?

—¡Una palabra más y os atravieso el corazón de una estocada!

—¡Un momento, señor...! —*El Turco,* Baltasar Garrote, había dado un paso adelante al tiempo que se llevaba ostentosamente la mano a la empuñadura de la ancha gumía—. Creo que os estáis precipitando al no tener en cuenta la opinión de quienes tan se ven afectados por vuestras decisiones.

—¡Yo soy quien manda! Pago y mando.

—Eso es muy justo... —admitió el otro—. Siempre he jurado ser fiel a quien me paga. —Se acomodó con un gesto mecánico el turbante—. Pero si, como imagino, vuestro oro se hundió con ese barco y no podéis hacer frente a vuestros compromisos, me considero liberado de los míos, al igual que imagino que se considerarán liberados la mayoría de los aquí presentes.

Un inequívoco rumor de afirmación surgió de todas las gargantas, y el vizconde de Teguise palideció al comprender cuál era en realidad su auténtica posición.

—¡Eso es traición! —masculló, con un leve temblor de voz—. Y os ahorcarán por ello.

—Traición la vuestra al pretender que nos abandonen aquí sin haber satisfecho siquiera nuestro salario. —Baltasar Garrote se había hecho dueño de la situación, respaldado por medio centenar de descontentos—. ¡Y haríais bien al no proferir estúpidas amenazas en tan delicado momento! —Se volvió al converso—. ¿Habéis traído recado de escribir?

—Desde luego.

—En ese caso el capitán firmará ese juramento, o su sentencia de muerte.

—Temo que en tales circunstancias carezca de valor —señaló, preocupado, el ex intérprete real.

—Os equivocáis —afirmó, convencido, el otro—. El vizconde ha demostrado ser un hombre de palabra, y si estima que su honor vale más que su vida, se negará a firmar y lo ahorcaremos. —Sonrió humorísticamente—. Pero si decide firmar, cumplirá hasta el fin mal que le pese.

—No firmaré.

—¡De acuerdo entonces! —*El Turco* se dirigió ahora a los hombres que aguardaban en la lancha—. ¿No habrá por casualidad una cuerda a bordo? —quiso saber.

Uno de los remeros se inclinó y mostró el largo cabo de proa.

—¿Vale ésta?

—Hará el servicio.

La lanzaron a tierra y dos hombres se apoderaron de ella anudándola en forma de lazo que hicieron pasar por la ancha rama del árbol más cercano, al tiempo que Garrote hacía un amplio gesto con la mano, indicándole al vizconde que avanzara ante él.

—¡Cuando gustéis, señor...!

—¡No os atreveréis...!

—No soy yo quien se atreve, sino vos quien acepta la muerte antes que el deshonor.

—¡Canallas! ¡Mal nacidos! —El capitán se volvió a Fermina Constante—. ¿Y tú qué piensas hacer? —quiso saber.

—Abortar... —fue la tranquila respuesta—. Los hijos de ahorcados traen mala suerte.

—En el fondo creo que ésta es, al fin y al cabo, la mejor solución —comentó *El Turco*, al tiempo que empujaba suavemente al condenado al pie del árbol—. ¿Os imagináis lo que significaría regresar a Santo Domingo cubierto de vergüenza?

—¡Ya está bien...! —intercedió don Luis de Torres visiblemente afectado por el cariz que tomaban los acontecimientos—. Os ruego que al menos por una vez os mostréis razonable, señor... ¡Firmad ese documento!

El roce de la cuerda en el cuello y la leve presión que los dos hombres hicieron al otro extremo obligándole a ponerse de puntillas pareció tener la virtud de hacer volver a la realidad al obcecado vizconde cuya vista permanecía clavada en la lejana silueta del *Milagro* desde el que sin duda observaban la escena.

—¡Un momento...! —pidió de improviso—. ¡Sólo un momento! —Se volvió al converso—. Decidme... ¿Habéis logrado encontrar a ese maldito pastor?

—Hace apenas un mes.

—¿Y está allí, mirándome?

—Supongo que sí.

—¡Qué extraños caprichos tiene el destino...! —se lamentó—. Ni siquiera era digno de cuidar mis caballos, y me lo ha quitado todo, incluso la vida.

—*Cienfuegos* nunca pretendió quitaros nada, señor. Fueron las circunstancias.

—¡*Cienfuegos*! —exclamó el otro—. En verdad que anoche hizo honor a su nombre y sería una pena no poder pedirle cuentas algún día... —Hizo una pensativa pausa—. Ese documento no tiene por qué hacer referencia al tal *Cienfuegos*, ¿verdad?

—Así es, señor —replicó el ex intérprete real—. Él no necesita que nada ni nadie le proteja. Ha demostrado saber cuidarse solo.

El Capitán De Luna alzó las manos y se despojó de la soga que le apretaba el cuello.

—En ese caso, firmaré —señaló—. Juro solemnemente que jamás volveré a molestar a la vizcondesa, pero advertidle a ese pastor de mierda que lo buscaré para atravesarle limpiamente, y cara a cara, con mi espada.

—¿Limpiamente y cara a cara?

—¡Limpiamente y cara a cara!

Fermina Constante y tres heridos subieron a bordo, la mayoría de los víveres fueron desembarcados, y a media tarde el *Milagro* levó anclas, largó trapo y comenzó a cruzar muy despacio el extrecho canal en el que aún flotaban los restos del naufragio.

Desde la orilla, Baltasar Garrote y la mayoría de los tripulantes del malogrado *Dragón* observaban cómo pasaba ante ellos su única esperanza de volver a tierra civilizada, mientras en la cima de la colina, el solitario Capitán De Luna se balanceaba tumbado en una hamaca, contemplando el techo sin volver la vista hacia el navío en cuyo puente se distinguían las siluetas de los dos seres que más hubiera odiado nadie en este mundo.

La derrota del vizconde había sido aplastante y aún se preguntaba por qué razón eligió seguir viviendo cuando mucho más práctico hubiera resultado permitir que le ahorcaran para evitarse un sufrimiento y una amargura que habrían de acompañarle como su segunda piel por años que viviese.

El destino se había empecinado en convertirle en un hazmerreír sin esperanzas, puesto que el juramento empeñado le impedía incluso intentar recuperar su maltrecha honra, y tenía plena conciencia de que donde quiera que fuese le señalarían con el dedo como al estúpido cornudo que consintió en seguir siéndolo por salvar el pescuezo.

Ocho largos años de buscar venganza no le condujeron más que a una sucesión de ridículos fracasos, y el de la noche antes, cuando sin que aún se explicara la razón, el agua se transmutó en fuego transformando en auténtico desastre lo que consideraba ya un triunfo seguro, había tenido la virtud de llevarle al convencimiento de que los dioses le elegían como ejemplo de la infinita variedad de males que se sentían capaces de derramar sobre un único ser humano.

Noble hijo de nobles, rico, apuesto, valiente y culto, el Capitán León de Luna, vizconde de Teguise, se preguntó una vez más por qué el simple hecho de que un mal día una mujer se cruzase en su camino, había provocado que todas las furias del Olimpo convergieran de pronto sobre su cabeza.

La amó y respetó como pocos hombres lo hicieran; la convirtió en su esposa, puso a sus pies cuanto tenía, soñó con envejecer felizmente a su lado, y en pago a todo ello recibió tanta amargura y tanto daño, que a veces se preguntaba cómo era posible que su corazón no hubiese estallado ya de furia y de tristeza.

Y ahora se sentaba allí, vencido, humillado y abandonado a su suerte en el interior de un continente ignoto, sin más compañía que medio centenar de mercenarios descontentos que no habían dudado a la hora de intentar colgarle por salvar el pellejo.

Se preguntó quién movería los hilos de tan descabellada tragicomedia sin sentido, y no encontró respuesta, puesto que en ninguna mente medianamente cuerda cabía la idea de que un pacífico lago pudiera convertirse de improviso en un infierno, y olas de fuego hicieran naufragar una nave que tantas veces se enfrentara a los embates del océano.

¿Qué clase de magia era aquélla?

¿Qué pactos con el diablo habría hecho Ingrid para conseguir que las aguas ardiesen de ese modo?

¿Qué hechicero o qué alquimista poseía el poder suficiente como para transformar la esencia de los más sencillos elementos?

¡Agua, tierra, fuego, aire...!

Si le habían enseñado desde niño que el mundo estaba hecho así, ¿por qué la noche antes había tenido que aprender tan dolorosamente que todo era diferente?

¿Acaso podía la tierra respirarse?

¿Acaso era alguien capaz de sacar agua de una llama?

Le estallaba el cerebro de confusión y rabia; de ira e impotencia; de celos y vergüenza...

... De miedo, quizás, a estar luchando contra los aliados del «Negro Ángel de las Tinieblas».

Y el *Milagro* —¡sarcástico nombre para tan nefasto navío!— se alejaba, llevando en su interior a los culpables de todas sus desgracias, que pasarían la noche rindiendo culto al Diablo, o burlándose de quien —temeroso de Dios—, no había tenido otra intención que recuperar su destrozada honra y su buen nombre.

¿Cómo era posible que a menudo los hombres se asombraran de las injusticias cometidas por otros hombres cuando él era el mejor ejemplo de las terribles injusticias que podían llegar a cometer los propios dioses?

Analizó como hiciera ya un millón de veces, dónde radicó su primer fallo, y no encontró respuesta. Él había ido a combatir a los salvajes guanches, cumpliendo con su deber de buen vasallo y buen soldado, dejando a su joven esposa al cuidado de dueñas y criados, para descubrir a su regreso que se había convertido en la amante del último y más mísero de sus cabreros: un chicuelo sucio, hediondo, bestial y analfabeto.

Debió matarla entonces; debió dejar que la ira le cegara, penetrar como una furia en su dormitorio y rebanarle el cuello sobre la misma cama.

Todos hubieran aplaudido tan brutal comportamiento... ¡Pero la amaba tanto!

Quiso ser generoso y perdonar un error para cualquier

otro imperdonable, y como premio se encontraba ahora solo en mitad de la selva, mientras ellos se alejaba definitivamente.

Cuando cayó la noche y una luna en creciente dibujó extrañas formas sobre el mísero suelo de tierra apelmazada de la choza sin paredes que era cuanto poseía, el vizconde de Teguise se puso cansinamente en pie, se desnudó por completo, y abriendo los brazos en señal de rendición y súplica alzó el rostro y exclamó roncamente:

—Si es mi alma lo que quieres, yo te la entrego; si esa perra te ha jurado fidelidad, yo te la juro; si es tu poder el que obliga a arder al agua, yo te lo pido, y si he de condenarme por recobrar la paz, yo me condeno... ¡Conviértete en mi dueño, quienquiera que seas, pero líbrame al fin de este tormento!

Se tumbó así, en cruz sobre la tierra, para quedar dormido al poco rato, pero cuando la luz del violento sol del trópico le hirió en el rostro, obligándole a abrir los ojos y descubrir lo que había hecho y en qué posición estaba aún, se arrepintió en el acto de la satánica invocación que tan a la ligera se decidiera a hacer la noche antes.

No sólo temía las repercusiones que ello pudiera haber tenido allá en el Averno, si es que le habían prestado la más mínima atención, sino en especial las que pudieran tener aquí en la tierra, si por casualidad alguno de los tripulantes del malogrado navío le hubiera sorprendido en tal momento.

Aún recordaba las feroces torturas y la indescriptible agonía a la que los discípulos de Fray Tomás de Torquemada sometían a quienes se desviaban un ápice de los ordenamientos de la Santa Madre Iglesia, y recordaba también, punto por punto, cada uno de los cincuenta y cuatro artículos de sus famosas «Instrucciones a los Inquisidores», promulgadas con la idea de combatir a los «conversos judaizantes» que pretendían destruir el naciente imperio castellano-aragonés, pero transformadas en realidad en una poderosísima arma de represión política al servicio incondicional de la Corona.

Por la décima parte de lo que dijera en un momento de obcecación, más de un hereje había sido descoyuntado en vida y abrasado en la hoguera, y la idea de que aquel rapto de locura llegara a oídos de la «Santa Inquisición» consiguió que una gota de helado sudor manara de cada poro de su cuerpo.

Clavó por tanto su espada en tierra y se postró de rodillas ante la cruz de su empuñadura, a rezar con más fervor de lo que jamás lo hiciera, suplicando el perdón por su espantoso pecado, actitud en que le sorprendió el excéptico Baltasar Garrote cuando acudió a traerle su magra ración de alimentos.

—Ni la espada es cruz, ni la cruz espada... —comentó, tomando asiento en el banco de madera—. Y mal negocio es ése de mezclar ambos conceptos.

—¿Qué sabrá un maldito traidor renegado?

—Suelen ser los que más saben... —fue la tranquila respuesta—. De otro modo, ninguno de los dos estaríamos ahora aquí y todo habría terminado de mala manera...

—Ya todo terminó.

—Os equivocáis... —replicó *El Turco*, cambiando el tono de voz, que se hizo más severo—. ¿O acaso creéis que me divierte que me chamusquen el trasero...? Si no ando listo, esa vizcondesa hija de puta me convierte en chicharrón de feria, y a Baltasar Garrote jamás le jugó nadie tan sucia pasada sin pagar las consecuencias.

—¿Qué quiere decir eso?

—Que si bien es cierto que os obligué a firmar un juramento que espero cumpláis, también lo es que yo nada he jurado, y me reservo el derecho a intentar vengar la espantosa muerte de mi buen amigo Justo Velloso y tantos otros compañeros.

—Sabéis bien que no puedo ayudaros, ni aun alentaros, en tal empresa.

—Lo sé. Y lo entiendo. —El otro sonrió, mostrando apenas los colmillos—. Pero también entendería que cuando toda esa historia quedara en el olvido, tuvieseis a bien cederme vuestros derechos sobre esa Encomienda de Trinidad y Paria que ya de nada os serviría.

El Capitán León de Luna tuvo la extraña impresión de que sus oraciones habían sido escuchadas, por lo que aspiró profundamente antes de replicar con marcadísima intención:

—Realmente, el día en que todo sea olvidado, esa Encomienda no me resultará de utilidad alguna.

Fue así, sin más promesas ni palabras, como se selló un extraño pacto entre dos hombres cuya única esperanza de sobrevivir estribaba en el hecho de que aquella misma mujer cuyo mal deseaban estuviese dispuesta a enviar un navío a recogerlos.

Y en realidad lo estaba, ya que *Doña Mariana Montenegro* tomó toda clase de precauciones con el fin de evitarse sorpresas a la hora de regresar a Santo Domingo, pero ni por un solo momento se le pasó por la mente la idea de retrasar un minuto más de lo imprescindible la salida del barco de rescate.

La travesía desde que abandonaron el golfo de Venezuela fue agradable, con buen mar, y una suave brisa que continuaba soplando del Nordeste, por lo que el *Milagro* tan sólo tuvo que desviarse ligeramente de su rumbo hasta *Borinquen* para virar luego desde allí hacia las costas de La Española.

Una vez en ellas, fondeó sotavento de Isla Catalina, desde donde la alemana envió a la capital una chalupa comandada por Don Luis de Torres, pues resultaba harto evidente que éste era quien mejor llevaba a cabo siempre las más delicadas negociaciones.

Y es que discutir con el severo y todopoderoso Gobernador Francisco de Bobadilla no constituía en verdad empresa fácil, ya que en primer lugar fue necesario esperar diez días para conseguir ser recibido en audiencia, pese a que sus secretarios tuvieran puntual conocimiento de que cincuenta hombres se hallaban en serio peligro en Maracaibo, y más tarde el gobernador exigió dos semanas más de tiempo antes de decidirse a tomar cualquier tipo de determinación.

—Lo que solicitasteis resulta, en verdad, poco corriente... —señaló con su adustez característica cuando, al fin, aceptó entrevistarse por segunda vez con el converso—. El Perdón Real no está pensado para quienes desobedecieron todas las Ordenanzas robando un barco y haciéndose a la mar clandestinamente...

—El barco no fue robado, ya que había sido armado por la propia *Doña Mariana Montenegro* —le recordó el De Torres—. Y no contravenía ninguna Ordenanza, sino tan sólo las injustas imposiciones de un despótico Virrey al que vos mismo habéis desautorizado...

—Eso es muy cierto, pero mientras Don Cristóbal era Virrey, representaba a sus Majestades, y quien le desobedecía, desobedecía en realidad a la Corona.

—¿Acaso tendríamos que haberle obedecido si nos hubiese ordenado someternos a los genoveses?

—No es ése el caso y lo sabéis... —El gobernador se agitó en su sillón demostrando una cierta impaciencia—. Pero no pienso perderme en vanas discusiones —carraspeó ligeramente—. Existe una amnistía general que muy bien pudiera ser aplicada en este caso, y la carta del vizconde por la que retira todos los cargos contra su esposa me inclina a mostrarme magnánimo... —Hizo una nueva y larga pausa que aprovechó para observarse con todo detenimiento los nudillos de unas manos que mantenía como siempre en actitud de orar, y por fin, alzando los ojos con aire de absoluta inocencia, añadió—: Si *Doña Mariana Montenegro* corre con los gastos del rescate del vizconde, y abona una compensación de cincuenta mil maravedíes, daré por zanjado este enojoso asunto.

Su asombrado interlocutor no pudo evitar lanzar una sonora exclamación.

—¡Cincuenta mil maravedíes...! —repitió como un eco—. ¡Por todos los diablos! ¡Eso es una fortuna!

—No mayor que el hecho de ser libre.

—¿Y a quién deberá ser entregada?

—A mí, naturalmente. Me ocuparé de hacérsela llegar al vizconde como desagravio por cuanto se le ha ofendido.

Don Luis de Torres se tomó unos minutos para meditar la propuesta con todo detenimiento, y por último inquirió:

—¿Significa eso que *Doña Mariana* recuperaría su casa y sus restantes propiedades?

—Desde luego... —El otro hizo una nueva pausa y casi se podría decir que sonreía para sus adentros, ya que hacía afuera jamás lo haría—. Lo que no recuperaría serían sus derechos sobre las minas.

—¿Por qué?

—Porque ésa fue una concesión hecha por los Colón, y la mayoría de los acuerdos de los Colón han sido derogados.

—¿Quién los derogó?

—Yo.

Don Luis de Torres no estimó necesario inquirir quién sería el nuevo beneficiario de los derechos mineros de *Doña Mariana Montenegro*, pues resultaba evidente que al igual que el humilde y ascético Comendador había pasado a convertirse en prepotente Gobernador, el sencillo vasallo al que bastaba un catre y un plato de comida, se había transformado en un rapaz mandatario sediento de gloria y riquezas.

No cabía duda de que si el poder corrompe, y el poder absoluto corrompe absolutamente, don Francisco de Bobadilla, que jamás anheló gobernar y mucho menos gobernar de modo autoritario, se había dejado atrapar por los tentáculos del gran monstruo que acaba devorando a todos los políticos, cualquiera que sea su procedencia y condición.

No se conformaba ya con haber ocupado el puesto y

el palacio del hombre que se había jugado la vida por descubrir un Nuevo Mundo y al que encadenara como al peor delincuente, sino que había aprendido también que acaparar riquezas constituía la mejor forma de continuar siendo poderoso cuando aquellos que tan caprichosamente le encumbraran decidieran devolverle al oscuro cubil de donde le habían sacado.

Como no le pasaba por la mente la idea de quedarse en la isla cuando ya no fuese su suprema autoridad, nunca ambicionó las tierras que con tanta generosidad repartía la Corona, los palacios que había requisado a los partidarios del Almirante, o los ejércitos de nativos a los que tenía derecho por su rango, pero sí hizo todo lo posible por amontonar en los sótanos de su castillo ingentes cantidades del oro de las famosas minas de las afueras de Santo Domingo, y las más hermosas perlas que llegaban de Margarita y Cubagua.

Si hubiese sospechado, qué trágico destino habrían de tener tales tesoros, bien poco se hubiese molestado en ensuciar por su culpa su buen nombre, pero durante aquella calurosa primavera del año 1501, don Francisco de Bobadilla tan sólo se preocupaba por echar mano a todo cuanto de valor se ponía al alcance de sus ávidas zarpas.

El discutido decreto por el que permitía que todos los castellanos recogiesen libremente oro en la isla, no encubría en realidad más que una astuta forma de exigirles un canon sin tener que rendir cuentas a la Corona, y de igual modo, aquella parte de los rendimientos de las minas que en su día fuera adjudicada a Miguel Díaz y *Doña Mariana Montenegro* no había ido a revertir a las arcas reales, sino a las suyas propias.

El converso Luis de Torres abrigó el convencimiento de que los maravedíes reclamados a modo de compensación tampoco irían nunca a parar a manos del vizconde, pero como a lo que había venido era a negociar el perdón de la alemana y su tripulación, llegó a la conclusión de que el precio no resultaba excesivo si le permitían retener el barco y la casa.

—De acuerdo —dijo al fin como quien se rinde a la evidencia de que ha sido derrotado—. Cincuenta mil maravedíes y la renuncia a sus derechos... ¿Cuándo podrá volver a la ciudad?

—Inmediatamente, si se compromete a que a las dos semanas zarpará el barco de rescate.

Extender los pertinentes salvoconductos exigió sin embargo otros diez días, y para entonces se había levantado un fuerte temporal de poniente que retrasó una vez más el regreso del converso a donde el *Milagro* le aguardaba, por lo que cuando al fin consiguió poner el pie en cubierta, a bordo abrigaban el convencimiento de que su misión había fracasado y colgaba tiempo atrás de la más alta horca de la Plaza de Armas.

—¡Cincuenta mil maravedíes...! —fue lo primero que repitió a su vez la alemana al tener noticias del precio puesto a su libertad—. ¿Es que cree que somos piratas?

—Lo que importa no es lo que el Gobernador crea, sino si podéis o no reunirlos.

—Puedo... —admitió ella—. Naturalmente que puedo, pero si además me priva de mi principal fuente de ingresos me deja al borde de la ruina. Casi todo lo que tenía lo invertí en el barco... —*Doña Mariana Montenegro* lanzó un hondo suspiro de resignación y aventuró una leve sonrisa de compromiso—. ¡Pero en fin! —admitió—, de peores hemos salido.

—Os queda la casa —le consoló el ex intérprete real—. Y podréis hacer comercio con el barco.

—No está pensado para eso... —le guiñó un ojo—. Aunque tal vez podríamos ganar una fortuna trayendo «mene» a Santo Domingo.

—¿Trayendo que...?

—«Mene»... Aquello que ardió en Maracaibo.

—¿Y para qué iba a querer nadie esa porquería?

—Para quemarla, digo yo.

—¡Qué tontería! ¿Quién iba a comprar algo que tan sólo se quema, huele a rayos, y ni siquiera sirve para tragarse el humo como el tabaco...?

—¡También es verdad...! —Se volvió a *Cienfuegos* que había sido mudo testigo de la absurda charla—. ¿Se te ocurre algún modo de ganar dinero? —inquirió sonriente.

—¡Como no sea cuidando cabras...!

Pero no había muchas cabras por aquel tiempo en La Española, ni era ése el futuro que Ingrid Grass había soñado para el hombre que amaba, por lo que su mayor preocupación a partir del momento en que consiguió establecerse de nuevo en la hermosa casa de piedra de cuidado jardín, fue encontrar algún tipo de ocupación que consiguiera que un hombre por lo general tan activo como *Cienfuegos*, no se sintiera del improviso aburrido, inútil y desplazado.

Criado libre en las montañas de La Gomera, y habiendo pasado la mayor parte de su vida en un continuo sobresalto por mundos desconocidos, la pacífica existencia en un lugar en aquellos momentos tan tranquilo y bucólico como Santo Domingo, amenazó muy pronto con convertirse en el peor enemigo del isleño.

La luminosa, exuberante y acogedora ciudad de las orillas del río Ozama se había consolidado ya como cabeza del puente entre el viejo y el nuevo mundo, y parecía prepararse para la grandiosa empresa que habría de constituir en los años venideros el descubrimiento y la conquista del gigantesco continente que se extendía a ella. Comenzaban a llegar a su puerto los Bastida, Lepe, Ojeda, Núñez de Balboa, Cortés, Orellana, Pizarro y tantos otros que en el transcurso de las próximas décadas llevarían a cabo inauditas hazañas, pero durante aquel tórrido verano, tan sólo las inevitables rencillas de los eternos descontentos que se alzaban contra el poder central en algún remoto rincón de la isla, o la latente rebeldía de jefezuelos indígenas que no se resignaban a su nuevo papel de vasallos de tercera categoría, venía a sacudir de tanto en tanto el monótono transcurrir de abrasadores días y noches de bochorno.

Para Ingrid Grass, aquélla constituyó, sin lugar a dudas, la más feliz de las épocas que hubiera vivido jamás mujer alguna; auténtica luna de miel durante la cual disfrutó a todas horas, sin saciarse, del hombre con el que había soñado, y cuando llegó a la conclusión de que al fin esperaba el hijo que tanto deseaba, abrigó el pleno convencimiento de que lo único que le quedaba por conseguir en esta vida, era que el inquieto *Cienfuegos* encontrase una actividad que le permitiera librarse del exceso de vitalidad que le inflamaba.

—¿Qué te gustaría hacer? —quiso saber.

—Cazar.

—¿Cazar? —se sorprendió la alemana levemente desconcertada—. ¿Cazar qué?

—No lo sé... —fue la honrada respuesta—. Cazar algo que me permita regresar de tanto en tanto a la selva... —El gomero aspiró profundamente—. Vivir siempre entre muros me atosiga.

—Lo sé. Por eso te vas tantas noches al jardín. No es por el calor; es que continúas necesitando dormir al aire libre...

—Es lo que siempre hice.

—¿Te sientes prisionero?

—¿Prisionero? No. Me siento inútil. —Colocó la mano con infinita suavidad sobre el vientre que aún ni siquiera había comenzado a dilatarse—. ¡Te quiero! —añadió—. Te quiero más que a nada en este mundo, pero eres tú quien tiene el dinero, quien trabaja, quien lee libros, y ahora incluso quien hace vivir a nuestro hijo... —Negó repetidamente con un lento ademán de cabeza—. ¿Pero qué es lo que hago yo? ¿Para qué sirvo, más que para entretener a Araya y Haitiké? Ya les he contado cien veces cómo me libré de los caribes o cómo Quimari y Ayapel licuaban esmeraldas... ¿Es ése ya mi único futuro...? ¿Contar viejas historias y ser el padre de tus hijos?

—No —admitió ella—. Desde luego que no. Por eso quiero saber qué es lo que realmente te gustaría hacer.

—Me gustaría hacer lo que sé hacer —fue la sencilla respuesta—. Cazar, pescar, explorar, vivir en las selvas, los desiertos y las montañas; hablar con los nativos, aprender sus costumbres y observar animales... —Le acarició el rostro con infinita ternura—. Cuando tenía todo eso, me faltabas tú —añadió—. Ahora que te tengo a ti, me falta un poco de todo eso. —Sonrió—. Sólo un poco.

—Entiendo —admitió ella jugueteando con su lacia y rojiza cabellera—. Lo entiendo perfectamente, y no tienes que sentirte culpable por ello. No has nacido para estar enjaulado, aunque la jaula sea de oro. —Señaló hacia el Oeste—. Ahí fuera, a tres leguas de la última casa, empieza la selva —dijo—. Vete cuando la eches en falta, y vuelve cuando me necesites. Yo siempre, ¡siempre!, estaré aquí esperando.

Lo hicieron así, y su amor ganó en comprensión convirtiéndose en una relación plena y perfecta, pues estaba hecho no sólo de posesión, sino también de esa renuncia que con demasiada frecuencia falta a muchas parejas impidiendo que su mutua entrega se convierta en algo estable y duradero.

Ingrid Grass era lo suficientemente madura e inteligente como para admitir que el hecho de que *Cienfuegos* pasara un par de semanas reviviendo una difícil y apasionante época de su vida no le alejaba en absoluto de él, sino que permitía que al volver a su lado fuera totalmente suyo sin tener que compartirlo con nada o con nadie, aunque se tratase tan sólo de nostalgias.

Nacida y criada en la ciudad, respetaba sin embargo aquella extraña fascinación que los seres que han pasado la mayor parte de su existencia al aire libre sienten por la Naturaleza, y en el fondo no podía por menos que alegrarse al saber que no tenía más rivales que los árboles, los ríos y las bestias de la selva.

Ella esperaba un hijo y advertir cómo crecía en su interior le bastaba para sentirse completamente feliz y realizada. Pasaba las horas reorganizando su economía, sacando adelante la casa, cuidando de una compleja familia a la cual se había sumado ahora la inquietante Araya, y pensando en el hombre que amaba, no con el desasosiego de antaño, sino con la infinita paz de espíritu que producía el hecho de saber que cualquier día haría su aparición ante la puerta, alto, fuerte, bronceado y rebosante de aquella resplandeciente vitalidad que le convertían en una de las criaturas más hermosas que hubiese puesto el Creador sobre la faz de la tierra.

Los años de incertidumbre, dolor y separación se fueron borrando de su mente como por arte de encantamiento, pues era tal la dicha que la embargaba a todas horas, y tan inconcebiblemente perfecta su existencia, que daba por bien empleadas todas las amarguras, aceptando que si bien el camino había estado franqueado de espinas y peligros, el paraíso alcanzado bien se lo merecía.

Sin haber sido nunca mojigata, la felicidad le empujó a sentir cada vez con más fuerza la necesidad de dar gracias a Dios por los bienes que le había concedido, y debido a ello fue al salir de la Iglesia una tarde de octubre, cuando le sorprendió encontrarse rodeada de soldados al tiempo que un severo oficial le espetaba fríamente:

—*¿Doña Mariana Montenegro...?* Quedáis detenida en nombre de la Santa Inquisición.

—¿La Santa Inquisición...? —acertó a balbucear al tiempo que buscaba apoyo en el hombro de Araya para no caer fulminada por el espanto que le producían aquellas dos terribles palabras—. ¡No es posible!

—¡Lo es...! Y os ruego que acompañéis sin oponer resistencia.

—¿Pero de qué se me acusa?

—De pactos con el demonio.

—¿Pactos con el demonio? —se horrorizó—. ¿Qué clase de pactos con el demonio?

—Conseguir que las aguas de un lago ardan, provocando la muerte de nueve cristianos... —El adusto oficial hizo una corta pausa como para dar más énfasis a su afirmación—. En una palabra...: Brujería.

Lanzarote-Madrid, febrero, 1990.

LIBRO QUINTO: BRAZOFUERTE